人间日常
假如心里还有算是愿望的东西，
就让时间过得再慢些吧。
豆茎不摘干净的话，四季豆炒出来就不会好吃的。
行啦，不用你说也知道。

时之住人

外公走的时候
我正在大学返校的路上
外婆在床上躺了三年
然后也静悄悄地走了

现在我很少想起他们
却能记得父母有事的那些傍晚
总有个地方让我不会饿着肚子

所有日子都是这样一去不复返
假如心里还有算是愿望的东西
就让时间过得再慢些吧

扉页插画 | **人间日常**　李彬

DUKU

读库

1906

主编 张立宪

新 星 出 版 社 NEW STAR PRESS

DUKU
读库

责任编辑　杨　雪
　　　　　王义春
装帧设计　艾　莉
美术编辑　耿　冰
图片编辑　黎　亮
特约审校　吴晨光
　　　　　马国兴
　　　　　黄　英
　　　　　李英子
　　　　　潘　艳
　　　　　刘　亚

目录

飞天

陈晓斌

佛陀在成正觉以前，转世五百五十次，其中包括一次石工，一次雕刻工，一次舞蹈家。这篇文章，讲述民族舞剧《丝路花雨》的诞生。

缘起

1977年10月11日，西北重镇兰州，天蓝气爽，瓜果飘香。当晚，城南皋兰山下的西北民族学院大礼堂灯火辉煌，甘肃省歌舞团新剧《骄杨颂》正在彩排演出，等待省领导和专家审查。

“打倒四人帮，文艺得解放”，十年“文革”结束，甘肃省文艺工作者与全国文艺工作者一样，纷纷摩拳擦掌，准备大干一场。当时全国文艺创作题材主要集中在愤怒揭批“四人帮”、热情歌颂“老革命”两个方面，在这样的背景下，甘肃省歌舞团推出大型多幕舞剧《骄杨颂》。时任歌舞团团长易炎说：“一种紧迫感、一腔蕴积的创作激情，使大家躁动不安，于是我们组织起来，怀着对老一辈无产阶级革命家杨开慧烈士的无限敬仰，排练了舞剧《骄杨颂》。”（《丝路寻梦记》）之前，团里搞了两个舞剧《拥军渡》《岷山颂》，都没有通过上级审查，日常只能演几个样板戏，二百多人的省级歌舞团，演出票房不佳，维持运转困难，这次，演出人员热切期望得到领导的肯定，能够打个翻身仗。“我不赞成。”时任甘肃省委宣传部副部长陈舜瑶第一个发表意见，“《骄杨颂》是湖南省创作的节目，咱们学演是花了一定的工夫，可杨开慧的题材现在全国许多地方都在抓，我们为什么要重复别人？很明显，我们这是在吃人家的剩饭！”这番话让大家始料不及，编导们的心悬起来，演员们面面相觑，场面冷下来了——当时杨开慧的题材全国已有二十七家剧团用话剧、歌剧、舞剧等不同形式在演出。

陈舜瑶环顾四周，见人们紧张起来，便缓和了语气，接着说道：“我们的文艺创造，不能往公式化的死胡同里再走下去了。我们要敢想敢干，大胆创新。我有一个想法，咱们甘肃有个敦煌嘛，这是世界著名的艺术宝库，那里有许多宝贵的遗产，为什么不去研究它，不去反映它？老搬别人的节目，这样长期下去，我们的节目就会失去生命力，更重要的是缺乏鲜明的民族风格和浓郁的地方色彩。”这番话引起全场震动，时任省委宣传部部长吴坚朗声表态：“舜瑶同志说得很对！我们不能唯别人马首是瞻，文艺创作要走自己的路子！”

一番话点醒梦中人，全新的创作理念在省歌舞团中引起强烈共鸣和反响，大家的创作激情被激发出来。

陈泓、赵之洵、晏建中等歌舞团人员回忆："领导的好建议，打开了我们的创作思路，指出了我们的奋斗方向，点燃了我们反映敦煌壁画的火苗。"（赵毅《敦煌艺术的风采》）新剧审查会变成了新选题的布置会，从向上看、向外学，转到向下看、向内学。

任务到了团里，却难以落实。当时背景下，不少人对反映敦煌壁画创作心存顾虑，认为是宣传封建迷信，团内辩论了一个月，不能定论。最后，省委宣传部拍板，派愿意搞敦煌的人先去敦煌体验生活、收集素材，着手创作一部舞剧。1977年11月，甘肃省歌舞团组织"主战派"创作人员赴敦煌，首批人员是赵之洵（编剧执笔），刘少雄、张强、晏建中（三人是舞蹈编导），张聚芳（助理编导），韩中才（作曲），一共六人。而在他们的心中，对去敦煌做什么、怎么做，还没有一点概念。

陈舜瑶（1917–2019），是原中共中央政治局常委宋平的夫人，抗战期间在重庆八路军办事处任周恩来的宣传秘书，后赴延安，解放后在清华大学负责教学工作，1960年随宋平来甘肃工作。长期的革命生涯和教学生涯，培养了她求真务实、敢于创新的实干精神。她曾在周恩来身边工作，了解总理对敦煌的期望。在重庆，周恩来看过张大千和常书鸿的敦煌画展，解放后在北京也看过敦煌画展。总理非常重视文学艺术的民族风格，六十年代接见甘肃文艺界代表时，提出要宣传敦煌。

吴坚（1929–2008），在革命战争年代任陕甘宁边区盐务总局生产处处长，三边分区文艺工作团编导、副团长、团长，宣传群众，宣传革命。解放后任宁夏省文化局局长、工业厅副厅长，1954年来甘肃工作，先后任省文化局副局长、省委宣传部副部长，“文革”期间受到冲击，“文革”后任省文化厅厅长、省委宣传部部长、省文联主席、敦煌研究院首席顾问。他精通文艺理论，尊重艺术规律，坚持艺术为人民服务，作风民主，为甘肃文化事业倾注毕生心血，享有“中国最称职的宣传部长”美誉，甘肃文艺界尊称他为“老部长”。

走过河西

甘肃省歌舞团在兰州东部的东岗东路，成立于1951年，前身是西北民族学院民族歌舞团，专司创作歌舞剧目。新剧创作组要前往的敦煌，距离兰州一千一百余公里，得乘火车沿兰新铁路前往。1952年至1962年，新中国建成兰新铁路，东起兰州，西至乌鲁木齐，全长一千九百零三公里，是全国最长的铁路干线。十一月的兰州，草木摇落，天气转凉，创作组成员一路向西，出兰州三十五公里，向北跨河口大桥

西北民族学院礼堂，1955 年建成。图自《甘肃画报》1980 年第二期

甘肃省歌舞团，拍摄于 2019 年 5 月。门内停放的是《丝路花雨》剧组演出工作车。

（中国自己设计和施工的第一座黄河大桥）过黄河，再向西经永登，翻越海拔三千米的乌鞘岭，进入河西走廊。

车过乌鞘岭，天地间变得苍茫肃穆。新剧创作组的成员，大多是第一次去敦煌，第一次穿河西。“文革”中，莫高窟被周恩来下令关闭保护，当作景点对外开放要到两年后的1979年。看着列车窗外，创作组成员充满了陌生，敦煌的宝藏如同河西走廊的风景，都是他们未曾体验过的新生命。

青藏高原与黄土高原、蒙古高原合力相聚，使得祁连山、阿尔金山、北山横亘在今天甘肃的西北方向。山地聚拢让甘肃出现一片平地：东起乌鞘岭，西抵古玉门关，在北山（马鬃山、合黎山和龙首山）以南，祁连山、阿尔金山以北，形成一片东西长一千多公里、南北仅宽百余公里的狭长平地，因其位于黄河以西，形如长廊，故名河西走廊。河西走廊东有黄河之险，西有库木塔格沙漠之阻，成为中原王朝和少数民族政权的中间地带，也成为中华文明与西方文明交流的天然通道，具有极其重要的战略地位。张骞通西域具有“凿空”之功，自此河西及西域的历史、地理、民族开始被汉民族详细了解。公元前121年，骠骑将军霍去病击败匈奴，河西走廊归入汉朝版图。汉武帝在河西先后设立酒泉、张掖、敦煌、武威四郡，“丝绸之路”打通，华夏文明和世界文明开始频繁交往和深度互动。

汉朝在河西设郡后，开始了雄伟的开发经营。首先建立军事防御体系。整个河西驻军三十万，在秦长城的基础上，建成了自敦煌至辽东长达五千七百五十公里的长城。敦煌城西一百公里处，置玉门关；西南七十公里处，置阳关。其次移民屯田和兴修水利，持续向河西移民，到西汉末年，河西四郡有六万余户、二十八万多人，其中敦煌郡一万七千余户、三万八千多人。政府组织大量人力，利用党河和疏勒河水开渠灌溉农田（敦煌藏经洞《沙州都督府图经》，记载汉武帝时兴修水利工程马圈口堰），推广先进农耕技术代田法、新式农具耧犁。河西出现人民繁盛、牛马遍野的景象。

西汉末年，中原大乱，河西不乱。东汉末年，军阀混战，河西在汉人大族控制下，保持平静，中原许多儒士来到河西，带来儒家经典发扬儒学。魏晋时期，曹魏统一北方，河西持续发展，成为商业重镇和粮食生产基地。十六国时，河西先后建立前凉张氏、前秦苻坚、后凉吕氏、西凉李氏、北凉沮渠氏，虽有战乱，但总体稳定，经济发展，儒学、佛教昌盛。

创作组成员坐了一天一夜火车，途经天祝、武威、金昌、山丹、张掖、临泽、酒泉、嘉峪关、玉门、疏勒河，在属于酒泉的柳园火车站下车。当时敦煌没有开通火车，他们要转乘长途班车，往柳园西南方向走一百二十公里。助理编导张聚芳回忆："敦煌的天气实在太冷了，飘着雪花，刮着寒风，大家挤在汽车里，有节奏地跺着双脚。"（《从壁画到舞蹈》）到了敦煌，还得往东南方向走二十五公里才能到

莫高窟九层楼，常书鸿绘于 1952 年。

莫高窟。他们拿着介绍信到县委，本要赶赴莫高窟，但县上安排了一天的参观，县委派专车带他们去敦煌周边的鸣沙山、月牙泉、玉门关、阳关，最后参观了社会主义新农村。要见莫高窟，还得多等一天。

“文革”中被迫中止研究工作的敦煌文物研究所，此时正在逐渐恢复业务工作。所里专家听说甘肃省歌舞团要来莫高窟采风，都高兴得很。在双方的期盼中，敦煌文物研究所和甘肃省歌舞团迎来了会合。

前一天下着雪，这天转晴了。一大早，创作组成员乘坐县里派的车，前往莫高窟。车行些许，转过一个沙丘，从沙丘的夹缝里，大家看到一条峡谷，隐隐露出一片脱去树叶的挺拔的白杨树梢。铺天盖地的黄沙，在这个峡谷边悄然止住。再往前，一条结冰的小河（宕河）飘过，他们抬头，被眼前的壮观景象震住了，透过凌厉的白杨枝梢，无数开凿在峭壁上的石窟，像蜂房一样密密麻麻。红彤彤的朝阳，照耀在朝东的石窟上，霞光万道，闪烁夺目，莫高窟像一座巨大的镶满珠宝的天宫展现在他们面前，令人惊心动魄，如梦如幻。

车停在“石室宝藏”牌楼前，敦煌文物研究所所长常书鸿已经亲自带领专家们来迎接了。赵之洵回忆道：“常书鸿所长给我们介绍千佛洞的昔今，段文杰、史苇湘、施萍婷等同志一次又一次带我们看洞子、讲石窟。敦煌艺术的魅力实在惊人，立刻就能把人吸引得走不开，让你狂喜、让你着迷、让你产生许许多多的想象。莫高窟是中华民族的骄傲，是世界上绝无仅有的艺术宝库，从这里边，不仅可以读到中国的艺术史、建筑史、佛教史、中西交通史、中华各民族关系史，还可以找到大量的古代乐舞资料，它是一部反映我国中古社会生活的百科全书。……某些外国人夸口说，‘敦煌虽然在中国，但敦煌学的研究成果却在外国’，这就更加激发了我们的民族自尊心，觉得搞不好这个节目，不但辜负了省委领导和全团同志的期望，也有愧于创造了莫高窟艺术的历代画工、塑匠，对不起列祖列宗。”（赵之洵《关于舞剧〈丝路花雨〉的创作》）

而段文杰的回忆则是：“1977年冬季，甘肃省歌舞团的表演艺术家们来到莫高窟，说是为了创作一部表现丝绸之路昔日辉煌的舞剧，希望从敦煌石窟艺术中得到灵感和启示。我觉得他们这个想法很好，就热心地带领他们参观洞窟并讲解壁画内容。在洞窟大型经变画和现实生活场景中，有不少描绘乐器演奏和婆娑舞姿的场面，既是古代文艺生活的写照，也反映了人们对极乐世界的美好憧憬，从音乐舞蹈发展史来看也是非常珍贵的资料。”（《敦煌之梦》）

敦煌守卫者的手中，握着通向另一个世界的钥匙。每天清晨，段文杰挨个拍大伙的门，带着四川口音叫道：“起床喽，去看洞子喽。”然后，段文杰或者史苇湘，拎着一长串钥匙，领着他们走向悬崖上的羊肠小路，那时窟与窟之间的栈道还没修齐，有的地方要侧身贴崖通过。悬崖边，钥匙每打开一扇小门，便如同打开一个通向历史和佛国的时空隧道。洞内光线暗淡，守卫者挥动手电筒，光柱下，埋藏在时空里的天国乐舞，开始复活。

编导晏建中写给剧团的汇报信中说："来到敦煌已快一个月时间了，该有多少见闻和感受，要向领导和同志们汇报啊！感受确实很多……在这些日子里，我们攀沿着周总理亲自决定拨款修建的栈道长廊，身临奇异的神话世界中，听着研究所老师们的讲解。我们从那走不尽看不完的博大画廊中，不但读到了古代美丽的神话，看到了古代人民的生活以及中外人民友好交往的情景；而且在那'天衣飞扬，满壁风动'的彩壁上，饱尝了艺术美的享受。我们的心随着飘然的飞天驰骋翱翔。伎乐天婀娜的舞姿，独特新颖的造型，又好像使我们听到了古人'风吹仙袂飘飖举，犹似霓裳羽衣舞'的优美诗句。这时，我们总是不由自主地舒臂模拟着壁画中千变万化的舞姿，久久地不愿离去……晚上，我们聚集在一起，翻阅着研究所同志们特意选送给我们的大量资料，交谈着学习心得。在莫高窟这博大的学术海洋里，我们是那样的无知，对于民族文化艺术传统的了解，是那样的肤浅。……临行前，省委宣传部和省文化局领导同志要我们虚心学习，认真研究，解放思想，大胆创作。这些鼓励和期望，增强了我们的信心。我们一定能够和全团同志一起，打好这一仗。"（《〈丝路花雨〉创作随笔》）

首批创作人员通过信件和回兰州汇报，“情报”源源不断汇总到歌舞团，从团里赶赴敦煌的人越来越多。赵之洵、晏建中回兰州后再赴敦煌，冲刺剧本创作；刘少雄带领补充给他的年轻助理安建、徐成华，收集舞蹈素材；新的编导朱江、许琪投入工作；歌舞团副团长陈泓、服装设计郝汉义、化妆设计杨树云、道具师丁伯江、演员贺燕云和仲明华……团里先后派出七批次人员融入敦煌，每一批初到敦煌的人，都经历了和第一批人员同样的心路历程。甘肃省歌舞团将要在敦煌文物研究所保护、研究莫高窟成果的基础上，唱响新曲。

常书鸿（1904–1994），满族，河北人，现代油画大师，被尊称为“敦煌守护神”。1923年毕业于浙江省立甲种工业学校染织科，1936年毕业于法国巴黎高等美术专科学校，1943年任国立敦煌艺术研究所所长，1951年任敦煌文物研究所所长，1982年任国家文物局顾问、敦煌文物研究所名誉所长。1993年完成回忆录《九十春秋——敦煌五十年》。1994年去世，葬在敦煌。

段文杰（1917–2011），四川人。1945年毕业于重庆国立艺专，1946年任国立敦煌艺术研究所考古组代组长，1950年任敦煌文物研究所美术组组长，1982年任敦煌文物研究所第二任所长。1984年敦煌文物研究所升格为敦煌研究院，任院长。出版《中国美术全集·敦煌壁画》《段文杰敦煌艺术研究文集》《段文杰敦煌壁画临摹集》等，被国家授予“敦煌文物和艺术保护研究终身成就奖”。2011年去世，葬在敦煌。

敦煌初曲

莫高窟四百九十二个洞窟，几乎每个窟都有舞蹈和音乐的形象。创作组人员在一两个月的时期内，参观浏览了上百个洞窟，查阅了数百万字的资料，信息量拥有越多，越觉得敦煌艺术内容博大，创作舞剧越不容易入手。他们开始意识到，要想在千余年的历史、四万多平方米的壁画中寻找创作点，必须紧紧依靠研究所那些拥有几十年研究功力的老先生，于是，大家盯住段文杰、史苇湘、施萍婷等专家，不分白天黑夜去找他们，有针对性地向他们提问。陈泓回忆："我们问段文杰老师：'敦煌伎乐中，哪一个舞姿具有典型意义？'段老带着这个问题，重新钻了洞子，经他反复比较，认为一一二窟南壁的反弹琵琶舞姿为最佳。这个不寻常的舞姿就出于段老的选择。在我们决定要塑造画工形象后，不知应该给画工取个什么名字。段老思考之后说：'就简称神笔张吧！'这就是《丝路花雨》中老画工名字的来由。"（陈泓《他们微笑着退去》）段文杰回忆："在参观过程中，他们曾问我：'敦煌壁画众多的舞姿中，什么舞蹈动作最典型和最具代表性？'我认真回忆了所有的壁画舞蹈场面和舞蹈动作，对他们说：'依我看，一一二窟唐代壁画中的反弹琵琶舞姿最有创造性，最有代表性，姿态也很美，可以在这个舞姿上做点文章。'他们接受了我的意见。又问舞剧中老画工的名字叫什么好？我想了想说：'创造敦煌壁画的

唐一一二窟反弹琵琶舞姿。图自《中国戏曲志·甘肃卷》

吴曼英绘制的一一二窟反弹琵琶舞姿白描图。图自《敦煌舞姿》

匠师们很多都没有留下名字，一些题记中留下不多的几个名字，如张思义、连毛僧、史小玉、刘世福等，但生平事迹不详，作为舞剧中的人名不必太具体，可以取一个笼统夸张的名字作为所有画师的代表，叫神笔张好不好？’他们觉得这个名字不错。”（《敦煌之梦》）

这边段老被大家“围攻”，那边史苇湘老先生也没闲着。史老到敦煌已有三十年了，他是临摹壁画的高手，又创建了敦煌文献资料库，被同行誉为“敦煌活资料”，熟知所有洞窟的线条。

刘少雄正领着安建、徐成华两个年轻人收集壁画素材，编排舞蹈动作。三个人一点绘画基础都没有，刘少雄就带着大家临摹壁画，从线条中体会舞蹈韵律，每天定量，画不完不许睡觉。隆冬的敦煌，气温零下十多度，洞子中如同冰窖，他们裹着羊皮袄，艰苦学画，高的地方仰头画，低的地方跪着画，再低的地方趴着画。尽管这样努力，画出来还是不像样。他们求教史老。“史苇湘老师拿来一百多幅敦煌舞姿白描图，我们如获至宝爱不释手，就着烛光（当时研究所自己发电，晚上十一点熄灯），仔细地描绘，将一百多幅舞姿全部描绘下来。这是我们复活敦煌舞姿的主要依据。”（刘少雄《发掘民族文化瑰宝》）“当我们铺开搜集到的这批舞姿图像时，千姿百态的壁画舞姿，使我们眼花缭乱。于是我们一边看，一边比画，一边模拟。就这样一遍又一遍地过了无数个夜晚，流下一身身热汗，脑子里叠印下千变万化的舞姿形象。我们对敦煌舞姿的探索就是从这里开始的。经过了无数次的失败，经过了无数次的反复，逐渐地我们对敦煌舞姿产生了认识，找到了它的规律和特点。”（刘少雄《〈丝路花雨〉创作体会》）

这一百多幅敦煌舞姿，成了创作敦煌舞的基础家底、《丝路花雨》最初的源头。虽然提供这些舞蹈图的是史老，但作为临摹高手的他并不是这批图的作者。

1977年夏，甘肃省歌舞团正在排练《骄杨颂》时，文学艺术研究所音乐舞蹈研究室考察组来到莫高窟收集古代乐舞资料，考察组由舞蹈史学家董锡玖带队，组员有吴曼英、刘恩伯、李才秀、陆文鑑。他们在莫高窟住了一个月，盛夏时节，披着棉衣，日夜临摹壁画。

据董锡玖回忆：“那时研究员史苇湘老师带我们上洞讲解达十一次之多，现在回想那样的日子，不可再得。我们对敦煌的些微知识是史老师给我们打下的基础。……按当时敦煌文物研究所的规矩，离开敦煌要留下点什么，我们就做了汇报，我做中心发言，谈到哪一个动作，男性由陆文鑑同志演示，他模拟北魏‘双飞燕’，纵身跳那么高，在空中双手拍打双脚，使敦煌老师们为之瞠目；李才秀模拟北周二九七窟着突厥装的女子‘移颈’动作，引起老师们的赞叹；特别是吴曼英同志那一百二十三幅‘敦煌舞姿’引起老师们的极大关注，马上复印下来。据说李承仙老师（常书鸿夫人）每一个洞窟都查对了一遍，评为准确无误。”（董锡玖编

《敦煌舞蹈》后记）

“1977年夏，我们文学艺术研究所舞蹈研究室组织了收集小组，到敦煌莫高窟和安西榆林窟收集古代乐舞资料。面对着琳琅满目、美不胜收的古代壁画和众多的乐舞资料，犹如眼前展现了一部生动的中世纪艺术史和文化史，真有目不暇接之感。我们集中力量收集了直接表现舞蹈的经变中的‘伎乐菩萨’和在佛传故事中出现的各个时期现实生活中的舞人和乐舞场面。原壁画大部系彩绘，历经千余年，有的已经变色，有的严重剥落，必须细心辨认才能看到其生动的舞姿。为了能看到清晰的舞蹈形象，我们用白描的形式把这些舞姿介绍给大家。在工作过程中，得到了甘肃省委宣传部和敦煌文物研究所的热情关怀和支持，特别是史苇湘同志对我们的工作给予很多具体的帮助。”（吴曼英、李才秀、刘恩伯著《敦煌舞姿》前言。该前言写于1977年11月，当时甘肃省歌舞团正准备前往敦煌。）1977年7月，考察组一行从敦煌返回兰州，董锡玖见到吴坚、陈舜瑶两位部长，立即建议：“敦煌在甘肃，甘肃为什么不搞一个敦煌的舞蹈节目？”吴坚、陈舜瑶从善如流，于是就有了本文开头的一幕。

1948年，二十四岁的四川人史苇湘来到敦煌，第一个夜晚，“半夜醒来，皓月满窗，铃声大作，引起我一阵惊恐，原来是九层楼檐角上的铁马——风铃，每当夜深人静，从鸣沙山上滑下来的晚风就要将它们‘演奏一番’，后来，渐渐习惯了，以后的几十年里虽然它夜夜鸣奏依旧，却早已忘却它的存在了”（史苇湘《初见莫高窟》）。创作组深情回忆：“和蔼可亲的史苇湘先生，为我们讲文化史、丝绸之路及敦煌民俗。他讲课活泼生动，令人神往。也许是每个洞窟里有他太多的脚印，也许是每篇资料都有他阅读时洒下的汗水，对于历史、美术、敦煌石窟、敦煌风情等等，他几乎无所不知。我们向他提问题，他应答如流，眨眼之间，就能告诉我们某身塑像、某幅壁画，甚至某件乐器，是在第几窟什么位置，按他的指点去找，准确无误。史先生感人之处，还在于他的认真：上班时给我们带洞子、讲课，下班后为我们找资料，有时甚至打着手电，走好长一段路，连夜把资料送到我们手里。”（《他们微笑着退去》）

大漠的黑夜，肃杀死寂，是史老这样的人坚守了无数个敦煌的黑夜。2000年，史老去世，葬在敦煌。

经过努力，1978年1月底，创作组赶在农历年前，拿出了一个三幕五场的剧本初稿，定名《敦煌曲》，打算通过敦煌的命运反映整个中华民族的命运。三幕戏横贯千年，第一幕写唐代，诉画工苦；第二幕写清代，说民族恨；第三幕写解放后，唱光明赞。过完春节，《敦煌曲》完成修改稿，由易炎带队，赵之洵、刘少雄、张强、晏建中、朱江、许琪、张聚芳、安建、徐成华、贺燕云等人开始编舞，韩中才、呼延天助、焦凯开始作曲。

S形与三道弯

当时，歌舞团自己的排练厅尚在重建，为免除干扰，吴坚部长安排找到一处安静的环境，易炎带着创作组部分成员，到临夏州委党校，开始敦煌舞姿的创作实践（吴部长“文革”期间被下放临夏农村，选择去临夏创作，可能和部长熟悉那里的环境有关）。

临夏回族自治州是中国两大回族自治州之一，位于甘肃省西南部，州政府临夏市距兰州一百一十七公里，是古丝绸之路的南道重镇，历史上称枹罕、河州，素有“茶马互市”“河湟雄镇”“中国小麦加”“牡丹之乡”之称。

州委党校的大会议室，一面墙壁是临时安装的玻璃镜，其余三面墙壁挂满吴曼英的一百二十三幅敦煌舞姿白描图。大家对照着图上的形体动作逐个分析，一点一滴地学摆造型，同时利用戏剧家欧阳予倩指导编辑的《全唐诗中的乐舞资料》，全面研究唐代舞蹈的各类艺术记录。

新的难题出现了：壁画上的人物形象是静止的，大家纵然可以模拟所有的姿势，却无法将姿势连贯起来。这些舞姿，编导们以前从未接触，尽管他们对古典舞、芭蕾舞、民族舞都很熟悉，但用现有舞蹈动作的运动方式去串联敦煌舞姿，极其别扭。大家又走戏曲的路子，设计出的动作仍不伦不类。尽管唐诗里提供了大量描写舞姿的资料，但那毕竟是文学语言，此时，编导们遇到了一种前所未见的舞蹈语言。

从专业角度讲，舞蹈语言是舞剧创作的第一要素，如同字、词组成语句，舞蹈动作组成舞蹈的语句。静止舞姿和舞蹈动作是舞蹈的字和词；孤立看画面和动作，表达不清楚舞蹈意思，舞蹈就是要在不同的舞姿和动作之间，发明出互相连接的过渡动作和舞步，把字、词加以丰富组合，形成语句，产生舞蹈语汇；再用有逻辑的、能表达情意的一个个舞蹈语汇，编成舞蹈语言，从而塑造出鲜明生动的舞蹈形象和人物形象。

面对一堆陌生的字词，编导们如同触摸天书。大家反复看，模仿静止的舞姿，琢磨舞者的神态味道，不断组合排列，将一帧帧静止的画面缓缓连放，从上下、左右、前后、高低、快慢、方向、节奏等方面去寻求变化，像疯子一样地跳来摆去。贺燕云是唯一全程参与舞蹈的编排和创作的演员，她回忆："排练场上，我们不分昼夜，挥汗如雨。为了让静止、平面的敦煌壁画舞姿'活'起来、'舞'起来，表现其独特的韵律，编导们潜心钻研、孜孜以求。而我成了他们探索规律、感受规律、表现规律的实验'陀螺'。我像着了魔一样千百遍地舞，每一个舞姿、每一段舞姿、每一段舞蹈、每一场舞蹈的形成，都经历了修改－确立－再修改－再确立的反复过程。"（《〈丝路花雨〉的眷恋丝绪》）

看得多了，摆得多了，一闭上眼睛，壁画上的舞姿就在编导们的眼前活动，越是仔细地揣摩和模仿，舞者的神态就越是活跃起来。脑中经过无数白天与夜晚的回走，渐渐的，

吴曼英绘制的三三五窟南壁一个非常别致的造型。图自《敦煌舞姿》

他们感到眼前的白描舞姿活了起来，动作连了起来。大家先后总结出壁画静止舞姿都讲究曲线，勾脚，送胯，扭腰，手势丰富，头颈别致，表情妩媚，舞蹈基本动律是：舞姿是由头、肩、胯的弯曲形成，支撑点多在胯部，以胯的扭动，加以头、眼、肩、肘、腕、胸、腰、步、膝、脚的配合，形成和谐的舞蹈动作。在大家形成共识的基础上，许琪最先将敦煌舞蹈动作的语句简洁而形象地总结为“S形”“三道弯”的曲线动律（后来许琪在董锡玖鼓励下，写出《我们是怎样使敦煌壁画舞起来的》《试论敦煌壁画舞蹈的动律特点》等学术论文，固化了这个成果），在此基础上进一步分析舞姿的重心及动势，推测每一个舞姿可能经过什么样的路线达到壁画上的那种样子，又可能怎样向下发展。

一窍通，百窍通。大家发现，舞蹈的动作过程也需经过类似S形的运动才能达到S形的造型。只有充分运用了这一运动过程，编出来的动作才像，风格才对劲。原来，敦煌舞蹈的语汇，也是一个个流动的S形！

“我们在具体实践中有意充分运用这一规律，发展多种动作。同一造型还可经过不同角度的S形曲线发展成不同动作。比如三三五窟南壁一个非常别致的造型，她的曲线特别丰富，在单独模仿中甚至觉得要摆得跟画一样都比较困难，好像挺别扭。但这别扭也正是她美的一个重要因素。在编舞中我们使其经过垂直面的S形曲线运动，先使双臂下垂然后压腕曲肘，肘部逐渐上提，同时出右胯，腰向左靠，向右歪头形成这个舞姿，再去连接其他动作。又使其在垂直面上经过横∽运动，使舞者先向右虚点右脚，重心向右移，上身向右倾，右手臂向右撩出，手心向上；然后右脚用蹬劲使重心向左收回，右脚旁吸，出左胯，上身左倾；右手臂手心向下压腕提身肘向左拉成∽形，左手臂手心向上托成∽形，头随重心自然左右摆动。整个动作连起来，既保持原造型的韵味，又如行云流水，十分舒畅，既可单独存在，又可衔接其他动作。”（许琪《我们是怎样使敦煌壁画舞起来的》）

“我们艰难地寻找着每一幅舞姿之间的关联，判断是腾空的瞬息还是地面的造型，琢磨着动静结合的节奏以及跃动与旋转的方向流线……把一个个静止孤立的字与词，变成情趣盎然的句子。”（贺燕云《我跳〈丝路花雨〉》）

编导们发现和运用了S形原理，但在编舞创作中又不刻意拘泥于这个原理。“复活敦煌舞姿不是为了复古，必须考虑今天人民群众的喜爱和欣赏习惯。首先要保持和发展它S形曲线美的特点，使它新颖别致鲜明；也糅以圆场、翻身等中国古典舞的成分，使它符合传统概念，而不是一味地追求古，追求奇特。”（《〈丝路花雨〉创作体会》）安建也将从武威杨家寨学来的《攻鼓子》舞步“叠罗汉”“凤凰三点头”化入男子舞步中，这是民间保留的古战场助攻壮威的军鼓舞。“舞剧的编舞是要表现人物、情节、意境的，所以并不是只推敲下运动规律就可以了的，编导者更需要得到多方面的启发。在编舞中，《全唐诗中的乐舞资料》一书，不仅为我们提供了唐代乐舞的盛况、舞姿的神韵、舞者风貌、舞蹈的服饰，而且使我们得到意境上的启发，加深了对壁画舞姿的理解。”（《我们是怎样使敦煌壁画舞起来的》）

两个月过去，1978年5月创作组返回兰州，他们又遇到了困难。复活壁画舞姿的实践取得了成功，大家收获了美丽的舞蹈语汇，但将要这些词句编成文章，却出现了大问题。

《敦煌曲》三段体的剧本结构，由于年代跨度太大，在实际编排中，大家发现主题、人物、事件都无法贯穿。首先难以解决主人公问题，从大唐帝国到社会主义新中国，间隔一千三百余年，谁能活那么久。“各样的货色俱全，像个杂货铺子，好几个主题互相打架。而且在表现手段上也不成章法，组舞不像组舞，舞剧不像舞剧，越搞越苦恼。”（《关于舞剧〈丝路花雨〉的创作》）团内领导和同行们说：“它不是舞剧，却像一部‘洋片’。”（《敦煌艺术的风采》）中国歌剧舞剧院《文成公主》创作组途经兰州，看了《敦煌曲》排练的片段，也坦诚地说：“你们的舞蹈是成功的，但是你们的结构不行！”

作曲创作也经历了与舞蹈创作类似的过程。舞剧的音乐色彩取决于舞剧的剧本设计，剧本创作不成功，音乐也就失去色彩。韩中才、呼延天助、焦凯三人徜徉在莫高窟的音乐艺术中，可音乐资料太丰富了，比如二二零窟贞观十六年（642年）乐舞图，是唐代壁画中规模最大的乐舞场面，两列乐队呈人字形，由各族乐工组成，光是乐器就有方响、筚篥、琵琶、五弦、筝、排箫、竖笛、横笛、铜钹、笙、羯鼓等三十多种。当时全国创作舞剧音乐的作曲家并不多，特别是像甘肃省这样一个西北地方舞团，首次创作大型的舞剧，创作经验更是欠缺。“我们长期以来生活在甘肃，主要学习和研究民族音乐以及从事歌舞音乐的创作，对于中国的古代音乐，不熟悉、不了解。（这次）音乐创作，给我们提出了向古代音乐学习的新课题。通过专程到有关单位走访学习、查阅收集古代音乐资料，听日本现存的中国唐代雅乐的录音，开阔了我们的艺术视野，增加了不少感性知识。”（焦凯《关于舞剧〈丝路花雨〉的音乐创作》）

几位作曲家反复研究斟酌，一遍遍改动初稿，最终决定采用琵琶古曲《月儿高》做整个舞剧的基调。这是一首完整的大曲，旋律体现出中国古典音乐典雅、委婉、悠扬的风格特征，音律变化幅度大，节奏自由，可重新编排创作的空间大。符合莫高窟艺术的音乐元素找到了，却因剧本原因，音乐创作的细节无法推进。

舞蹈靠“三道弯”取得了成功，剧本却因“三道弯”受到了挫折，归根结底，还是由于创作人员缺乏深入钻研，没有尊重艺术规律，同时受主题先行、图解政治创作模式的影响，压垮了舞剧所能承受的范围。剧组又陷困境，是修改修改就这样坚持演出，还是从头苦战，重新打造能征服观众的剧本？创作人员各持己见，矛盾重重，有人提出，编剧们散伙，各写各的。团里原来一直不赞同搞敦煌的人开始幸灾乐祸："敦煌，敦煌，可不是越蹲越黄！"

在最困难的时刻，吴坚部长来到创作组认真听取了汇报，当机立断指示："创作组不能分散，团结必须要搞好。先集中三个月的时间读书学习，坚定信心，统一思想，提高对舞剧主题的再认识；重走敦煌，向专家虚心请教，加深对丝绸之路的历史和厚重文化背景的进一步了解。"（许琪《缅怀敬爱的吴部长》）

创作组离开临夏的5月，正是牡丹开得最好的时候。古河州盛产牡丹，誉满西北，流传"牡丹随处有，胜绝是河州"的诗句。甘肃的牡丹花开了，大唐盛世的遗风，将要在甘肃的舞剧中，绽放出国色天香。

呼之欲出

多年以来，在甘肃省各个艺术剧团，都流传着这样的故事：不论哪个剧团开始有新剧目进行创作，吴坚部长都是手提墨盒，拎着牙刷、毛巾亲临一线，和创作者进行"三同"。哪"三同"？同吃、同住、同创作。

在甘肃文化艺术界，吴坚是个巨大的存在。在他主抓下，"文革"前十七年，甘肃省文艺领域佳作频出，全国首屈一指。省话剧团《在康布尔草原上》受到毛主席和周总理的鼓励，《滚滚的白龙江》《8·26前夜》《岳飞》《远方青年》《教育新篇》等剧，或进京演出，或在全国各剧团公演。省歌剧团《向阳川》，周总理两次观看演出，亲自指挥演员合唱主题歌《中华儿女斗志昂》，赞扬“是继《白毛女》《刘胡兰》《洪湖赤卫队》之后又一出好戏”。陇剧团《枫洛池》进京演出轰动一时，成为戏剧艺术界盛事。甘肃著名戏剧作家程士荣回忆，建国初期，吴坚经常夜晚或周日来到戏剧家当中，一起谈剧本，看排练，渴了喝凉开水，饿了吃冷馒头，困了和大家挤在办公桌上打盹，就像在战争年代宣传演出一样艰苦奋战，最终创造出了甘肃艺术的繁荣。“文革”后，他在省委书记宋平的支持下，迅速恢复省文联、作协等艺术家协会，家访沉寂多年的作家和艺术家，全面酝酿新时期的文学艺术创作。1978年3月，吴坚亲自领导推进的省话剧团《西安事变》（开创国共两党领袖出现在舞台的重大题材先河，与《丝路花雨》同样轰动全国）完成首演，他就将工作精力投向了《敦煌曲》。敦煌舞剧的创作者们，将要迎来有名的“三同”。

吴部长的决策，让大家重新团结在一起，通过反思创作的失败，激发起了非搞成不可的决心。从1978年5月开始，创作组苦练内功，潜心读书、再走敦煌、请教专家，思路逐渐明朗起来。莫高窟本身是丝绸之路的产物，莫高窟的历史，浓缩着丝路的历史，既然漫长的历史不能全都反映，不可能一股脑搬上舞台，那就选择最典型的时代，讲述最精彩的故事，塑造最具代表性的人物。在中国历史上，最强盛辉煌的朝代是唐代，莫高窟中，现存数量最多、内容最丰富的洞窟，也是唐窟。从唐代建立到吐蕃占领敦煌（618–786年），这段时期的现存洞窟一百二十七个，集中反映了中国历史和敦煌佛教全盛时期的面貌。创作组认为，应将舞剧创作的主题、时间、事件、人物集中在唐代，以盛唐为背景符合历史事实，还有强烈的时代精神，也符合当前改革开放的需要。这个思路，得到了吴部长的肯定，他鼓励创作组："大家一齐下手，抱个金娃娃！"（《敦煌艺术的风采》）

创作的路子，要从空泛述说敦煌宏大历史，转向集中讲述时代人物命运。思路统一了，大家立即行动，将原《敦煌曲》后两幕删除，对第一幕唐朝部分进行改写扩充，开始全新创作。唐代政治上任用贤能、广开言路；农业实行均田制，轻徭薄赋；民族政策改良，形成四海一家的统一安定局面；文学艺术空前繁荣，诗歌、散文、绘画、书法、音乐、舞蹈都取得了伟大的成就。唐代是中外关系大发展的时期，实行友好往来和经济文化交流，成为世界性的帝国。唐代军事力量强盛，630年击败东突厥，635年击败吐谷浑，确保了河西走廊的安全。639年攻破高昌，644年征服焉耆，648年攻克龟兹，确保了丝绸之路的畅通。敦煌和全国一起，在开元、天宝年间发展到顶峰，在这里，西行求法和东来弘道的僧侣往来不断，中原的丝绸瓷器和西域的珠宝香料交易繁盛，敦煌成为一个真正的国际化都市。因此，吴部长重点指示："要强调明确时代背景，要主题思想鲜明，揭示中国唐

《中外交谊古来频》，段兼善（段文杰之子）绘。图自《甘肃画报》1980 年

盛时期的开放政策，广交朋友，也要表现出物产丰富、经济发展的繁荣景象。”（刘韧《回忆老部长吴坚同志》）大家提炼出歌颂丝绸之路中外友谊的重大主题，同时反映建窟中画工的命运。

作为舞剧艺术指导的易炎，上世纪五十年代就在吴坚带领下从事话剧《在康布尔草原上》和陇剧《枫洛池》的创作，对部长的风格体会最深：“有懂艺术、能按艺术规律办事的领导同志的大力支持，如省委宣传部吴坚、陈舜瑶，他们可以说是《丝》剧创作集体的成员，不仅在方向上给予指引，而且关怀创作的每一进程。尤其是部长吴坚，从讨论题旨、结构故事到下排练场，他几乎参加了全过程。就在他患病住院期间，我们也常去汇报。在创作过程中，他如普通成

员一样热烈地参与讨论和争论，从不以领导身份出现。这种平等、宽松、坦诚的学术论争风气，极有利于艺术作品臻于完美。”（《丝路寻梦记》）

剧本执笔赵之洵回忆道：“在讨论剧本的时候，领导不是以审查者的身份出现，而是作为一个普通的人员参加进来，是平等的关系，不是发号施令与必须服从的关系。大家坐在一起，共同商量，也可以争论，有时争得脸红脖子粗，一直到拿出个比较满意的方案为止。领导的话，不是作为指示，而是意见，谁的对就按谁说的办。由于领导能和创作人员同甘共苦，了解我们的工作最需要的是什么，就尽量给创作人员提供方便条件，创造学习环境。有时，开一些学术性的会议，会议上提到丝绸之路，领导同志马上打电话叫

歌舞团的同志来听一听。”（《关于舞剧〈丝路花雨〉的创作》）

编导许琪回忆道：“在舞剧的整个创作过程中，吴部长始终强调维护剧组的团结，他不止一次在创作组会上，中肯地对每个人进行剖析，指出各有所长，互补长短，一定要以‘剧’的创作为主，不说不利于团结的话，不做不利于团结的事，既有批评又有鼓励。他曾半开玩笑地说：‘有人搞小动作，就全党诛之，全民讨之。’正是他的严格要求，耐心帮助，剧组在创作中，才保持了和谐宽松、自由热烈的艺术探讨气氛，大家才敢解放思想，知无不言，言无不尽。”（《缅怀敬爱的吴部长》）

在这样的氛围下，舞剧人物形象和剧情在编剧笔下汩汩滔滔流淌出来，如同唐代卓越画工绘在敦煌白壁上的画作。

老画工神笔张父女被创作出来了。前文提及，神笔张这个名字是段文杰根据史实概括得来。唐代有四五万所寺院，几千个石窟，大量的壁画和雕塑，都是神笔张这样的无名画工创作的，他们是唐代艺术、敦煌壁画的真正创作者。莫高窟北区的一些小石窟，是画工、塑匠居住的地方，考古发现过匠人的生活用具、典契、账簿和他们穿着破布麻鞋的骷髅。唐代的工匠有详细的社会分工和发达的手工业技术，工匠按技术分为：都料（级别最高，工程的规划、组织和指挥者）、博士（具备过硬的专业技术、能从事高难度技术工作、独立完成施工任务）、师（主要存在绘画、雕塑行业，都料和博士级的画塑匠都可称师）、匠（能独立从事一般技术性劳动）、生（画塑行业的最普通工匠）。工匠的身份，大体为隶属于官府、隶属于寺庙和少量个人身份者，前两者，即便是都料、博士这样的高等工匠，都属于奴隶身份，唐代民歌："工匠莫学巧，巧即他人使。身是自来奴，妻亦官人婢。"敦煌藏经洞中出土《塑匠都料赵僧子典儿契》，记载唐代敦煌高级塑匠赵僧子，家中地上出水（可能是地基塌陷），因穷困无法维修房屋，只好把亲生儿子典当给富人做苦工。这群有着杰出才华的奴役，经年累月地待在阴暗寒冷的石窟里，举着油灯、捧着颜料碟，长久地仰着、跪着、趴着，用劳损的身体作画；他们忍饥挨饿，卖儿卖女，用自己的生命作画；他们把自己对美好生活的渴望、对现世生命的热爱，都融化在传播宗教神力的壁画当中。他们白天钻进黑暗的洞窟中劳作，晚上爬进窄小的洞窟中蜷缩，死后洞窟就是他们的坟墓。敦煌壁画，就是这些半生颠簸里苦心学画、半生黑暗中点亮心灯绘画的伟大艺术家燃烧生命的光辉。

历史上虽然不曾有过神笔张父女这样两个人物，却有千百个和神笔张父女同命运的画工和塑匠，因此，编导者分析研究大量史料，怀着对古代无名匠师的高度崇敬，歌颂劳动人民的创造，构思出了这两个栩栩如生的人物。

神笔张的女儿英娘（最初起名多宝）是唐代歌舞伎的化身。唐代乐舞极其发达，在中央，有太常寺、教坊、梨园三大宫廷乐舞机构并存，"唐之盛时，凡乐人、音声人、太常杂户子弟隶太常及鼓吹署，皆番上，总号音声人，至数万人”（《新唐书·礼乐志》）。长安内外教坊，专门训练歌舞伎。民间歌女选入宫廷就成了宫伎，征到官府就成了官伎，或者达官贵人的家伎。这些艺人，大都是奴隶身份，英娘随着父亲，亦是奴隶身份，被官府当作官伎，随意征用。她们一入官府，便与家人隔绝，受尽压迫，并会被随便买卖、赠人。琵琶弹奏是歌舞伎突出的技艺。琵琶最先流行于西域，在汉代传入中国，北朝时“龟兹琵琶”流行于中原。隋唐时代，琵琶大盛，弹奏技术高度纯熟，上自宫廷，下至民间，响彻琵琶声。唐代的十部伎，部部有琵琶。杨贵妃是琵琶高手，用特制的“贵妃琵琶”演奏。长安著名的演奏世家，西

上世纪八十年代初，甘肃省工艺美术厂出品的神笔张剪纸形象。

域曹国人曹保、曹善才、曹刚一家三代，都是琵琶名家。唐代大量的诗文，记录了各种场合演奏琵琶的盛况。敦煌壁画中众多弹奏琵琶的形象，就是这样时代风气的反映。唐代安史之乱，大批宫廷、官府艺人流落民间。而敦煌作为当时的国际化城市，世界各国的舞乐来这里交流汇聚，所以在敦煌，有英娘这样善弹琵琶、舞技超群的艺人，合乎情理。

波斯商人伊努思的形象被创作出来了。过去中国文艺作品中的外国人形象，除白求恩等少数人，很少有正面的。用外国人的反面形象宣传动员人民推翻“三座大山”、揭露特务间谍对国家安全的侵害，都是十分必要的，但艺术中将这种手法用得太多、太僵，形成模式化，甚至发展到绝对化、极端化，

神笔张的女儿英娘和波斯商人伊努思的剪纸形象。

盲目排外，值得深思。“最受影响的是那些天真的孩子们。我们兰州的娃娃一看到外国人，就到处说：‘友谊饭店又来了些鬼子，走，看鬼子去。’在他们眼里，外国人都是鬼子。”（《关于舞剧〈丝路花雨〉的创作》。友谊饭店是兰州涉外宾馆，解放后为参加建设兰州的外国专家修建。）

隋唐时代，中国开放包容，与中国互通使节、友好往来的国家，约有五六十个，其中最突出的是波斯。唐代前期，波斯派遣使者入唐达三十余次，河西走廊有定居的波斯人，与当地居民长期友好相处。西安出土的苏谅碑，波斯商人悼念他逝去的中国妻子，感情哀婉。波斯遭到大食入侵，波斯王子卑路斯长期流寓长安，并做了唐朝的右武卫将军（长安寓居大量外国人，如波斯、大食、突厥、康国、安国、天竺、高丽、日本等，外国王公贵族近万家，西域胡商上千人，还有使者和留学生。许多人做了唐朝的官，五品以上的有百余人）。唐王朝也多次派遣使者通好波斯，还护送波斯王子回国。双方在文化上的交流更为深远，十六国、北朝时期的莫高窟，渗进了波斯佛教艺术的元素。北周时期，中国的刺绣和绘画传到波斯，唐代中国工笔画影响波斯产生细密画。在这样的历史背景下，波斯商人伊努思作为中外友好的象征诞生了。顺着伊努思这条波斯主线，不仅会丰富戏剧冲突脉络，更使音乐和舞蹈呈现出丰富异域色彩，为舞剧创作提供了广阔的艺术空间。

河西节度使正义的形象被创作出来了。曹魏时期仓慈任敦煌太守，抑制豪强，保护商旅，团结少数民族，他去世后百姓悼念，西域商人痛哭，为他建立祠堂。隋代裴矩做张掖“互市监”，促进中外贸易发展。大业五年（609年）炀帝巡幸河西，西域二十七国派使者前来参加，高昌、龟兹、康居、安国、吐火罗、波斯等国使者，“皆令佩金玉、被锦罽、焚香奏乐，歌舞喧噪”（《隋书·裴矩传》）。河西百姓盛装观看，乘马骑驴，人山人海，延绵数十里。唐朝为维护中西交通，设置河西节度使，所辖军队人数居全国第三，战马占全国军马四分之一，在西域设安西、北庭两个都护府，从长安到中亚上万里，均驻重兵保护民族安宁和丝路畅通。唐中后期，吐蕃占领河西，沙洲大族张议潮率众起义，赶走吐蕃，归顺唐朝，朝廷任他为归义军节度使。“文革”后，一些历史戏如《海瑞罢官》《王昭君》《大风歌》等重上舞台，历史上起过进步作用的明君、清官得到肯定，创作组构建河西节度使这个人物，对内体恤百姓、翦除贪官强盗，对外维护睦邻友好，既是再现历史，又体现出思想解放。

没有冲突不成戏剧，掌管敦煌集市的市曹、强盗窦虎等反面人物形象产生了。他们压迫本地百姓，掠劫西域胡商，严重影响丝路的畅通。十六国时代，北凉沮渠蒙逊灭西凉，在河西大肆屠杀，公开拦路抢劫胡商。北魏时的焉耆国，经常剽劫中原使者。凉州刺史元暹，贪暴无极，诈骗胡商聚集，杀害劫财。北周时代，凉州刺史史宁，拦路抢劫吐谷浑商团。唐代虽然丝路沿线大量驻军，但仍不时有强盗行劫。

贞观初年玄奘西游，多次遇贼。开元天宝年间，在敦煌境内，商贾改变通行路线，躲避强盗。张议潮收复河西后，长安使者在沙州境内，被回鹘人劫去财物和国信。莫高窟隋代四一八窟、四二零窟，唐代四十五窟都画有“胡商遇盗”。“商主戴胡帽、披裘衣，跃马扬鞭，催促驼队前进。翻越一座高山时，满载货物的骆驼，摔死山下，行人们拾起残余货物，捆装在另一骆驼上继续赶路。就是他们——不畏艰险的中西使者，交流着人类的文化，传送着中外人民的深情厚谊。”（段文杰《真实的虚构》。在剧本重新构建阶段，他来兰州治疗眼疾，念念不忘剧组的创作，有时坐公共汽车到歌舞团，继续给大家提供帮助。）值得一提的是，“市曹”这一称谓被剧组使用后，一直出现在各类创作材料和演出节目单上。1981年剧组从外地演出归来，“史苇湘看到节目单，发现‘市曹’这角色提法不准。在查阅资料之后，他立即从敦煌写信告诉我们：这反面人物的官称，应称作‘市令’。此后我们做了改正”（《他们微笑着退去》）。

三个月过去，人物形象立起来了。要让这些人物活起来，必须得打造一个好剧本。早在陕甘宁边区三边分区文艺工作团时，吴坚就创作和导演了《南京闹剧》《一支枪》《翻过这架山》等二十多部革命歌剧和话剧，对文艺创作有着深厚的理论水平和实践基础。从1978年8月开始，他和大家一起集体创作剧本。“剧本在讨论和切磋中夜以继日地进行着。那些日子，创作室里整天被男同志吸的烟的浓雾弥漫着，都快要把我们女同志熏晕了，但大家的心情是快乐的……吴部长总是身体力行，参与到我们的构思和创作中，常常为某一个情节和我们争执得脸红脖子粗，有时我们为坚持己见而当面顶撞他，他从来不生气，总是和颜悦色地说：‘反正你们要搞好，搞不好就要打板子。’在他面前，我们敢想敢说，心情总是愉悦的，从不因他是上级领导而畏缩和胆怯，因为我知道他的心是和我们相通的。”（《缅怀敬爱的吴部长》）这样的氛围完全激发了大家的热情，相继产生一连串的新观点，为丰富剧情发展提供了更多可能性。一个人的某个剧情建议被大家否定了，接着，有更多合理的建议涌动出来。在剧情完善的基础上，一幕幕舞蹈动作也在编剧的心中翩翩起舞……

剧本情节有了明显起色，但吴坚的要求却越来越高。“我们曾先后三次把设计出来的重要情节给吴部长汇报，编导们像讲故事一样边叙述剧情，边比画着表达剧中的舞蹈动作和表情。我们觉得每次都用尽了浑身的解数讲给他看，但他都提出许多问题，并把我们驳回来说：‘剧情不顺，情节不打动人，小里小气。’又说：‘回去再好好想想！’让我们好沮丧……创作组在低谷中徘徊，在绝望中摇摆不定，又产生了兵分两路的意见，有人提出不如一组专写画工的苦难史，一组专写中外友谊，各编剧情。这事被吴部长知道了，他狠狠地批评：‘剧组坚决不能分裂。三个臭皮匠顶个诸葛亮，要集中精力、攻克难关。我的意见是以盛唐时的文化

《丝路花雨》舞剧编导组，后排左起晏建中、许琪、刘少雄、张强、陈泓、朱江。图自沟红飞主编《中国经典舞剧〈丝路花雨〉》

吴坚和《丝路花雨》演员们在一起。图自《中国经典舞剧〈丝路花雨〉》

历史为背景，以丝绸之路为依托，以画工父女的悲欢离合贯穿全剧。’经他点拨，我们又有了信心，创作组开始再一次地编写……大家集中凝聚众人的智慧和力量，创作有了飞跃的变化。之后又给他做了多次汇报，一次比一次让他高兴，最后一次他高兴地说：‘这还差不多。’大家如释重负，高兴得拍起手来说：‘吴部长请客！吴部长请客！’他却说：‘这才是万里长征第一步，等你们在北京演出成功之后，我请你们吃全聚德烤鸭。’”（《缅怀敬爱的吴部长》）

剧本成熟了，老部长却累病了。据报告文学家王家达《奇葩》：“在省人民医院的一间高干病室里，住着一位操河南口音的病人。一场‘翻天覆地’的闹剧，摧垮了他健壮的身体……在这间病室的桌子上，放着一些和养病毫不相干的东西：敦煌壁画中的舞姿图像，我国古代的乐舞资料，歌舞团的排练日程表……老人半卧在病床上，仔细地推敲起来。《丝绸之路》？不好；《敦煌的故事》？也不好……老人摇摇头，闭上了眼睛。剧本的四稿已经出来好久了，但始终没有一个好名字。为这个剧名，他昨晚整整琢磨了一夜。终于，一个既切题又新颖的剧名，在老人的脑海中形成了。好，就这样！他提起笔，将剧本封面上的《丝绸之路》勾掉，一笔一画地写上：丝路花雨。”吴坚夫人王树美回忆：“1978年，舞剧《丝路花雨》剧本正处在很难的创作过程中，反复多次，定不下来，但他对这个舞剧充满信心，决心亲自和创作人员一起拿下这个剧本。他住在剧团，呕心沥血，亲自组织指导写作，提出自己的见解，几易其稿，最终使剧本有了起色，初显轮廓。由于过于劳累，他冠心病发作，不得不住进医院。病房又成了他的工作室，他召集主创人员在医院谈自己对剧本的一些想法，一个章节一个章节地细抠……一连好几个夜晚他都睡不安稳。他琢磨该给舞剧起个什么名字好，《阳关古韵》《敦煌神韵》《丝绸古道》，他都否定了。经过苦思冥想，《丝路花雨》的名字突然闪现在他的脑海中，他高兴地默念着'丝路花雨''丝路花雨'，对！就是它了！这时天色已微明，他才安然入睡。"（王树美《无尽的思念——忆我的丈夫吴坚君》）

老部长作风立德，创作立功，理论立言："文艺作品的好坏，要通过群众来检验。一个作家的成长要通过实践来培育，通过实践来鉴定。领导要支持好的作品问世，要帮助作家成长。领导可以而且应该有自己的意见，但是领导的意见，是否正确也必须由实践来检验，由群众来检验，对了就坚持下去，不对就改正过来，不要以'本本'或官职为标准。"（1978年12月在甘肃省文化局、文联党组会议上的讲话《文化技术战线的任务》）"领导文学艺术，就要按照艺术规律办事，充分发挥作家艺术家的聪明才智，保证他们有从思想内容、艺术形式、风格等各方面发挥创造性的广阔天地。在这里，领导的责任是造成生动活泼的民主空气。要尊重作家艺术家的劳动成果，不能随便否定，更不准打棍子……我省的话剧《西安事变》，舞剧《丝路花雨》，京剧

《南天柱》等，都经过了一个从粗到精的提高过程，这些作品的创作和演出，都是领导和文艺工作者共同努力，密切合作的结果。文艺工作领导者不仅要组织艺术实践，还应参加艺术实践，在实践中增加领导文艺工作的才干，实现对文艺创作的正确指导。所有艺术作品，无疑都是作家艺术家们发挥才能和辛勤劳动的成果，而领导者则应该是和作家艺术家甘苦共尝的战友。”（1980年7月《回顾甘肃三年来的文艺工作》）“领导同大家平等地交换意见，共同地研讨问题，既是艺术生产的组织者和领导者，又是参与创作实践的普通劳动者；既是文艺工作者思想上的战友，又是生活上的朋友；既放手使大家去努力探讨，又引导帮助克服某些不良倾向，这就为文艺的发展创造了良好的条件和气氛。”（1980年9月在甘肃省文学艺术工作者第二次代表大会上的报告《为繁荣社会主义新时期的文学艺术而奋斗》）

1978年11月13日，甘肃省委宣传部吴坚部长来到甘肃省歌舞团，亲自给舞剧命名为《丝路花雨》，准备向新中国成立三十周年献礼。

国色天香

1978年12月，民族舞剧《丝路花雨》创作机构成立。

编剧：甘肃省歌舞团《丝路花雨》创作组。舞剧讲述波斯商人伊努思与中国画工神笔张父女生死交往的故事，共有六场和一个序幕、一个尾声。序幕：飞天翱翔天空，撒下朵朵花雨。人间戈壁古道，驼铃声声，波斯商队缓缓走过。风沙突起，伊努思被埋，神笔张救起垂危的伊努思，小女英娘却被强人窦虎抢走。一场《市场》：五年后，英娘卖艺街头，伊努思代老友神笔张赎回女儿，友谊升华，父女团聚。二场《洞窟》：神笔张在莫高窟受获得自由和父爱的英娘舞姿启示，绘出反弹琵琶壁画。市令欲占英娘，强征为官伎。英娘拜伊努思为义父，神笔张托付伊努思带英娘远避波斯。三场《情深》：三年来，英娘与波斯人朝夕相处，情同手足。英娘学习波斯舞蹈，传授中国舞艺与刺绣。伊努思奉命使唐，携英娘归国，英娘将反弹琵琶伎乐天刺绣留在波斯。四场《梦幻》：神笔张披枷锁作画，思女过度，梦幻中与女在天宫相会，伎乐天、荷花童子、凭栏仙女、妙音鸟纷纷为父女起舞。五场《悲歌》：市令指使窦虎抢劫伊努思商队，神笔张点燃烽火报警，被箭射倒，友谊热血染红丝路黄沙。六场《交易会》：敦煌二十七国交易会上，霓裳羽衣舞、印度舞纷纷起舞，英娘乔装入场献艺，乘机揭穿市令罪行，大唐节度使翦除恶人，为丝路除害。尾声：飞天撒下吉祥的花雨，丝路畅通，友谊绵长。

执笔：赵之洵

编导：刘少雄、张强、朱江、许琪、晏建中

助理编导：张聚芳、安建、徐成华

作曲：韩中才、呼延天助、焦凯

顾问：常书鸿、段文杰

艺术指导：易炎、陈泓

布景设计：李明强、杨前、江富艾

布景制作：郭福生、魏云龙

服装设计：郝汉义

化妆设计：杨树云

道具设计：丁伯江、陈世华

第一批主要演员：贺燕云（主演英娘），张丽、傅春瑛、张京棣（兼演英娘、凭栏天女、霓裳羽衣舞、印度舞），崔凤云（幼年英娘），仲明华、柴怀民（神笔张），李为民（伊努思），张稷（强人窦虎），贾士铭（市令），吴鸿玉（河西节度使），许琪（河西节度使夫人），樊玲（伊努思夫人），辛谨梅、王竹月（飞天），徐成华、刘小兰（凭栏天女），孙淑芳、杨虹、史敏（霓裳羽衣舞）等。

1978年12月30日，甘肃省歌舞团举行新年联欢会。吴部长和大家一起欢聚，这是自“文革”后从来没有过的热闹场面，大家怀着浴火重生的心情，沉浸在尽情狂欢中。吴部长高兴地唱起豫剧《杨家将》中穆桂英的一段“我不挂帅谁挂帅……”打动了全场。

1979年1月3日，省歌舞团召开《丝路花雨》动员大会。此前吴坚提出：“我们要参加新的长征，要突出抓三件事：第一，整顿，整顿领导、队伍、事业、作风。第二，繁荣创作，掀起向新中国成立三十周年献礼的创作活动。第三，提高文化艺术事业的质量，强调高标准、高水平，强调严格要求……要虚心学习，要细磨苦练；但必须有雄心壮志，必须有远大理想，不要妄自菲薄，甘居人后。”（1978年12月在甘肃省文化局、文联党组会议上的讲话《文化技术战线的任务》）

编导、作曲相继投入创作。由于舞剧尾声没有过多舞蹈，加上序幕，实际上需要编排七场舞蹈，编导分工为——朱江：序幕、三场；刘少雄、安建、徐成华：一场、五场；晏建中、张聚芳：二场；张强、张聚芳：四场；许琪：六场。七场戏分给了五位编导、三位助理编导，这样保证在集体创作下，不会出现思路雷同，同时又打擂台，相互竞争较劲，比拼编剧水平。

编导们各自躲在家里，互相再不商量，希望做出点新意来再相互交流。他们按照剧本不同人物的性别、年龄、身份、性格，参考壁画姿态，运用S形造型原理，创造各个角色的身姿、体态、手型、脚位及动、静神情；运用S形运动原理连接各个角色的跳、转、翻、滚、旋，各种步法走、跑、蹉、踢；按剧中各个不同场合、情节的需要，设计出贯穿全剧的典型动作和各种相对独立的独舞、群舞。

老编导刘少雄的房间里烟雾腾腾，他为了琢磨英娘在集市上的胡旋舞动作，又度过一个不眠之夜，兰州产的“飞天”牌纸烟烟蒂已堆成小山。他生于1933年，在北京

《丝路花雨》编导和演员研究舞蹈语言，后排左起仲明华、贺燕云、刘少雄、陈泓。图自《中国经典舞剧〈丝路花雨〉》

三位作曲家，左起呼延天助、焦凯、韩中才。
图自《甘肃画报》1979 年第四期

舞蹈学校（现北京舞蹈学院）师从苏联芭蕾舞编导艺术家彼·安·古谢夫，学习到科学编排舞剧的方法。他在编导组资历最老、经验最丰，为舞剧的整体结构设计和编导立下汗马功劳，之前创作过程中，曾有人试行加入歌唱元素，他坚决制止，坚持舞剧就是凭舞蹈演剧，必须用纯粹的舞蹈表达内容。

年轻的编导朱江把自己关在房子里，整天对着镜子跳来跳去，考虑怎样的动作能让飞天的舞姿更加优美。本土的飞天倒还好办，壁画和专家都是他的老师，可异域的波斯舞蹈该怎样展现？

职工宿舍里，许琪正在苦思冥想二十七国交易会上各国的舞蹈编排。关于印度舞，她想到早年看过一部电影《三海旅行记》，其中的印度舞她记得八九不离十，对比敦煌壁画，找到一些有印度特色的舞蹈式样，糅合编导印度舞。突然传出一阵婴儿的啼哭，年轻的妈妈才意识到她的宝宝已饿了好久。宝宝刚满一岁，去年年头许琪休完产假，就和第二批人员赶赴敦煌学习。虽然压力在前，但编导创作的精气神很足，朱江和许琪合计，要去北京学艺取经。经剧团介绍，他们赴北京找中国社会科学院考古研究所的专家夏鼐请教，从伊朗友人送给我国的波斯建国两千周年的画册中寻找舞蹈资料，又去中央人民广播电台、中央电视台、东方歌舞团和北京舞蹈学院复制大量伊朗、印度古典乐舞的资料。

八位编导将四十来段舞蹈都编出来了，《丝路花雨》的舞蹈语言，如切如磋、如琢如磨，终于磨炼成型。

作曲分工为——韩中才：序幕、一场、三场；呼延天助：二场、四场；焦凯：五场、六场。他们参考古曲《春光》《阳关三叠》以及《江南丝竹》的音律，对《月儿高》加以丰富改造。

外国音乐主题也成为他们的困难。他们学习有关历史，研究朱江、许琪录制的外国音乐资料。他们选择民族乐队，运用民族乐器作为主奏乐器，充分发挥吹管乐（笛子、管子、唢呐）、拉弦乐（二胡）、弹拨乐（琵琶）、打击乐（鼓、锣）等富有个性表现力的乐器，配合、调动戏剧情绪。同时大量运用西洋管弦乐队的木管乐器（双簧管、单簧管、英国管、长笛等），展现出异域风格的音乐特征。这些木管乐器与民族乐器结合得顺畅自如，如长笛低音区与笛的结合，双簧管与笙的结合，音色融合得恰到好处，大大丰富了音乐的层次和色彩。在三场“波斯少女舞”“绣花舞”“驼铃舞”“酒舞”“英娘独舞”等波斯舞蹈中，用浓郁的波斯风格音乐进行渲染，采用阿拉伯音乐中的四音音列，节奏上较多运用切分音、连音符以及三拍子，展现独特异域文化色彩的同时，以复杂的节奏掀起舞剧的沸腾场面和高潮。此外，对反面人物形象，注重运用诡异不协和的和弦，营造人物阴险狡诈的险恶形象。“作曲家在处理两种音调的衔接与转换上十分自然，在音阶、和声、配器等作曲技法上，突出民族风格方面做了不少的探索。”（张丽民《中国古典舞音乐研究》）紧张创作

《丝路花雨》英娘饰演者贺燕云。
图为《甘肃文艺》1979 年 8 月封面

年过五旬的贺燕云示范反弹琵琶教学。图自《敦煌舞蹈训练与表演教程》

中的韩中才收到父亲去世的电报，他是家里的独子。可现在是什么时候？大部分舞蹈设计已经出来了，配乐必须跟上。他忍着哀痛，向家里写了悼念的书信。他将情感融化进英娘哀痛神笔张离世的配乐之中。焦凯自己躲在小房间里，整夜不眠。他的女儿在上小学，为尽快完成音乐创作，又怕影响女儿休息，考虑到安全，只好把女儿锁在大房间里。每天早上，焦凯都被女儿砸墙的声音和哭声惊醒。多年后，焦凯回忆起来还是感到内疚。

首席女主角、首任英娘扮演者贺燕云，正在歌舞团新建的排练房里挥汗如雨。1977年，二十一岁的贺燕云参加舞剧创作组时，已经跳了八年舞。她出生于上海的普通工人家庭，1969年父母支援大西北、参加三线建设，十三岁的她随父母移居兰州，同年考入甘肃省歌舞团，学习芭蕾舞。她通过天赋、努力和悟性，成为舞团主演，演过《红色娘子军》等芭蕾舞剧。1977年，那部没有通过审查的《骄杨颂》，本来也由她担任主角。作为唯一参加编创全过程的演员、第一位复活敦煌壁画舞蹈的舞者，她付出了艰苦卓绝的努力。“担任这样一部大型舞剧的女主角，我兴奋，也备感压力。最难的是我读书太少，要理解千年前的敦煌和连接欧亚大陆的古代丝绸之路的文化历史背景，觉得很难很难。于是，我不断向敦煌学专家和编导老师学习，听他们讲佛经故事和历史文学，努力学习中国舞蹈史和唐代的乐舞诗歌……我激动地发现：古代乐舞诗为我打开了一扇明亮的窗户，让我看到了许

多美丽生动的舞蹈场面和传神的舞蹈描述，丰富了对敦煌壁画舞蹈动作的感受。”（《我跳〈丝路花雨〉》）

她感动于舞剧的情节和人物：“这个舞剧是充分考虑到舞蹈而编织的，叙事和抒情的设计充满了张力，使舞蹈艺术的表现具有了很大的空间。在表演中，我常常感到来自戏剧的力量支配和控制着舞蹈的感觉，每每舞到此时，我都会禁不住落泪，融入一种境界，忘却技巧而神形恣意，达到动作和技巧的高水平发挥。”（《我跳〈丝路花雨〉》）“在揣摩角色和提炼动作中把握一个古代少女的美好情怀，在舞蹈表现中传递出她的性格基调。戏中英娘在不同场合身份有所变化，如闺女、卖艺人、传艺老师、仙女、归侨、孝女、复仇者等等，但命运坎坷却不能改变她善良纯真的品性和自然质朴的情感。”（贺燕云《回眸英娘之舞》）她一遍遍读剧本，感悟越来越深：“英娘是个女奴，是一朵压在石头底下的花。”（曹永安《反弹琵琶的姑娘》）贺燕云将自己和英娘完全融合在一起。

她用身体的极限探索艺术的边界。“我曾经在数九寒天访问过他们的排练场，见到过今天舞台上的英娘，身着春秋衫，腿裹护膝，口吐热气，在导演的指挥下，伴着琴音，数百次地练习一个舞蹈动作。”（史苇湘《从敦煌壁画到〈丝路花雨〉》）贺燕云本是芭蕾舞和样板戏演员，习惯的是扬头、挺胸、蹦脚动作，现在苦练风格迥异的扭腰、送胯、勾脚动作。“女主角英娘反弹琵琶的动作是人们印象最深的舞段，在编排试跳这大段舞蹈时，我却尝足了‘为伊消得人憔悴’的滋味。手持琵琶跳舞本来就影响各类动作的发挥，更何况要达到‘左旋右转不知疲，千匝万周无已时’的意境。双臂反别在背后，时而表现‘轻捻慢拢’，时而显示‘骤雨乍泻’，一练就是几十遍，这常常累得我颈背发僵，胳膊抽筋。再加上旋、跳、蹲、卧各种舞姿与技巧的使用，和反复无数次地寻找S形动律，我是遇到了舞蹈生涯中最累最苦的考验。我的体重迅速下降了十多斤，但我运用手中的琵琶越来越洒脱灵巧，脚步越来越轻盈，动作越来越自如流畅，终于把一组组敦煌壁画的琵琶舞姿神采飞扬地复活了。”（《我跳〈丝路花雨〉》）

吴坚部长一直鼓励她前进：“吴部长每次见到我，都会操着浓重的河南口音喊：‘小贺哦！’最后那个‘哦’还要重重地拐上一个弯。”“从最开始剧本创意的思路到每次的审查修改，大到剧情结构、人物形象，小到演员的表演细节等等，我总能看到吴部长的身影，听到他的指导意见；每次看完排练后他还总给我说几句鼓励的话，激励我们要对自己的作品有足够信心。他的正直、大气、严厉、无私，都深深地刻在了我们那段艰苦而快乐的创作过程之中，印在我们每个人的心里。”（贺燕云《我心中的老部长吴坚与〈丝路花雨〉》）

贺燕云将英娘的艺术形象推向了前所未有的高度，同时提升了《丝路花雨》的艺术价值。全剧四十多段舞蹈，英娘的独舞就有十段，舞姿上百个，这都是剧中的核心舞蹈。著名舞蹈专家、舞剧《宝莲灯》主演傅兆先评价："扮演英娘的青年演员，摆脱了旧有的各种舞蹈程式的束缚，解放了身体，创造了一种轻盈优美的舞蹈风格，这是一种崭新的舞蹈风格。同样一段舞，好的表演者能表达得情真意切，舞蹈语言优美隽永。换一个不大好的表演者，就不知所云，显得语无伦次。她的内心情感充实，动作节奏鲜明，顿挫得体；舞姿准确，顺畅优美，气韵生动，松弛自如，柔中有刚，情溢于舞。她是用'心'在跳舞……在花样繁多的舞姿中，始终贯穿着朴实自然的形态，毫无矫饰造作之状。"（《〈丝路花雨〉的舞蹈语言》）编导们总结出了敦煌舞S形、三道弯的韵律特点，而她在舞台实践中，总结出敦煌舞表演的实践要领："把握S形或8（麻花形）韵律，寻找特殊曲线的游送感；感悟慢动作要领，在高度弯曲倾斜中获得稳定性支撑；体现内韵为上，以心灵掌控舞蹈的始终。"（贺燕云《敦煌舞蹈训练与表演教程》）

印度舞的领舞张丽，正在苦练舞蹈的眼神。常书鸿先生学贯中西，曾给编导和演员们讲，东方的舞蹈大都通过眼睛和手的动作表达内心世界，比如印度舞蹈、中国京剧，而西方舞蹈则通过脚和腿的动作来表达，比如女演员脚尖立起的《天鹅湖》。编导许琪为张丽设计了眼神与手脚配合的动作，她张目四顾，加倍苦练，直练得两眼发酸，泪水外涌。

强人窦虎的扮演者张稷，正在琢磨如何刻画负面人物的内心。现实中的他英俊帅气，曾扮演过正反各类角色，有舞台经验。他考虑一定要用富有特色的舞蹈动作来刻画内心，给人以强烈鲜明的形象感染。为突出恶人的形象，在序幕中朱江为他设计了一个高难度托举小英娘的动作，单臂托举推起，空中转体七百二十度落地，他和小英娘的扮演者崔凤云刻苦练习。刚开始，稍不注意，就会碰撞，两人练得腰疼腿酸，脸和胳膊时常碰伤。为达到百分之百把握，张稷不分场合，抢时间就练，同时每天坚持加大运动量锻炼臂力，经过长时间努力，终于练成。后来剧组在意大利演出，意大利的《晚邮报》评论强人窦虎的演出最为出色。

吴坚一生爱才、惜才、重用人才，剧组的不少演员，都是他发掘和培养的。有两位编剧兼当舞蹈演员，徐成华饰凭栏天女，许琪饰河西节度使夫人。1960年许琪刚进歌舞团时，还是个中学生，吴坚来团时发现跑龙套的她，活泼生动有表情，很喜欢，说舞蹈不能光抡胳膊动腿，还要表达内心的情感。他让团长重点培养，多上基本功课，不久送去文化部中央舞蹈培训班深造，这为许琪的舞蹈事业打下了坚实基础。她后来当了甘肃敦煌艺术剧院（1993年甘肃省歌舞团更名）院长，创作了大量经典作品。饰演英娘B角的张京棣也是如此。1954年吴坚离开宁夏时，将一手建立的宁夏歌剧团带到甘肃，建立了甘肃省歌剧团。1956年歌剧团公开招收舞蹈班学员，本着宁缺毋滥的原则，第一批只召了六个人，张京棣就是其中之一。吴坚将这批学员视为掌上明珠，既严格要求，又百般呵护。张京棣日后成为我国著名舞蹈家，主演四十多部舞蹈作品，英娘之外，还演了芭蕾舞剧《红色娘子军》的吴清华，八六版《西游记》的白鹤仙子。

路子对了，进展就快。1979年3月1日，《丝路花雨》合成伴奏，接受审查。不同于一年半前的那部《骄杨颂》，这一次，顺利通过审查。

3月17日，《丝路花雨》成立总编导组，组长陈泓，副组长刘少雄、张强。

吴坚像关心自己的娃娃一样，时时惦记剧组。他对服装、布景、道具、音效、化妆都十分重视，一有空就到各制作间转转看看，经常指指点点，但他的点子常常被当场否定。大家开玩笑说："部长你怎么净出馊点子！"老部长就用河南老腔回敬："没有我的馊点子，哪有你们的新点子，这就叫馊的不去，香的不来。"他说："戏离不开你们这些部门，戏是鸟，你们是翅膀、羽毛、喉咙。离开你们，这只鸟能变成金凤凰吗？我多次让你们去敦煌体验生活，你们搞出来的东西，哪怕一件头饰，哪怕一件衣物、一个道具都要有根有据有来头，要禁得起推敲，尤其禁得起后人的推敲。"（沟红飞主编《中国经典舞剧〈丝路花雨〉》）老部长是个既严肃又幽默的人，他说："我们的《丝路花雨》之所以能够成功，不是因为有个艺术群吗？这个群要有头，不能群龙无首，这个群还要有'鸡鸣狗盗'之徒，要有音乐、文学、导演、装置等各方面的人才。"（1986年9月甘肃省

戏剧创作干部进修班开学典礼上的讲话《下决心抓人才培养》)

吴坚重视各类人才的培养。让我们看看其他“鸡鸣狗盗”之徒的创造。

舞剧的舞台美术包括布景、灯光、服装、化妆、道具等部门，在舞剧里的作用不可低估。舞剧是哑剧，角色不说话，只有通过演员的舞蹈语汇、情绪感染、音乐旋律，加上舞台美术设计，各个环节和谐统一才能产生优美的舞剧艺术。大型舞剧由于动作幅度大、跳跃急骤、上场人物众多，要求设计师一定要在舞台上留出足够的空间，这样给布景师留下的创作空间不多。《丝路花雨》的内容决定了布景色彩要明朗华丽，气象壮观，优美抒情。李明强、江富艾等布景设计人员，在绘画上运用民族绘画传统，采用线描和青绿山水画法；在视觉效果上将景向外伸展，打破镜框式的舞台固定程式，减少烦琐物体，增加布景的高度和深度，扩大观众视野；在色彩处理上，注重每场景保持一个基调，色调统一。如三场波斯景，以绿色为基调，近处枝繁叶茂的葡萄缠绕希腊纹样的廊柱，水晶般果实累累下垂，栏杆玲珑剔透，喷泉吐玉，波斯毯如花；远处碧蓝天空衬托着伊斯兰教堂，生动展现出异国风情。六场迎宾厅，以金黄色为基调，显示盛唐时的富丽宏伟；采用三道软景遮住舞台横垂帘，用两道金柱和大厅屋顶透视面，消除了阻挡观众视线的镜框式台口。

1979 年版《丝路花雨》场景设计。
图自《甘肃艺苑》2009 年第三期

舞美设计师李明强绘制的主演人物图。
图自杨树云《唐风流韵》

荷花童子。图自《中国经典舞剧〈丝路花雨〉》

道具师丁伯江几次去莫高窟，临摹了数百张有关道具的壁画，设计制作出琴、瑟、箫笛、箜篌、筚篥、排箫、琵琶等古乐器，以及刀枪剑戟、丝绸珠宝、瓜果蔬菜等几百种道具。他最得意的创作是骆驼与荷花。为设计丝路商队的骆驼，他参考了民间皮影、木偶和社火跑驴、舞狮的制作方法，但这些都与体形高大的骆驼相差甚远。几经失败，他选择用布缝制驼衣的老方法，在驼衣上装饰毛发，由两个演员穿上，人的脑袋就是天然驼峰，骆驼头、颈设有机关，用手控制骆驼点头行进。丁伯江和助手陈世华扮作骆驼，经过无数次实验与改进，让“骆驼”活灵活现地呈现在舞台上。后来剧团在香港演出时，观众很感兴趣，以为是真骆驼，专门询问怎么远道运来，喂骆驼吃什么。四场荷花童子舞，五朵巨大的荷花慢慢张开，花蕊跳出娇嫩童子。如何把一朵高一米五、直径两米五的巨型荷花制作得形象逼真、开关自如、拆装方便，也让丁伯江费了心思。他先用传统的竹皮扎架、糊纸贴布工艺制作荷花，可脆弱不堪使用。他四处寻觅材料，偶尔在兰州一家科研单位发现包装进口设备的泡沫塑料和苯板，材料非常适合制作道具，但当时市场上无处购买。丁伯江开了单位介绍信，下话求人、承诺送彩排戏票，用架子车拉来一车又一车“废物”。他把钢丝穿做花瓣骨架，上盖一层轻质的纺绸，一针一线地缝制包装材料定型，再着颜色，装上弹簧装置，五朵花体巨大、轻盈灵巧、含苞欲放的荷花就诞生了。

甘肃省歌舞团的读报栏前，贴出了一张大红纸，醒目的毛笔字赫然入目："招贤榜：我团飞天上天的设计工作，遇到困难。为此特出榜招贤。希我团广大同志，举贤荐能，献计献策。更望能人志士，踊跃揭榜。成功之后，除大会表扬外，并发奖金以资鼓励。"

榜前围满了人，却迟迟无人揭榜。领导和编导确定了"飞天仙女拉开全剧的序幕，将友谊的花雨撒向人间"的构思，要表现飞天，就得在"飞"字上下功夫，如果飞不起来，花雨还咋撒？可要实现，难！敦煌的飞天形象，据常书鸿统计，二百七十多个洞窟绘有四千五百余身，佛国世界里，飞天本是一个专司散花、奏乐的小神，在壁画中总在不显眼的边角上，可飞天无翅膀腾空，唐人讲"天衣飞扬，满壁风动"，充满瑰丽奇幻，成为莫高窟最美的形象之一。舞美设计先后设计了八种飞天造型，可如何让演员飞起来，大家用尽了老办法，用钢丝绳吊，或用轨道车，总是不能表现飞天的感觉。

"我来试一试！"一位五大三粗的汉子，一把揭下招贤榜，他是团里的木工郭福生。他想到了民间社火的铁芯子。中国北方地区有社火芯子，将人物置于铁架、抬行表演，兰州皋兰地区，流传迎祥纳福的独特铁芯子。芯子高度五至七米，打造二、三、四层的铁支架为芯，连接起来。芯上固定演员，支架不外露，隐藏在戏装下面。支架下连铁骨架做芯架，注重承重加固，根端固定在平台，以石碳、石磨等重器

上世纪八十年代上海人民美术出版社出版的明信片《丝路花雨》中的飞天。

《飞天》，常书鸿绘于 1988 年。图自贺燕云《敦煌舞蹈训练与表演教程》

《丝路花雨》主要人物“多宝”试装，这是所见《丝路花雨》最早的刊物图片报道，当时贺燕云饰演的女主角还不叫作“英娘”。图自《甘肃文艺》1979 年 2 月封二，1979 年 2 月 20 日出版

配重做平衡物，周围装饰掩盖。皋兰铁芯子讲究安全、美观、舒适，表演时青壮年抬起整台芯子，像一幅构图奇特、高低有致、造型优美的流动立体图画。

郭福生花费了四十多天工夫，反复做模型试验，在皋兰铁芯子的基础上，制作升降和盘旋装置，终于成功。然后用自来水废管子做原料，请锅炉房老师傅帮助焊接，又在底部配上架子车轮胎，可以推行移动。

装置问题解决了，但配重遇到难题。下部配重重量须是上边演员重量的两倍，原设想就地取材，用剧院配重铁砣，但若出演，许多剧院不能配重砣；又改用加水配重办法，但数个大水箱，运输不便。最后，他找到了最简单的解决办法，把配重位置改成座椅，让两位体重相当的演员坐上去，一切问题迎刃而解，飞天车成功了。

正式表演时，灯光追着演员走，演员身下漆黑，在观众眼里，演员真的飞起来了，舞台充满了诗意，有限的舞台空间变幻成无限的艺术空间。后来剧团在日本演出，池田大作携夫人观看演出，其夫人问："你们的演出令我激动，我百思不得其解的是，你们是如何把两位仙女送上天的。我能不能看看这个装置？"

服饰设计郝汉义担负起再现盛唐服饰的重任。他八岁就参加解放军，提着盛石灰水的桶子，帮着宣传队写标语。敦煌壁画是保存世界人民衣冠服饰的资料馆，戴着深度近视眼镜的郝汉义，先后五次到莫高窟临摹壁画。他在专家指导

服饰设计郝汉义手绘图。图自杨树云《唐风流韵》

左：服饰设计郝汉义设计的英娘裙裤服饰。图为上世纪八十年代文件夹图案，亦为《人民画报》1980 年 2 月封面图

右：服饰设计郝汉义设计的伊努思服饰。图自文化部国庆演出献礼办公室编《丝路花雨》

下，以每天三十多幅的速度，从壁画中临摹了一千多张服饰图。天气太冷，颜料冻住涂不了，他就用文字将颜色标注在素描边。他爬上梯子临摹，摔下来，伤了胃，便血，吃不下饭，但依然放不下手中的笔。回到兰州，他选择重点素描拍成片子，放大画出衣冠服饰的图案，再根据剧中人物需要进行修改设计。他吃、住、办公都在二十平方米的家中，春节期间，让爱人领孩子去岳母家过年，他把自己锁在家里，用三天时间设计出几十套英娘的服饰。不到一个月时间，他设计出了全剧二百多套服装。在那些日子里，他凌晨两点前没睡过觉，设计的手稿，堆起来有一米多高。

“裙裤”是唐代男女都穿的普通长裤，裤脚宽两尺多，人们为了劳动方便，在膝盖部位束根带子，裤子上边收紧膝部以下散开。女子裙裤外，还外穿裙子，配上粉红色的石榴裙，适合主演英娘。巧合的是，当时欧美开始流行源于水手工作服的“喇叭裤”，这与英娘的裙裤极为相像。《丝路花雨》创作之时，喇叭裤在中国刚刚兴起，英娘的裙裤站立有根，走动有风，舞起来像云彩飘动，更像两朵盛开的喇叭花。后来舞剧的风行推动促进了这种裤子的流行，“欧风中雨”就这样在改革的春天相遇，形成流行时尚。

“深衣袍”是壁画中出现最早的汉民族服饰之一，朴实飘逸，适合于神笔张。西域各国人物，大体上多穿盘领窄身小袖缘袍，腰束革带，穿乌皮长鞠靴，但戴的各种帽子可区分为不同国家、民族。帽子有毡帽、绣帽、毡笠、浑脱帽、头束缯彩等，伊努思窄身小袖，头束缯彩，华丽潇洒。在一些舞姿不多、动作不大的人物身上，尽量忠实于唐代服饰原貌。节度使夫人头戴凤冠，髻插玉珠步摇，身着宽袖短衫，外罩绣花曳地的长条花裙，裙腰高于胸齐，这是盛唐女装的特点。依据唐代章怀太子墓壁画而设计节度使的常服和礼服，唐代内穿裤褶、外披裆甲的士兵服，都是唐代男装的真实展示。全剧八场，各种服饰二百多套、三千多件，没有雷同，每一场的服饰都考虑到特定场景、人物身份，又照顾到色调和谐、层次分明，观众犹如置身盛唐服装展览会。

1999年，中国舞蹈家协会主席贾作光感叹说："《丝路花雨》服装引领了舞蹈服装潮流二十年。"

服饰如此众多且精美，人们以为花了不少钱，实际上，剧组只打了四万多元的服装道具预算报告。报告打上去，吴坚表示支持的同时，说："我们国家还有困难，要在节约的前提下办好事业。"这样，一部分服装交上海戏剧服装厂制作；许多衣服和鞋帽，剧团发动群众，把心灵手巧的家属组织起来，成立服装鞋帽制作组，专门赶制。

杨树云原本不是专业化妆师，而是舞团的合唱演员，却对化妆有浓厚的兴趣，小时候拔下妈妈刷子上的毛做成睫毛，扮演维吾尔族青年。他早年在省话剧团工作，常学看化妆师化妆，领悟出"演员是用他的思维、感情、肢体语言来塑造人物，化妆师则是用化妆造型的手段，提供符合人物性格的外部特征，与演员共同完成整体的人物塑造"。他进入省歌舞团唱样板戏，团长易炎发现他的化妆潜力，重点培养。《丝路花雨》是他辉煌化妆生涯中的第一部大戏。他随团到敦煌："飞天将我引到供养人的壁画前，我看到供养人对佛的敬畏与虔诚，也看到唐朝人民的穿着打扮、等级区分及精神面貌。'小伙子！非得我这个老头子来接你？'段文杰所长熟悉的声音把沉溺于净土天国中的我召回到现实中来。最后一抹阳光消失在鸣沙山麓，夜幕降临了，只剩呼啸的山风。……我经常为了一件首饰、一个发式而翻阅几十万字的史料，并从古典文学名著中汲取人物形象的素材。回到兰州后，我夜以继日地工作，终于将舞剧《丝路花雨》的七十多名登台演员、二百多个饰演角色的全部头面妆饰图案如期设计了出来。"（杨树云《唐风流韵》）

他对伊努思、市令、窦虎的化妆，吸收唐二一七窟迦叶头像的画法，以粗壮遒劲的大轮廓突出性格，用暗色做适度的晕染。他看唐一九四窟彩绘菩萨，经过一千多年，肌肤还是那么细腻润泽，仿佛有血液流转、脉搏跳动，绘画者强调皮肤质感的真实性。他也将女性面部的基调呈嫩肉色，底色打薄，定妆用透明的白粉，透出皮肤的质感。使用粉红、桃红、胭脂勾勒眼窝、鼻梁、腮红，用淡蓝色处理鼻梁和眼窝的阴影，用壁画"小字脸"的画法，高明处涂以白色，强调脸部凹凸部分。他的化妆让人物在服装、灯光的配合下产生了像瓷人、绢人的透亮感觉，增强了形象的立体感和装饰感。他别出新意，给伎乐天头戴三颗宝珠金冠，妩媚清秀；

左：杨树云为英娘扮演者傅春瑛设计的造型。
图为文化部国庆演出献礼办公室编《丝路花雨》封面
右：杨树云为英娘扮演者贺燕云设计的造型。
图为文化部国庆演出献礼办公室编《丝路花雨》英文版封面

杨树云为英娘扮演者贺燕云化妆。图自《唐风流韵》

给凭栏仙女设计金光闪闪的装饰圆环，像菩萨的背光；荷花童子表演《柘枝舞》，他看到小演员们抵住头转圈，联想到小牛犊的形象，根据唐诗“长头才覆额，分角渐垂肩”“旁收拍拍金铃摆，却踏声声锦袎摧”，设计出牛角双髻的小童子形象，两缕垂发，手脚戴金铃，活泼可爱。

舞剧演员静止时间少，动作幅度大，杨树云制作装扮头饰发型用“快”“牢”“轻”三字诀。上台演员多达七十多人，有的演员抢装五六次，只能采用最简便的办法戴头饰或梳换发型，达到“快”字。序幕六臂神，用演员自己的头发梳一个高髻，插上三鬟髻成为六臂神；取下三鬟髻披上纱巾，戴上波斯华冠，冠上的白孔雀毛正好挡住发髻，勾上两根辫子成为波斯少女；去掉波斯装饰，戴上插有步摇、翠翘的高髻又变成了霓裳羽衣舞伎，如此，解决了唐舞、胡舞、仙舞、俗舞的抢装问题。发髻、首饰插不结实，掉任何一件小东西都会分散观众的注意力，破坏戏的进行。演出时设法梳牢插紧，处处当心体现一个“牢”字。发型或头饰过重会给演员表演带来负担，选材考虑轻巧耐用，体现“轻”字。节度使夫人的高髻大发用铁窗纱撑起，两绺牦牛尾加成两鬓包面，用演员的真发与牦牛尾制的假发结合，轻盈生动。每场间英娘只有一分多钟的抢装时间，原来为英娘设计的六种发型头饰来不及使用，于是给她设计通用的发型，又注重每场变化。一场换二场摘去珠凤和大朵塑料花，突出漆黑如墨的发型，表现英娘回到父亲身旁的娇媚、朴素；三场英娘虽

杨树云手绘的英娘造型。图自其《唐风流韵》

然已成伊努思义女，但不按胡妆处理，在波斯少女中突出唐代少女的丰姿绰约；四场英娘造型尽力表现敦煌壁画的瑰丽和辉煌；五场英娘两次上场，由波斯回到离别的祖国，化妆造型与二场被迫离去相同，表现英娘纯真质朴、热爱故国，强盗洗劫商队，英娘再度登场，髫鬟蓬松，神笔张献出了生命，英娘散乱的披发配合表演造成强烈的悲剧气氛；六场调动一切化妆手段来突出英娘，表现“态浓意远淑且真，肌理细腻骨肉匀”的盛唐特色。

杨树云是剧组唯一的化妆师，他心灵手巧、勤俭节约，将各种边角废料变成宝贝。团里原来的头花、珠子都被当作四旧砸了，头套都结成硬块，他把这些破烂带回家，让在工厂上班的爱人请几天假，帮忙制作。手镯、项圈用旧胶皮电线缠一层烫金的电化铝废料制成；头面花用做服装的下脚料浆后做成，比买的绢花经久耐用；仕女的首饰，找白得发亮的铁皮暖壶，剪成头饰样子，配以各色衣服纽扣；耳环用铁丝、铁皮拧成；需要假发，买来牛尾巴，洗干净，梳整齐，皮筋扎起夹在演员头上；羽毛没处买，上街找杀鸡的人家，讨来鸡毛，洗净晾干上色。这些都能禁得住实际使用的考验，在舞台上达到以假乱真的效果。“那时我家门口长长的晒衣绳上，总是挂满了五颜六色的绢条、布条。经常有邻居看见我和妻子、女儿蹲在屋门口，翻弄着一堆堆废铜烂铁，还惊奇地看到我家里喂的来航鸡，尾羽都被拔光了。这样的经历在女儿的童年画了鲜亮的一笔，而女儿也曾给我的造型设计提供了宝贵的创意。当时我为如何选择英娘的头饰苦思多日，不知如何才能吻合她那淳朴、刚强的个性时，‘爸，你看我像小英娘吗？’一声甜脆的童音，突然打破我的沉思。我看见宝贝女儿头上插着马莲花。这种花在鸣沙山麓、月牙泉边俯首可见。心形的小叶，雪青色的花瓣，显出一种质朴的美。我一下子把女儿搂在怀里，用手抚摸着小小花蕾：‘像、像、真像！爸爸寻找的就是它呀！我的好小羿，我的小英娘！’英娘经过别离之苦，又在洞窟里与父亲神笔张团聚的那场戏正是用的这种淡紫花朵装饰。”“化妆师从设计、制作，到跟演出化妆，并不意味工作的结束。这部分工作只是做到了形似，更重要的是协助演员达到角色的形神兼备，这才是塑造角色的最终目的。”（《唐风流韵》）

杨树云相貌俊俏，个头高大，一头卷发，大家叫他“大杨”，他在剧中四场也扮演佛祖形象。神笔张通过英娘的启

《丝路花雨》首演地：兰州黄河剧院，位于兰州市皋兰路8号，建于1958年，兰州市豫剧团用公私合营时集体提存的公积金修建。拍摄于2019年5月

发，画出了反弹琵琶伎乐天；大杨通过小羿的启发，找到了英娘的马莲花。贺燕云感悟英娘是一朵压在石头底下的花，这花，也是河西走廊的马莲花。史苇湘称赞大杨“宕泉又迎塑形手”，将他与莫高窟的塑匠、画工相媲美，这不为过。装扮了《丝路花雨》的大杨，后来又装扮了影视剧《红楼梦》《唐明皇》《武则天》《杨贵妃》，成为中国著名化妆艺术家，被称为“天下第一梳”。

1979年5月23日，《丝路花雨》在兰州黄河剧院举行正式公演，这是《丝路花雨》的生日。这个日子是吴坚老部长定的，1942年的这一天，毛泽东发表《在延安文艺座谈会上的讲话》。

进京赶考

《丝路花雨》公演，一石激起千层浪，社会各界涌起浪花飞溅的惊叹赞誉，但同时也泛出污泥般的批评举报。

改革开放初期，思想的禁锢根深蒂固，批评的观点大致三类：一是崇洋媚外，中国又有强盗又有恶霸，却把波斯描述得像天堂；二是里通外国，中国人跑到外国去；三是封建迷信，宣扬封建时期佛教思想。有人接连举报，最后告到北京。面对举报，吴坚顶住压力，不为所动，组织编剧和专家依据史实，据理反驳。他明确宣称，宗教艺术也来自现实生活，有人民性的一面，我们表现的主题是劳动人民和传统文化。面对赞誉，他却极其冷静，召集剧团编、导、演、舞美主创人员开会："领导和观众对该剧的赞扬是出于爱护和欣喜的心情。这样一个年轻剧团，一批年轻的编、导、演、舞美人员，从未演过如此重大历史题材的舞剧，所以给予鼓励。而我们自己不应该被这些喝彩声冲昏头脑，应该冷静面对，思考如何将这个戏塑造成一个艺术作品。现在距离真正的成功还远，现在不是创作工作的结束，而是刚刚开始。"大家敞开心扉，纷纷剖析不足，建言献策。又一轮的打磨开始了。

1979年6月，甘肃省直各剧团接省委宣传部通知，抽调舞美、灯光、绘景人员参加排练工作，省内的绘景高手集中提升布景敦煌壁画的艺术性。绘景人员反映二场、四场洞窟的衬景面积达二百四十平方米，与原来唐一一二窟的壁画相比放大了二十多倍，上边众多的佛像、人像，放大后绘制起来很难把握住壁画造型的原貌。吴坚立即从敦煌请来李其琼、刘玉权、关友惠三位研究员，这些专家自带行李，住在剧团，自买饭菜，一干就是几个月。公演也有意外的收获，有位意大利女士看出剧中的罗马服装不对，当天晚上打电话给她丈夫，从国外邮来服装图样，舞美人员就根据他们的图样改制了罗马衣服。

刘韧是吴坚的老部下，甘肃著名话剧表演艺术家，话剧《西安事变》的导演，他也被点名参加排练。他不甚理解，去向部长请示："我是话剧导演，对舞剧是外行，参加有何作用？"部长说："要你来参加，不是要你给他们排舞蹈，是要你给演员解剖分析剧本，分析人物在剧中生活中的思想感情，指导他们如何在舞台上通过舞蹈语言表达人物的思想感情生活。他们都是青年娃娃，从未演出过这样大型的、特别是历史题材、有激烈矛盾冲突的舞剧，你要像排话剧一样，帮助他们理解时代背景、主题思想、人物关系、矛盾冲突、剧本的中心事件。没有感情的外部动作是不能很好感染观众的。"（《回忆老部长吴坚同志》）于是他也住进剧团，与编导、舞美人员看演员走戏，查找综合性整体演出问题。

刘韧果然发现，演员们很认真卖力，但缺乏规定情境中的人物感情。例如英娘从波斯回到了大唐国境，她跪下用手

英娘启发父亲画出“反弹琵琶”。图自《人民画报》1980 年 2 月

年历卡：神笔张画出反弹琵琶。
谈绮芬绘于 1981 年，中国远洋运输公司印制，一套五枚

捧起故土在面前作嗅状，动作符合音乐节奏，但很机械，刘韧启发英娘："你离开祖国到波斯国多长时间了？""你想家了吗？""现在你朝思暮想的故乡祖国就在你的眼前了，你应该是什么样的心情？"在他指点下，英娘重回舞台，冲向远处眺望，激动地跪在地上慢慢地捧起土放在鼻端轻嗅，片刻抬起头来，在音乐声中似乎在呼喊："爹！娘！我回家来啦！"英娘流出了泪水，大家都被她的表情感动了。

还有"反弹琵琶"这个经典的动作，经过启发，贺燕云如此表达：为解除父亲的工作疲劳，让父亲歇息，她调皮地下意识地做出了这个动作！没想到引起了神笔张的意外注意，让女儿再做几次给他看，解决了他苦思冥想未能解决的大难题。

经过一个月时间过滤似的复排，演员们外部的舞蹈动作有了思想，有了生命力，也增强了对观众的感染力。

1979年7月15日，陈泓、朱江、许琪等和舞剧主要演员一行十八人，再赴敦煌体验生活。这一次，演员们带着明确的的饰演角色到了他们“现实”生活的环境，感受尤其深刻。在陈列馆，神笔张的扮演者仲明华看着那些从窟里发掘出来的还盛着颜色的古代陶画碟，久久不愿离去，申请亲手触摸画碟。资料室里，伊努思的扮演者李为民如饥似渴阅读《波斯艺术》，编剧为处理好“燃烽报警”的细节，攻读《武经总要》。洞窟中，大家看《弥勒经变》的《嫁娶图》，壁画上是青庐锦障、杯觥交错、舞乐欢乐的唐代婚礼场面，想到剧中的英娘失去了父亲，都说：“将来英娘要长大、结婚，我们要照壁画为她排练出一场‘婚礼舞’。”演员们已将英娘当作现实中的亲人，如同两年前董锡玖等人一样，舞团也为专家们奉上大家共同创造的舞蹈。莫高窟没有舞台，找个凸起的小土包，专家搬着凳子围坐一圈，编导们大声哼着调子，用手打出节拍，演员们变换身形，将壁上的敦煌舞复活出来。专家们乐开了花，窃窃私语：这个动作是第几窟的，那个动作是第几窟的。

经过一个阶段的调整、充实、提高，吴坚复查之后，认为有了很大的进步，他计划中更大的手笔来了。

1979年8月，甘肃省委宣传部邀请以著名舞蹈艺术大师吴晓邦为首的观摩专家组来到兰州。这是一个空前绝后的十六人“豪华”团队：吴晓邦（中国舞蹈家协会主席、中国新舞蹈艺术开拓者）、盛捷（吴晓邦妻子、舞蹈家）、沈从文（作家、历史文物研究学者）、张兆和（沈从文夫人、作家）、叶宁（中国古典舞学科奠基人）、阴法鲁（北大中文

专家们指导《丝路花雨》，左起阴法鲁、沈从文、盛捷。图自杨树云《唐风流韵》

系教授，音乐史舞蹈史专家）、李承祥（中央芭蕾舞团团长，《红色娘子军》编导）、董锡玖、邢德辉（《东方红》编导之一）、于颖（《梁山伯与祝英台》编导），还有王克芬、刘恩伯、傅兆先、潘志涛、赵士瑛、王永生等著名舞蹈家和舞蹈研究家。

专家们看完演出，都兴奋异常，沈从文先生当场就想发言，“然而当时已经很晚了，众人好说歹说终于劝住了老人。次日，众人刚刚落座，沈从文便抢先发言，从服饰到音乐，甚至具体到唐代节度使鞋前的云头纹应该多高这样的细节，连讲了一个多小时，刚讲完，舒了一口气，歪在椅背上睡着了。他的夫人告诉大家，沈老激动得一夜没睡着，现

左：吴晓邦指导后的印度舞。图自文化部国庆演出献礼办公室编《丝路花雨》
右：沈从文指导后的节度使夫人头饰。图自《甘肃画报》1980年第四期

在想说的话都说了，终于睡着了”。（张泉《黑暗中的舞者》）

六场二十七国交易会，大杨设计节度使夫人贴花钿，头植三环高髻，插九根玉叶金钗以示身份。沈从文说：“唐代一品夫人的九根玉叶金钗，插在头发里就没有一尺半了，而且古代的一尺也比现代短，现在夫人头上插的金钗太长，舞台上允许夸张，也不能脱离生活的真实。”（《唐风流韵》）吴晓邦说，多年来期盼中国能创演出弘扬中华民族文化的历史题材大型舞剧，今天盼望实现了，这是一部里程碑式的舞剧，戏的演出很完整。当时他已经七十多岁，说到激动处，亲自上台演示动作。他还指出，印度舞的女演员上台不能穿鞋，要光脚。印度舞领舞张丽根据老先生意见，加紧苦练。

李承祥惊讶于中国舞台突然出现了新舞种；王克芬说凝固在墙壁上的画活了，给予了生命力；董锡玖写了《丝绸之路观舞偶成》诗作，以作祝贺。阴法鲁心情激动，写下《敦煌行》词：“遥想当年，戈壁彩霞，祁连积雪，曾映照丝路驿亭。远近驼铃阵阵，天马长鸣。万匹绸锦，结成绚丽虹桥，横贯西东。使节奔波，商旅跋涉，僧徒巡礼，学士吟咏。更有艺人来往，歌舞传深情，传深情。敦煌画廊，神笔渲染，栩栩如生，往事成陈迹，深印人心中，深印心中。喜看今日艺坛盛举，文思驰骋，广塑典型。乐声悠扬，《霓裳》缥缈，鲜花如雨，观者动容。回忆千年史篇，愿中外人

《甘肃文艺》1978年8月刊《丝路花雨》舞台速写，这是赴北京前在兰州演出的情况。

民友谊日增，迢迢古道，春风弥漫，已获新生。”

原本计划一星期的行程被延长，专家们热烈讨论，编剧演员们听了就改，从剧场到会议室到排练厅，双方都热情似火，相互碰撞，理论与实践水乳交融。

专家们走后，剧组根据专家意见，又经过一个月的修整，舞剧从剧情、人物到舞美、化妆，整体得到了重大提升，充满了生气和艺术的美感，充满了对历史细节精当的展示和典雅的考证。

吴坚部长这下觉得心里有数，可以赴京赶考了。

1979年9月25日，《丝路花雨》剧组在兰州演出四十四场后赴北京，作为全国一百三十七台节目之一，参加新中国成立三十周年庆祝活动文艺汇演。

临行前，吴坚部长满怀激情地讲道：“敦煌艺术是全人类的瑰宝，我们一定能够走出国门，到世界各地去演出，要让中国的文化艺术走向全世界！我们应该有这个雄心壮志。你们一定要记住我今天说过的话，不远的将来我们会实现这个愿望的！”全团人听了都哈哈大笑，还学着他的口音说：“我们甘肃省歌舞团还从未在北京演出过呢，更未在全国性的任何舞蹈比赛中得过奖呢，哪里还敢想出国啊！”

当时仍实行粮食凭票供应制，大家请示时任团长胡德汉，问带几天的粮票。团长认真想了想说：“带够一个礼拜的粮票吧。”

改革开放

1979年9月27日晚，北京国家计委大院内的红塔礼堂，《丝路花雨》剧组开始了进京后的首场演出。

为避免冷场，剧组向首都新闻界记者和文艺界名流赠票，演员们自己购票，邀请北京亲友观看。演毕，观众反应热烈，但剧组心中还是没底。次日，剧组继续自己购票，但发现买不到好位置了，晚上剧组排练完毕，出门大吃一惊，售票处买票的观众排起长队，不少人搭着行军床、带着小板凳、铺着塑料布。一个默默无闻的西北歌舞团一鸣惊人，在没有广告宣传和媒体营销的情况下，《丝路花雨》在首都一炮打响。

10月1日晚，在参加首都文艺汇演的一百三十七台节目中，《丝路花雨》唯一被点名进入人民大会堂，为党和国家领导人、各国使节和首都群众，进行全本演出。

序幕开启，古乐声中，云蒸霞蔚的纱幕上，两位飞天女神翱翔天空，撒下五色缤纷的花雨。飞天拉开幕布，历史的帷幔开启，将观众带进鼎盛的唐代，带到连通欧亚的丝绸之路。三头六臂如意轮观音剪影舞动，烟云缭绕，芳香四溢。云花烟香化去，现出人间戈壁古道，驼铃声声，商队缓缓走过，古丝绸之路奔来眼底。由远而近的波斯驼队出现在人们面前，前边的牵驼人抬手示意“敦煌快到了”，骑在驼背上吹着羌笛的波斯人跳下来，向后边的人传递着胜利的喜悦。骆驼的形体动作是那样的逼真，和演员配合得天衣无缝。风沙突起，路过的神笔张救起垂危的伊努思，爱女英娘却被强人窦虎抢走。

编导仅以“飞天”“六臂观音”“驼队”寥寥三笔，就概括展现了天上、佛窟、人间情境，塑造了盛唐、敦煌、丝路的典型环境。六臂神根据敦煌壁画阿修罗形象而来，原为一头六臂，后改为三头六臂，体现剪影的多姿态、多侧面、多力度。敦煌式多是弯曲的，而六臂神主力腿笔直，上身向前做九十度弯腰，头往回收，表现敦煌舞线条多变的特点。小英娘被强盗抢走后，两人一段双人舞，强盗托举抛起小英娘于空中（根据戏曲插肩蛮子演变），小英娘空中七百二十度转体降落（吸收芭蕾和体操的技术），强人快速控制，接到后左、右各一百八十度缠腰滚背旋转丢抛（根据民间舞变化而来），不仅表现了小英娘的反抗、挣扎和强盗的狰狞面目，而且充分发挥了舞蹈艺术的特点，这一手法对双人舞的托举形式是个发展。

第一场大幕拉开，亭台楼阁，阳光明媚，丝绸相交，歌舞相望。几个少女身着窄袖长裙，披搭着肩巾，漫步而来。一位贵妇人浓妆高髻，凤冠金钗，衣着艳丽，仪态万方，正挑选着波斯商人的珠宝。市场上的男子着袍服，腰间束带，足蹬长靴。这一切立刻把我们引进了一千多年前盛唐时代的敦煌。这些画面，是对十二窟、三十六窟、一五六窟《宋国夫人出行图》的再现。

英娘“卖艺舞”。这是她幼年被掳，沦落百戏班长大后第一次出场，也是她第一段独舞。由双人“凌空献宝”的托举上场，她右手搬后腿成倒拴形，昂首、左臂曲肘、抬腕压掌、手心向上前伸，似被缚求救的形态。接着与百戏班主扶托的造型，勾脚弯膝前控的商羊式，后抬弯膝勾脚的探海式，非常奇特，但很符合人物此时此地受屈辱、忧愁麻木的心情。接着英娘转换情绪，全神贯注献艺，圆形展开大舞姿的动作组合，用跨腿转加反弹琵琶的造型，重复变化，两正一反，既有敦煌舞姿“S”形的曲线特点，又把中国古典舞中的圆场、翻身等身段技巧糅合进去，形成协调一致的风格。最后以二十四个单腿勾脚旁提甩动，抬脚跟原地转的技巧结束（由芭蕾的“Fouette”变化而来），演员完全追求用内心

西安电影制片厂摄制的彩色宽银幕电影《丝路花雨》剧照：英娘卖艺街头，父女俩意外重逢。图自银幕电影《丝路花雨》橱窗海报

控制力支配动作，在高度弯曲倾斜中获得稳定性支撑，形成了强烈、新颖、独特的美。“卖艺舞”以流畅的舞蹈语言，表现了百戏班台柱纯熟的舞艺和不甘屈辱的性格品德，其结构法是《丝》剧编舞基本方法之一，特点为：重复舞姿动作的组合，在重复中变化和发展。

伊努思用重金赎回英娘卖身契，捧给神笔张，父女两人迷惑不解。这时伊努思跳起独舞，回顾序幕中的荒漠相救，并拿出了水葫芦，于是人们恍然大悟。

第二场莫高窟内，英娘“反弹琵琶”独舞。神笔张为选择最美的形象而苦苦思索，英娘为劝父亲歇息而鸣琴起舞，她跳跃轻快，流动弹拨，横弹竖弹侧弹反弹，抱弹举弹蹲弹跑弹，以人的各种形体和琵琶的各种形态纷繁组合，弹舞琵琶，她闪着智慧光芒的眼睛注视着父亲，婀娜多姿、柔如柳丝的身子轻盈回旋，纯朴、机灵、懂事的姑娘打动着父亲。当英娘拨弄琴弦，弹得高兴时，竟像撒娇的小女孩，跳到父亲腿上去了。神笔张也为心肝女儿的憨态所感动，欣然拨动了琴弦。

反弹琵琶造型亮相前，英娘以立挑翻身的立圆面，接大涮腰的反向平圆面的运用，进一步“铺垫”以增强观众对亮相造型的期待心情。

这个舞姿，其实已经在第一场“卖艺舞”里出现过三

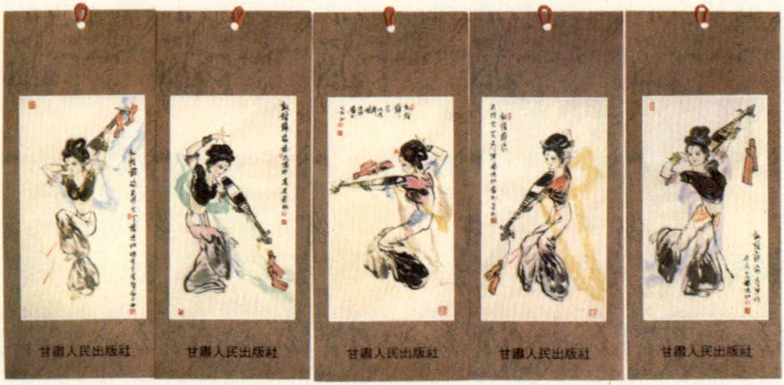

书签：英娘不断变换弹奏琵琶的动作姿态。
杨志印画，1982 年甘肃人民出版社，一套五枚

次，神笔张当时也看到过，只因找女心切，精神恍惚，并没引起他的注意。而此时此刻，这个出现过多次的舞姿，却仿佛从未见过似的，显得那样美妙。他立即选中作他壁画上的形象，画出反弹琵琶伎乐天。

在这里，起作用的不是佛说神示，而是父女情、天伦乐。后面，伊努思带来的波斯姑娘反复学这个舞姿。三场、四场中，这一造型又反复“再现”，使英娘这个贯穿全剧的主题动作，在观众心中印象更加深刻。

敦煌壁画有大量弹奏琵琶的乐工舞伎形象，特别是背后反弹。舞剧吸收了壁画中唐一一二窟，盛唐一七二窟，晚唐八十五窟、一五六窟及五代多幅经变画伎乐天反弹琵琶、琵琶半遮面造型。英娘调度自由顺畅，节奏活泼俏皮，感情甜美幸福，不断变换弹奏的动作姿态，手、眼、身、法、步高度统一，上下随合，指顾相应，这正体现出中国民族舞蹈的重要特色。当神笔张从反弹琵琶中激发起灵感的时候，欣喜异常，双臂挥洒，仿佛两条飘带翻飞，既刚且柔，大大加强了敦煌舞的韵味，生动地刻画出神笔张的性格特征。

第三场，葡萄吐翠，玫瑰铺红，喷泉在树丛闪着银光，廊柱在绿色的藤蔓间耸立。伊努思的花园到处充满着幽深、凉爽，英娘在这里几度寒暑，与波斯人朝夕相处，互传技艺，情同手足。英娘作为伊努思养女，身穿中国、波斯结合式样的服饰。她头梳唐式高髻，戴波斯纱巾，穿波斯少女紧身背衫，腰束小胡裙，下穿唐式白色裙裤，脚穿唐式云头

西安电影制片厂摄制的彩色宽银幕电影《丝路花雨》剧照：回国前夕，英娘将《反弹琵琶伎乐天》赠予波斯姐妹。图自银幕电影《丝路花雨》橱窗海报

鞋。从色彩上她一身洁白，这是三场中独一无二的色调，突出英娘特有的形象。伊朗观众看演出后赞叹：“你们扮演波斯人穿的服装，比我们在节日时穿的服装还要好看。”

刺绣舞、纱巾舞、驼铃舞，群舞依次舞起。伊努思奉命使唐，携英娘归国，英娘弹酒酹向波斯的青天、洒向波斯的大地，告别亲如故土的异国，她的酹酒姿态，来自莫高窟一五九窟“文殊变”下端那个作胡跪状的执炉天女的侧画形象。英娘跳起波斯舞，高潮时，两个青年把英娘托起，英娘单脚勾臂举顶，这个动作直接取材于莫高窟四六五窟伎乐舞人的造型，表现出英娘技艺高深，也烘托了离别的气氛。

第四场，昏暗的洞窟里，繁重的劳作和苦痛的囚居，神笔张头上簪满白发，手上长镣铮铮作响。满墙金碧闪闪的壁画，栩栩如生，他环视着自己心血创造的一切，想到远在异国的女儿，渐渐沉入似睡非睡的梦幻之中。壁画中的反弹琵琶伎乐天活起来了，闪耀着五彩的霓虹，琴、瑟、箫笛、箜篌、筚篥、排箫、琵琶等乐器飘浮在空中，不鼓而鸣。数十位伎乐天，捧上各色乐器，上穿桃型圆领小衫，双肩、腕袖饰金色图案，穿粉绿色小裙裤，腰间束米色小圆裙，飘着结缨带，赤脚而舞，体形健美，神情欢悦。英娘化作伎乐天，父女二人团聚。

“荷花童子舞”。神笔张父女重逢于祥云缭绕的荷花池旁，皓月当空，碧波万顷。台上五朵巨大的荷花和幕布上的荷花连成一片，一望无际，竞相绽放。轻灵透明的音乐声中，荷花徐徐张开，花蕊出现了手捧小荷花、身穿红肚兜、目光炯炯的娇嫩童子，仿佛是玲珑剔透的雕像。她们从荷花中跃出，手上的小银铃“叮叮”作响，围绕着神笔张父女欢快旋舞，如同见到自己的妈妈鹿母夫人一样。这一切是那样奇妙，出乎观众意料——原来荷花中还藏有这样的玄机。

这段就是唐、宋时代流行很广的健舞“柘枝舞”，参照壁画和唐诗资料而来。童子藏在荷花中，花开而后起舞，壁画上这个形象叫作“化生”，一九六窟、二一七窟、二二

荷花童子舞。图自沟红飞主编《中国经典舞剧〈丝路花雨〉》

零窟、四零零窟都有生动形象。《全唐诗中的乐舞资料》中《乐府诗集》："健舞曲羽调有《柘枝曲》，商调有《屈柘枝》。此舞因曲而名，用二女童，帽施金铃、抃转有声，其来也，于二莲花中藏，花拆而后见，对舞相占，实舞中雅妙者也。"又依据唐人张祜《观杭州柘枝》"旁收拍拍金铃摆，却踏声声锦袎摧"，系铃于演员手腕、脚腕。以手碰足踏和相互击打的动作为基调，复以荷花手型，鼓掌撞击使之"抃转有声"；让手脚上的银铃随着抹跳、碰击的动作，在明快的节奏中摆响。荷花童子参考二三零窟中赤身露体、裹红肚兜，手脚戴铃的素材，演员穿一身紧身肉色尼龙衫和裤，束小红肚兜，腰系渐变色荷花裙，美化了原有造型，也适应了民族审美习惯。

唐诗中对舞态也有描写："体轻似无骨，观者皆耸神。"（刘禹锡《观柘枝舞》）舞姿又轻又软，编舞力图做到轻、软、美，同时保持S形体态、手臂三道弯，形成敦煌舞风格。为表现荷花童子的性格，参照壁画，设计了下胸腰、勾脚，用头去碰脚，踢后腿的跳跃动作；快速甩腰上发展前双手碰击，后快速甩腰，小臂在腰的直向上方，手上的花随着动作的动律摆动。又根据一九六窟佛座下壶门伎乐手执莲花主力腿蹲，动力腿似胯腿的伎乐舞人造型，编排快速勾脚跳跃与用脚踏节奏进行一高一低似小鸟飞跃的组合动作。整个舞段脚的动作保持了壁画中的勾脚风格，手的造型保持莲花手型。

"凭栏仙女舞"。年复一年眺望着凡间的凭栏仙女，也许最敏感世人的悲欢离合，她们步出栏杆，舒袖起舞。仙女头梳高髻，上穿白色缕金佩玉紧身绣花衫，下穿湖蓝渐变色裤，外套白色绣花纱裙，胸前飘蓝色结缨带，淡蓝色披肩绕肩曳地，不仅有美的外形，而且动感强烈，飘飘欲仙。凭栏仙女们用轻呼吸的动律，会心地望着沉浸在久别重逢喜悦中的神笔张父女。继而飘然而下，以妙曼舞姿向父女呈献诚挚的祝愿。她们舒徐典雅、无穷韵味的舞蹈，让神笔张父女情意陶醉，表现了佛国天堂的静穆肃雍，也浓化了梦幻的清虚

西安电影制片厂摄制的彩色宽银幕电影《丝路花雨》剧照：神笔张梦见英娘与众仙女共舞。图自银幕电影《丝路花雨》橱窗海报

空蒙气氛。调皮的英娘也混舞于凭栏仙女中，让神笔张四望寻找，在仙女群中共舞。

这段就是唐代的软舞“绿腰”，参照壁画和唐诗资料而来。二二零窟南壁《阿弥陀经变》，一对白衣白裙的舞人手舞彩绸，半侧面庞，舞兴正酣。三二一窟，两组姿态绰约的天宫散花天人凭栏面立，神情各异，仿佛眺望着人世间幸福美好的生活，“凭栏仙女舞”的构思由此而来。《全唐诗中的乐舞资料》分析《韩熙载夜宴图》中王屋山舞软舞《绿腰》：王屋山着袖管狭长的舞衣，背身向着观众，从右肩上侧过半个脸颊，她微微抬起的右足正要下踏，双手则欲从后面向下分开，要把她的长袖随手而舞。从敦煌壁画白衣舞人半侧面庞、长裙曼转、彩绸顺着手势舞动的方向而拂动的舞姿分析，与王屋山之“绿腰”极为相似。

编舞参照王屋山舞姿设计出一只腿勾脚稍上抬起、双手挥舞彩绸向前起舞的基本舞步，又编排进白衣舞人平脚慢转的动作。手的姿势，根据一四八窟的菩萨造型，一只手似小垂手，手指松弛，似有水珠顺指而下，一只手用菩萨手，推向左肩处，手臂平架，手指上翘，创作了不同于古典舞中“按掌”的仙掌。仙女们交流感情时，提炼出壁画中菩萨们的神态，设计了与仙女们性格特征相适应的动作——窃窃私语。当英娘混舞于凭栏仙女中时，众仙女舞卧地上，侧身，弯腿向后作小飞天姿态，仍用菩萨手势。其目的在于渲染净土仙界奇幻景象的同时，抒写她们对于神笔张父女悲欢离合的感念和同情。

第五场，夕阳西下，暮色四合，叮咚的驼铃由远而近。英娘抢先跑上，在欣喜的眼神里，扑抚于地。双手抓起故乡的泥土，轻轻揉搓又慢慢撒下的情感动作，回到父母之邦的大欢喜，得到了感人肺腑的体现。

神笔张点火报警，中箭身亡，英娘心如刀绞，两捶胸、四顿足、前扑在地、爬上山坡、跪哭父前，胸抽搐、肩耸动，用一连串的跪转和涮腰，用掀身探海和踮脚尖快速退步

吴曼英绘一四八窟的菩萨造型。图自其《敦煌舞姿》

转圆圈，抒发情绪浓烈的悲愤，冲击力强烈，唤起了观众的强烈共鸣。

烽火台上升起了道引魂幡，那灵幡和着哀歌，和着长哭，和着飞雪，缓缓地、缓缓地插入云端。

第六场，敦煌百卉遍地，硕果满枝，宏伟的琼楼重阁，华美的朝花官灯，一派盛唐美景。二十七国交谊会隆重揭幕，喧腾的鼓乐声中，显赫的仪仗队里，河西节度使夫妇偕同各国商使步入会场。礼宾阁里汇集了半个世界。为迎远方来宾，大唐乐伎们率先跳起霓裳羽衣舞。

“霓裳羽衣舞”。此舞成于公元718–720年，为唐玄宗所作，唐歌舞的集大成之作，为盛唐精神的象征。全曲共三十六段，融歌舞器乐演奏为一体，表现了道教的神仙故事。白居易《霓裳羽衣歌》描写的此舞全况：“我昔元和侍宪皇，曾陪内宴宴昭阳。千歌百舞不可数，就中最爱霓裳舞。舞时寒食春风天，玉钩栏下香案前。案前舞者颜如玉，不著人家俗衣服。虹裳霞帔步摇冠，钿璎累累佩珊珊。娉婷似不任罗绮，顾听乐悬行复止。磬箫筝笛递相搀，击擫弹吹声逦迤。散序六奏未动衣，阳台宿云慵不飞。中序擘騞初入拍，秋竹竿裂春冰拆。飘然转旋回雪轻，嫣然纵送游龙惊。小垂手后柳无力，斜曳裾时云欲生。烟蛾敛略不胜态，风袖低昂如有情。上元点鬟招萼绿，王母挥袂别飞琼。繁音急节十二遍，跳珠撼玉何铿铮。翔鸾舞了却收翅，唳鹤曲终长引声。”安史之乱后此舞失传，两百多年后，南唐李煜与大周后精通音律，得到残谱，共同参详，将霓裳曲大部分补齐。南唐国破，此舞又失传。一千多年后，《丝路花雨》再现此舞盛况。

编舞参照敦煌壁画和唐诗资料而来。敦煌壁画中到处都能看到“被羽服，飘然有翔云飞鹤之势”的天女，高髻宝冠，斜插步遥，穿羽袖褥、百褶裙，褥裙均有羽边，项饰璎珞，腰束蔽膝，两侧有旒，随风飘扬。一四八窟东壁伎乐菩萨，左肘上抬，手松弛优美地垂在腮旁，右手臂向左下斜方伸出，出左胯，提左腿，宛如一幅风吹柳动的图画。此图极似“小垂手后柳无力，斜曳裾时云欲生”的诗句，画和诗启发编导在“柳无力”三个字上发挥想象，主体动作使双臂先后经过S形曲线运动到达一四八窟的造型，然后轻轻地像柳枝般撩起右臂，闪身向斜后圆场。

在琵琶古曲《月儿高》的音乐声里，由梆笛吹奏出明亮自由带有颤音的旋律，“散序六奏未动衣，阳台宿云慵不飞”，照此设计了四个层次静止造型，宛如一轮海岛冰轮初升。“中序擘騞初入拍，秋竹竿裂春冰坼”，古筝刮奏音乐速度出现慢起渐快，配以大幅度挑腰场面原地旋转等一系列动作。“飘然转旋回雪轻，嫣然纵送游龙惊”，一五六窟北壁的舞姿绸带飘动，让编导看到了当年舞蹈的慢镜头，也学着她们的样子行进，使静止的瞬间变为活跃的场面和动作。舞蹈后半部“跳珠撼玉何铿铮”，在快板中安排了小跳跃的动作，运用三三四窟的造型给以上下左右变化。尾曲音乐变慢变柔和，翔鸾收翅，唳鹤曲终，仙女们排出大圆形，所有演员手眼一致，姿态一致，呼吸起伏一致，大唐之美流淌出来，宛如月停中天，玉轮冰晶静洒天地人间。

“印度舞”起，舞蹈开启的第一个动作，就是用印度波罗多舞的手势，表达“我喜欢为大家跳一段舞蹈”，这个充满友谊的表演，成为演员表演中的潜台词。演员们眼神流转四顾，与脖颈的律动、赤脚的踏动浑然一体，印度使节惊叹：“这就是我们民族的舞蹈！”

“盘上舞”是英娘重点的独舞，也是全剧最后一段舞。舞蹈丰满多姿、奇险精美，集英娘舞蹈语汇特点之大成。“盘上舞”与一场“卖艺舞”相呼应。在第一场，英娘还只是一个被迫无奈、含愁起舞、带泪讨赏的弱女子，由双人托举上场，她右手搬后腿成倒拴形，昂首、左臂曲肘、手心向上前伸，似被缚求救的形态。第六场，她已经从苦难中成熟起来，双簧管优美音乐声中，英娘乘华丽大盘被四名胡男抬着上场，她左手摁压盘子、坚实有力，左腿上翘成倒拴形，昂首、左臂高抬指天、手形呈兰花式，已是艺高胆大的复仇女神。她身披一道如虹轻纱，头梳高髻，上穿玫红紧身缕金佩玉衣，下穿玫红渐变色裙裤，腰束荷花式短裙，足蹬金色云头鞋，在俏丽中透出复仇之心，艳丽中带有聪颖和机警之性，可谓“曹衣出水，吴带当风”“红裙妒杀石榴花”。

她从盘上站起身来，一扭腰，犀利的目光扫视整个会场，暗暗盘算如何与对手较量。然后变换造型，以手托腮，

西安电影制片厂摄制的彩色宽银幕电影《丝路花雨》剧照：英娘揭穿市令，节度使为丝路除害。图自银幕电影《丝路花雨》橱窗海报

好像敦煌壁画里常见的思维菩萨，突出表现了成竹在胸。竖琴奏起和音，与双簧管呼应着，英娘舞起各种敦煌舞姿，动作有慢稳，有快灵，有的着重舞的凝聚力，有的展现柔体功夫，舞蹈的韵律感和动作的节奏极其强烈。

接下来，英娘要舞动她的轻纱了。

在《丝路花雨》之前，敦煌元素被运用于舞蹈有过三次。梅兰芳解放前借鉴飞天造型创编京剧《天女散花》；戴爱莲1954年创作双人长绸舞《飞天》，取材于壁画的绸带元素，表现翱翔天宇的意境；受《飞天》启发，1959年赵丹的女儿赵青编排了《长绸舞》。《丝路花雨》编导不但将整体敦煌舞蹈复活，也继承了前辈舞蹈家的传统，大量选用壁画中天宫伎乐的舞姿，结合彩塑中的飘带，给英娘披上了一条轻纱，浪漫而飘逸。为让英娘挥起轻纱，舞美用了尼龙纱，将医用橡皮管剪开，封在纱内。琵琶声声问答，笛子变调模仿，从容不迫的音乐声里，英娘鸾带当风、长袖善舞，用伎乐天双臂飞撑的打鼓式大舞姿，舞出道道彩虹。“左旋右转不知疲，千匝万周无已时。人间物类无可比，奔车轮缓旋风迟。”（白居易诗）彩虹落地，英娘回归大地，双手高举射中神笔张的利箭，指控仇人。害除了，仇报了，丝绸之路更

庆祝中华人民共和国成立三十周年献礼演出节目单。

加畅通无阻。四海同庆，万方乐奏。

尾声，音乐声同序幕。飞天撒下吉祥的花雨，花雨化成连云的大道。十里长亭，杨柳依依，河西节度使率众欢送各国商使踏上归程。

舞剧演毕，党和国家领导人、各国使节和首都观众掌声雷动。国庆献礼，《丝路花雨》获文化部颁发的“创作一等奖”和“演出一等奖”，这是当时文艺界国家级的最高奖项（甘肃献礼作品共三部，话剧《西安事变》同样获创作和演出一等奖，京剧《南天柱》获创作一等奖和演出二等奖，轰动一时）。国庆献礼演出办公室专门为《丝路花雨》召开首都文艺界座谈会，与会者热烈探讨，盛赞该舞剧为中国舞剧开辟了新路，在中国舞剧史上立下了新的里程碑。

剧组不断收到邀请，在民族文化宫、北京军区招待所、中央警卫局礼堂、北京市工人俱乐部、人民剧场、北京展览馆剧场、天桥剧场等场所参加各类演出二十八场。10月18日，国务院各部、委举行招待演出，党和国家领导人以及国务院各部、委、办负责同志观看了演出。10月24日，邓颖超观看演出，同演员们握手。

1979年10月30日至11月16日，在北京召开中国文学艺术工作者第四次代表大会，这次大会是在十一届三中全会之后召开的解放思想、全面总结新中国成立三十年文艺战线经验、明确新的历史时期文艺工作任务的重要会议，党和国家领导人出席会议，周扬做题为《继往开来，繁荣社会主义新时期的文艺》的大会报告，其中讲：“最近创作和演出的舞剧《丝路花雨》，以其新颖优美、富有浓厚民族特色的艺术风格，歌颂了古代中外人民的友谊以及劳动人民艺术家的不屈的斗争和艺术创造精神，博得了观众的称赞。”

11月3日，《丝路花雨》为这次会议做专场文艺晚会演出，观众都是来自全国各省、自治区、直辖市文艺界的代表和精英，他们最能鉴赏文艺作品的思想和艺术品位。演出盛况空前，全场鼓掌数十次。演出结束，文艺界领导们向全体演职人员表示热烈祝贺，广大艺术家们久久不愿离场，交口称赞。中国文联名誉主席、中国作家协会主席茅盾说：“你们演得很好，很成功。”中国舞蹈家协会主席吴晓邦虽然已在兰州看了演出，但依然激动：“甘肃省歌舞团的同志们思想解放，敞怀畅想，为中国舞剧题材开辟了新的途径，在舞剧艺术上做了大胆的尝试，有创造、有突破，这是十分可喜的收获。”中国戏剧家协会副主席曹禺说：“你们了不起，你们写了这么好的本子！你们为中华民族争了光，你们演得太好了，我代表全国戏剧家向你们祝贺。”著名诗人、《人民文学》主编李季说：“作为在甘肃工作过的人，我感到光荣和骄傲。你们解决了一个问题，说明我们中国也有很好的舞蹈。”

全国各地文艺界领导人纷纷邀请剧组到他们所在的省、市演出。11月11日中央电视台播放舞剧演出录像，同天《人民日报》发表叶宁的文章《难能可贵的创新》：“甘肃省歌舞团创作并演出的大型历史舞剧《丝路花雨》，以其新颖优美、富有浓厚民族特色的艺术风格，歌颂了古代中外人民的友谊和经济文化交流；赞美了古代民间艺术家不屈的斗争和艰苦的艺术创造精神，受到了首都广大观众的高度赞赏。舞剧充满了浪漫抒情色彩，其中许多舞蹈场面绚丽多姿，光彩夺目。从舞姿的连贯发展到各种步法、旋转、踏跳，包括大拇指、足趾的节奏和几个托举起来的舞姿，都不失壁画的风格，而又不是刻板的模拟。创作是难能可贵的：难在把壁画静止的姿态活现于人物的塑造，贵在突破了舞蹈语言和章法的陈规而有所创新。”

国庆晚会上，时任广东省委书记习仲勋也观看了演出，在演出结束后接见演员时，他高度赞扬《丝路花雨》：“我很快回广东，邀请你们去广州演出。”

11月15日，剧组为第四十四届“广交会”闭幕式表演。为了能让更多的人观看演出，演出被安排在可以容纳五千人、但从没演出过大戏的中山纪念堂，习仲勋令广东歌舞团在音响、灯光设施等舞台设备上给予全力帮助，使演出顺利进行。广东各界和来自世界五大洲一百多个国家和地区的客商和官员共数万人观看，各国纷纷邀请剧组前往他们国家进行演出。

在广东的首场演出结束后，习仲勋接见全体演职人员，表示慰问。“当他得知有很多台湾、香港、澳门同胞和国际友人来看演出，反响很好，他十分高兴，说：‘我们是西北老乡，你们给我们老乡争光了！’这时有一位演员随口说：‘习书记，让我们到香港演出一下嘛！’到香港演出，在改革开放初期是异想天开的事。这位演员的话，习仲勋同志听到了，他说：‘这个想法很好。我打电话找耿飚同志，征求一下他的意见。’耿飚同志当时任国务院副总理，分管外事工作。没过几天，习仲勋同志来到演员住地广州越秀宾馆看望大家并举行座谈。他说：‘我打电话征求了耿飚同志的意见，耿飚同志同意你们去香港演出，他具体安排由新华社驻香港办事处负责演出事宜，并介绍了驻香港办事处的杨一木副主任。’习仲勋同志对当时在场的广东外事办、文化局的负责同志说，这件事要特事特办，希望尽快办好《丝路花雨》剧组赴港演出的一切手续。在习仲勋同志的亲切关怀下，《丝路花雨》剧组人员的护照、布景、道具运输过关等手续很快办妥。”（《中国经典舞剧〈丝路花雨〉》）

1979年12月27日至1980年1月12日，吴坚带队，剧组一百二十人赴香港演出十五场，每场谢幕达半个多小时，香港媒体、世界媒体争相报道。

走向世界

从1979年9月开始，《丝路花雨》在北京、广州（中山纪念堂、友谊剧场）、香港（新光戏院）、桂林（漓江剧院）、上海（美琪大戏院、北京影剧院）进行了一百七十四场巡回演出，观众三十六万人次，各地好评如潮。1980年3月14日《解放日报》评论员文章《〈丝路花雨〉给我们的启示》：“敦煌的飞天不但把五彩缤纷的花雨撒遍浦江之滨，给我们带来春天的消息，还给上海的文艺工作者提供学习和借鉴的榜样。感谢敦煌，感谢飞天，感谢春风从玉门关外吹来！”上海观众说：“我们这些远离阳关的后世子孙也能领略祖先的文化创造和盛唐的时代风貌。感谢甘肃同志在八十年代第一个春天把‘花雨’撒向东海之滨。”

1980年5月剧组返回兰州，原本计划一个礼拜的行程，实际变成九个月。其间，剧组在兰州的家属和亲友们，通过邮寄、捎带，给远方的演员送去冬季和春季的衣服。甘肃省召开了省上主要领导和文艺界代表三百多人参加的欢迎会和座谈会，吴坚主持会议，会上舞剧执笔、编导、作曲、艺术指导、主要演员一一亮相，全场掌声雷动。但剧组全体并没有感到满足，他们在赞扬声中找问题，研究分析全国观众和文艺界同行的宝贵意见，进行艰辛的修改实践。舞蹈编导们捧着敦煌乐舞的白描图集，像当初创作舞剧一样，又开始模仿姿态，琢磨动律。乐队扩大了阵容、增强了音乐的戏剧性和交响性，舞美和服装进一步突出大唐盛世气氛。1981年春节，经过八个月全面修改加工后的《丝路花雨》完成。

1981年5月，《丝路花雨》赴北京汇报演出修改剧本；6月1日至7月5日，剧组一百三十人赴朝鲜，演出二十三场，观众三万人次；7月回国后，相继在北京（人民剧院、红塔礼堂）、天津（第一工人文化宫）、太原（长风剧院）、西安（人民大厦）、家乡兰州等地演出一百四十三场。

1981年3月，西安电影制片厂决定把《丝路花雨》拍成彩色宽银幕电影。从1981年6月到1982年7月，剧组兼顾外出演出同时，调集骨干力量，在西安进行电影拍摄。神笔张演员柴怀民回忆道："我们这些没接触过银幕的人，当时怀着一种忐忑不安的心情，琢磨自己该怎样在银幕上刻画出一个鲜活的老画工神笔张呢？西安是全国著名的'火炉'，当时我们要在数十个上千瓦的灯下排练，演员们还要穿上厚厚的演出服，大家真是挥汗如雨啊。记忆最深的是导演颜学恕要求我拍一段像戏曲演员一样单腿跪走的镜头，几次三番下来我的膝盖又红又肿，电影拍摄是不等人的，所以再疼也必须坚持（使膝部落下了后遗症）。我们清楚地意识到舞蹈是一种动态艺术，可是当摄像机对准你的时候，要在音乐的瞬间、特写、中景、近景镜头中刻画人物的感情变化，这是舞蹈演员从未接触过的。我们通过多次努力排练后终于克服一个个难点，最终以较完美的人物形象展现给广大观众。"（《〈丝路花雨〉走上银幕》）。

1982年11月，《丝路花雨》电影完成后期制作，1983年除夕在甘肃省政府礼堂隆重举行首映式，吴坚做首映讲话："甘肃人民有句俗话：'人活一世要爬十八个漫坡'（'漫'即高的意思）……《丝路花雨》也是在不断地爬坡

西安人民大厦前的告示牌和购票情况。图自沟红飞主编《中国经典舞剧〈丝路花雨〉》

电影《丝路花雨》导演颜学恕、副导演陈兴中给英娘说戏。
新华社 1982 年 5 月 21 拍摄

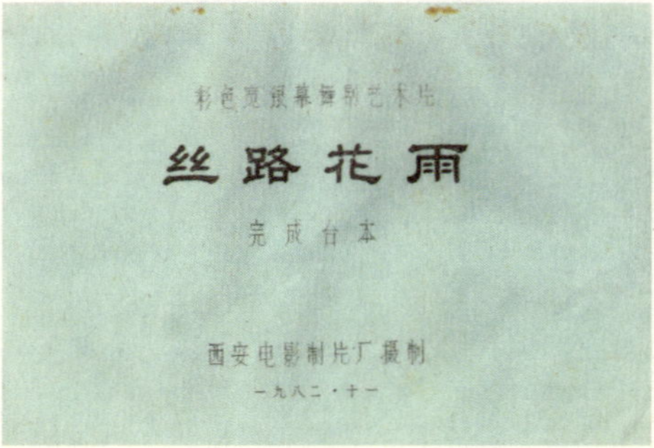

彩色宽银幕舞剧艺术片

丝路花雨

完成台本

西安电影制片厂摄制

一九八二·十一

西安电影制片厂彩色宽银幕电影《丝路花雨》完成台本。

过程中逐步获得提高的。滴水成冰的寒冬，双方的创作人员一起磋商剧本，安排编舞，突击改曲并且反复到敦煌参观学习；挥汗如雨的炎夏，在高瓦数的水银灯照射下，他们在摄氏四十五度高温中工作了上百个日日夜夜……电影的公开发行，就使《丝》剧能够在更多的观众中和更大的范围内接受新的考验。但是作为舞台艺术来说，新片的发行，只是一个提高的进程，而不是创造的终结，它前面仍有许多‘漫坡’要爬。我们一定要珍视自己的经验，沿着已经开创的道路，谦虚谨慎、戒骄戒躁，清醒地认识自己的不足，刻不容缓地提高政治觉悟、文化知识、艺术素养，尽快地开创出新的局面来。”（《祝舞剧艺术片〈丝路花雨〉映出》）

1982年9月7日，吴坚带剧组一百二十三人赴意大利、法国进行商业演出。赴欧洲之前，又进行修改，压缩时间长度，增添少而精的武打场面，加强和提高独舞、双人舞。舞团一下飞机，便投入紧张的排练，常常排练到凌晨两点钟，首场演出前两小时仍在进行彩排。9月14日，在享誉世界的意大利米兰斯卡拉大剧院，中国人首次进入这座西方艺术殿堂进行演出。每一幕间都响起暴风雨般的掌声，一次比一次热烈，指挥不得不在幕间向观众再三鞠躬表示感谢。

在沸腾的观众席上，吴坚不能像周围观众一样站起欢呼鼓掌。他的腿在“文革”中受过伤，整个演出过程中，由于高度紧张，全神贯注盯着台上，一个姿势保持到最后，两腿复发了病痛。14日至18日共演出六场，观众一万五千人，门

吴坚和贺燕云等主创人员在意大利米兰广场。这张照片一直挂在吴坚家中。
图自沟红飞主编《中国经典舞剧〈丝路花雨〉》

被巴黎观众包围的演员。图自沟红飞主编《中国经典舞剧〈丝路花雨〉》

票都被抢购一空。《米兰报》称："台上的高潮刚结束，台下便掀起了高潮，所有的人都站立起来，疯狂地鼓掌，演员一再谢幕。《丝路花雨》赢得了观众，引起了轰动。"斯卡拉大剧院的工作人员与中国艺术工作者结下了深厚的友谊，负责灯光的意方工作人员，根据我方要求反复改换和调整全部舞台灯光，保证了演出效果。在歌舞团离开意大利赴法国的前夕，斯卡拉全体后台工作人员相约凑钱，购买了剧院成立二百周年的纪念章，赠送给中国艺术工作者。

1982年9月23日至10月26日，剧团参加巴黎第二十届国际舞蹈节，在巴黎演出三十五场、勒芒演出四十场，巴黎有十多万观众观看演出，有一场演出间的掌声达到四十五次。《快报》周刊称："这出戏是开放政策的证明，它借助艺术形式歌颂了各国人民之间的相互了解。""谁会相信呢？穿着严谨蓝色制服的中国人，仍然能将并不适宜于机车操作的理想中的女人的面貌，一丝不变地保留下来。就看看这一群舞蹈的少女吧，她们穿着长裤（当然是丝制的），以细致、文雅的脚步前进。只有那一双纤巧的小脚，那一双美丽的肩膀，是露在服饰的外边；那一副细腻、含情的粉红色的瓷质般的面庞，笼罩在插满了吊着坠子饰物的大髻之下，美妙迷人，一个俏似一个。这群温文尔雅的美人儿在梦境般的周遭里，摇晃着轻纱、铃铛、花篮，其标致优美，在西方仅能在伦敦的皇家芭蕾舞团里，找到近似的匹敌。"

1984年1月17日至3月10日，剧组赴日本，先后在东京、大

《丝路花雨》在法国演出时的海报。图自杨树云《唐风流韵》

阪、横滨、名古屋、秋田、广岛等十多个城市演出。先前，日本著名作家井上靖写了小说《敦煌》《楼兰》，电视台播放纪录片《丝绸之路》，在日本掀起了历时数年的“丝绸之路热”，这次演出场场满座，在日本又掀起一个新的高潮。

1985年6月20日，受文化部派遣，剧组赴泰国庆祝中泰建交十周年，进行为期二十一天的访问演出。泰国观众对于舞剧《丝路花雨》并不陌生，每逢中国重大节日，中国大使馆总不忘记宣传放映《丝路花雨》电影。

1985年9月23日至10月13日，受文化部派遣，剧组赴苏联莫斯科、列宁格勒、里加等地进行文化交流演出十一场，近两万名观众观看，场场爆满。这是中苏敌对二十多年后，第一个访苏的中国文艺演出团体。当时贺燕云已经离开甘肃省歌舞团在北京舞蹈学院芭蕾舞教育系上学，为确保演出成功，被文化部调回参加演出。在莫斯科，七十六岁的芭蕾舞大师乌兰诺娃，特意穿上三十多年前访华时订做的中式旗袍，她1952年访华时曾到兰州演过《天鹅湖》。在列宁格勒，音乐学院教授古雪夫极其高兴见到了自己在北京教授古典舞蹈时的学生、《丝路花雨》编剧刘少雄。

……

2004年，《丝路花雨》被上海大世界吉尼斯总部认定为“中国舞剧之最”，截至2004年10月，连续演出二十五年，演出一千四百场，观众三百余万人，成为中国演出年轮、场次最多的舞剧。

英娘扮演者，左起张丽、傅春瑛、贺燕云。
图为《甘肃画报》1980年第三期封面

截至2014年，《丝路花雨》有八代演职队伍的传承，有十九位主角英娘的换代，分别是：贺燕云、傅春瑛、张丽、张京棣、杨虹、史敏、李红、裴长青、穆虹、韩晶、李菁、刘薇、王琼、韩煦、孙秋月、李莉、赵乔、李倩、陈晨。除了英娘外，参与过的演员早已经不可计数，其中贺燕云从1979年至1985年间主演五百余场。

截至2018年，《丝路花雨》剧团出访四十多个国家和地区，演出两千八百八十七场，观众四百五十万人次。

尾声

《丝路花雨》深刻影响了改革开放初期，尤其是上世纪八十年代中国的社会审美、大众文化。全国掀起《丝路花雨》的热潮，喇叭裤、飘带裙流行社会；飞天的形象无处不在，邮票、墨水瓶、暖水瓶、酒瓶、烟盒、脸盆、毛巾、床单……《丝路花雨》的各种剧照、电影海报和艺术形象，出现在各类报纸杂志、笔记本、文件夹、明信片、年历卡、年画、台历、小人书、糖纸、火柴盒、绘画、剪纸……人们服饰的颜色不再是蓝色灰色军绿色一统天下，妇女作为半边天，形象不再是样板戏里笔直、紧绷的模样，而有了如同舞剧的S形曲线美。

《丝路花雨》用题材新、构思新、立意新，解放了人们的思想，用造型美、音乐美、服饰美，改变了人们的审美。《丝路花雨》的创作过程，就是回应时代大潮、思想解放的过程，是认识艺术规律、用实践检验真理的过程。

那是一个国家还不富裕但群众活力迸发的年代，演员们除了自己的角色外，还承担着大量舞台工作，装台拆台，挂软景，搬硬景，挪道具，拉吊杆，放烟雾打灯，这些工作不分男女老幼，不分剧团领导和群众，人人都干。饰演英娘的主角们，一场演出中当一位演英娘时，其余的就去跳群舞。省上调集其他艺术团专家帮助歌舞团提升演出水平，大家一心为戏，从没有人要过报酬。歌舞团也没搞过一场“福利演出”，没有多拿过一分钱的额外收入。对兄弟剧团学演《丝路花雨》，都热情相待，从不收费。在巡回演出中，演员和工作人员尽量节约开支，经常住低标准的旅馆，有时还住在剧场后台。出国演出时，把节约的生活费上交国家。吴坚老部长2008年去世后，他的长女常怡帮母亲整理父亲遗物，发现所有的旧衣物中没有一件上“档次”，仅有几套毛料中山装制服，还是他带领歌舞团出国演出时做的。

吴坚一生居官清廉，心怀坦荡，当《丝路花雨》成为传世经典，获得巨大荣誉时，他作为舞剧的策划者、决策者和指导者，作为舞剧的灵魂，将自己深藏到幕后，在所有的节目演出单、介绍资料中，在所有的获奖荣誉中，都没有他的名字。1979年《丝路花雨》成立总编导组，最初大家选举时任团长做组长，老部长知道了不同意，要求组长必须由舞蹈家担任。他这样要求别人，更是严格要求自己。在吴坚领导下的甘肃文艺界，“文革”后涌现出话剧《西安事变》，京剧《南天柱》，电影《西安事变》《丝路花雨》《麦客》，人民大会堂画作《黄河之水天上来》，城市雕塑《黄河母亲》，长篇小说《省委第一书记》《鏖兵西北》《幻化》，大型史诗《格萨尔王传》，综合期刊《读者文摘》（后改名《读者》），文艺理论杂志《当代文艺思潮》，科幻杂志《飞碟探索》……

《丝路花雨》是一种文化现象，是一个新文化的源头。在我国现代舞蹈史上，一个新的独立成型的舞蹈语言系统

“敦煌舞”得以创立。

甘肃省舞蹈家协会主席高金荣受《丝路花雨》创作启发，从1979年开始多次深入莫高窟，全力以赴投入研究壁画舞姿，撰写系列专著教材，成为新兴舞种敦煌流派教学体系创建人，编排出《千手观音》《妙音反弹》《凭栏仙女》《步步生莲》等敦煌派舞蹈，桃李满天下。第一代英娘演员贺燕云、史敏，日后各自考入高等舞蹈学府，留校任教，开办敦煌舞蹈课程，编著舞蹈教程。剧团乐队的笛子演奏员席臻贯，1982年随团在巴黎演出期间，了解到巴黎图书馆中藏有法国人伯希和买走的唐代曲谱，用十年时间进行破译，复活了敦煌古乐。剧团的杨树云成为“中国第一梳”。电影《丝路花雨》敦煌彩塑道具设计者何鄂，通过临摹壁画，悟出老祖宗遗产的密码在于“创造”，终成一代雕塑名家（代表作《黄河母亲》）。剧团当年的合唱演员（舞剧最早有合唱，后取消）陆金龙，成为2008年新版《丝路花雨》的打造人。

《丝路花雨》成功后，很多省份以甘肃为鉴，掘古创新，致力于搞出本地的《丝路花雨》，推出《仿唐乐舞》《编钟乐舞》《长安乐舞》《九歌》《汉风》《云岗曲》《西夏古风》《铜雀伎》等等歌舞音乐，掀起了持续二三十年的古代乐舞复兴艺术潮流。

敦煌古代工匠被官府役使，按量供给饮食。敦煌文献《归义军宴设司》记载：“泥匠二人，早上馎饦，午时各胡饼两枚；供七日，食断。”《归义军衙内破历》：“六日供城东园造作画匠五人、塑匠三人，逐日早上各面一升，午时各胡饼两枚，至八日午时料断。”“馎饦”又称汤饼、不托，类似今天的汤面、拉面。“胡饼”即今天的烧饼。有着高超手艺的敦煌工匠，没有人身自由，他们早上只吃一碗汤面，午间两个烧饼，再无其他饮食，更无晚餐。

戈壁滩上的莫高窟方圆五十里没有人烟，敦煌文物研究所的专家生活艰苦，陈泓写道：“外表文静的施萍婷老师（史苇湘夫人），心里好像有团火，对我们非常热情和支持。除带我们参观洞窟、讲课，为我们提供所需要的资料外，还非常关心我们的生活。莫高窟物质条件差，食堂里伙食不佳，她就常做些好吃的，让我们到她家‘改善生活’。在她那里，又是吃饭，又是提问题、翻资料。既玩了，也工作了，她的家是我们在莫高窟涉足最多的地方。”（《他们微笑着退去》）

“剧组离开敦煌的前夜，专家们突然有些神秘而局促地告诉大家，晚上请吃饭，不能不来。那顿饭让朱江至今念念不忘，有肉，有豆腐，有大米，是专家们积攒了几个月的粮票凑在一起，做的一顿饭，都是在敦煌很少能吃到的东西。大家吃得不是滋味。平时，水煮茄子已经很少见，通常只有白水煮面。而煮面的水，也是毛驴从敦煌县城驮回来的稀有的一点，莫高窟的水是涩的，洗完头，头发都会绞在一起，更别说喝。专家们却在这样的环境中‘祁寒盛暑，劳苦相勉’，如常书鸿所说，‘如敦煌平民一样朴素地正在一个苏苏柴的灰盆上用搪瓷杯煨煮一盘沱茶。一支残余洋蜡的烛光，在塞外寒气未除的早春之夜，使人感到安逸的情调’，令人感怀。”（《黑暗中的舞者》）

贺燕云回忆道：“从十三岁开始过集体生活，每个周末都是哥哥骑自行车把我接回家，累得他满头大汗。父母准备好一桌可口的饭菜等着我，看着我狼吞虎咽的样子，他们就开心微笑。我们家是从上海迁到兰州的，很长时间吃不惯面食，而大米是限量供应的，每人每月只有两三斤。每次到家里，父母一定会让我吃一顿香喷喷的大米饭。饭桌上，我绘声绘色地把团里的情况说给家人，父母和哥、姐、妹与我同喜同忧。我去西安电影制片厂拍电影，为了保证我的饮食和健康，妈妈四十八岁就提前退休，全程陪我。在西影厂一间小平房里，妈妈靠一只小煤油炉为我烧饭，前后长达半年时间。”（《我跳〈丝路花雨〉》）“吴部长为了让担任主要演员的我加强体力和营养，保证高水平的演出质量，国外巡演期间，他总是把自己那份鱼和肉让给我，知道我喜欢吃冰淇淋，他也总是把自己的那份留给我。他给了每个人，即使是普通工作人员，以无微不至的关怀和支持。”（《我心中的老部长吴坚与〈丝路花雨〉》）

1978年剧本通过吴坚部长审查，大家嚷着让他请客，他说等北京演出成功请吃全聚德烤鸭。当天团长易炎请大家吃了北京包子馆的包子（这是当时的美食，四毛钱一厅。在甘肃省政府旁边，是解放前就有的老字号，现名乐乐乐餐厅）。

1979年第四次文代会召开期间，吴坚兑现承诺，请剧组吃了全聚德烤鸭。

司马长风是香港著名报人，他1979年看了演出后说：“每一动作、每一姿态、每件服装、每件道具、每寸布景，都需凝练唐代风光、沙漠气氛、佛教艺术、波斯情调。这才是名副其实的‘创造’。一切光荣归于编导人员、演出人员，这是1949年以来破纪录、开纪元的事情。我在西北住过，到过兰州。我还记得兰州街头姜皮黄的大锅盔、辣油羊杂的味道；也还记得甘肃同胞朴拙的语言、秦腔的韵味和秦胡的悲风。看到甘肃省歌舞团的表演，我几次有上台认老乡的冲动。唉，唉，离乡背井三十年！剧中的英娘，流落异国归来，抓起了一把敦煌土，搓了又搓，嗅了又嗅。唉，唉，斯人斯土。”（《〈丝路花雨〉的突破》）

公元366年，敦煌禅僧乐僔漫步到莫高窟附近，时近黄昏，夕阳西下，三危山上一派金光，似乎有千佛在金光中显现。他被这奇景感召，认为这里是圣地，发愿在莫高窟开凿了第一个石窟。莫高窟是天界和人间、历史和自然、古人和今人的共同创造。

1970年冬季，吴坚的次子常力去临夏州康乐县农村探望劳动改造的父亲：“我连续换乘了长途汽车、马车、驴车后，终于到了距父亲下放村庄十几里路的地方。我沿着弯曲的乡间小路疾步向前走着，快到村头时，突然看到远处田埂上坐着一个戴帽子的人。在落日的满天余晖里，他的身影披着漫天的霞光，轮廓分外清晰。如同一幅巨幅油画。我不由得看呆了。那人站起身来，缓步向我走来，老天！那不就是我要找的父亲吗！我惊喜万分呼喊着迎着他跑去！”（《父爱如山》）

当年乐傅看到的那缕金光，在时空中继续穿行。

2019年5月23日

主要参考资料

- 《全唐诗中的乐舞资料》，中国舞蹈艺术研究会舞蹈史研究组，音乐出版社，1958年9月第一版
- 《甘肃文艺》1979年1—12号、1980年1—12号
- 《文艺研究》1980年第二期
- 《舞蹈艺术》丛刊第一期，1980年8月
- 《丝路花雨》，文化部国庆演出献礼办公室主编，甘肃人民出版社，1980年11月第一版
- 《当代》1981年第六期
- 《敦煌舞姿》，吴曼英、李才秀、刘恩伯著，上海文艺出版社，1981年4月第一版
- 《〈丝路花雨〉评介》，赵之洵主编，甘肃省歌舞团汇编，2000年内部印刷
- 《甘肃艺苑》2009年第三期
- 《花雨伴君行——吴坚：论著与追忆》，张家昌编，甘肃人民美术出版社，2009年9月第一版
- 《敦煌的历史和文化》，宁可、郝春文，中国国际广播出版社，2010年9月第一版
- 《唐风流韵》，杨树云，东方出版社，2015年7月第一版
- 《中国经典舞剧〈丝路花雨〉》，沟红飞主编，甘肃人民美术出版社，2016年8月第一版
- 《敦煌古代工匠研究》，马德，文物出版社，2018年4月第一版

“美漂”一家（续）

大 力

“出去的人不会讲，只会讲自己怎么好，谁也不会讲不好。”一位华裔年轻警员曾对唐先生说。

公园

唐先生一家来到南加州有段时间了，除了租住的房子，度过更多轻松惬意时光的地方，就要算是公园。

假如一个城市也有“良心”的话，那么是否可以从公园说起？有没有公园，有怎样的公园，是否可以看得出治理一个城市的初衷？

以往唐先生熟悉的中国各个大中小城市，多是以硬地广场为重心，也许因为广场更有那么一种权威感，而不像亲切柔软的绿地草坪园林那样过于平实。

日子安顿下来之后，由于唐太太变得更加钟情于看房，

《“美漂”一家》见《读库 1705》。

所以需要唐先生常常驾车往来于周边各个小城。看房自然要看环境，不难发现，只要有居住区的地方，附近就会有公园，像超市或学校一样，属于规划中必不可少的项目。而且是实至名归的公共园区，一般由开阔的草坡和多样的树木构成，较大的公园会有连片的水面。

看房间隙，不免会到路经的公园小憩。园内分散设置着相当多的固定桌子和长凳，没有多少人工修砌的建筑设施，更未见在最佳位置出现公园管理处之类的机构；一般没有大门，没有围墙，没有保安，没有收费，而一切却显得妥妥帖帖。

在他们租住的房子附近，也有一座散步就可到达的小公园。幼儿一旦到了这片浓荫遮蔽的户外绿地，就像放出来的小动物一样撒欢。

树间各处有一些铁制桌椅，旁边相应的有烧烤架和阻燃石材的垃圾筒。可以坐下来饮食，或铺了隔潮的垫子，坐卧在草地上，旁边有饮水台。没有售卖摊点或流动小贩，通常开车来的人会自带零食饮料。

这公园不大，平日人不多，因为各个社区附近都有类似的公园，所以人们不会扎堆来这里。一个角上是停车场，另一侧有滑梯和塑胶篮球场。无论公园大小，滑梯和篮球场总是标配。滑梯下面铺垫的是不会散发异味的碎木。

不必担心绿地间会开进来任何机动车，个别遛狗的人一般会跟他人保持距离。一些树干高大、树冠如盖的树木分布在草地间，各色的落叶散布一地，好在没有人忙着去扫起来焚烧掉。

公园的卫生间旁边没有驻守保洁人员，未见有人在不停地清扫，但里面总是整洁而无异味，厕纸不会用尽，垃圾不至于满溢。

那些足够宽大的长凳上或是回廊下，没有各种睡态横躺竖卧的。草地可以随意走动，人草融洽相处，未见“脚下留情”的警示。人们走后，不会留下果皮、包装、烟头、瓜子皮等等的一地狼藉。

唐先生发现，来公园休闲的多为墨裔人，与紧张忙碌的华人迥异，他们像是不懂得焦虑，整天放慢节奏享受当下的生活。他们尤其喜欢在周末的中午到公园野餐聚会，多个家庭或许多亲友聚在一起，成人说笑谈天，孩子们运动玩闹。

那个晴好的周六，唐先生带着孩子一来，就遇见了一场生日聚会。除了庆生的蛋糕，照例是一些男女早早就来了，从车里搬下来大包小包，提前铺好桌布，摆上许多大桶碳酸饮料、大包炸薯片和面包。聚餐开始后，有人负责在旁边的烧烤架上烤制肉食，香烟缭绕，然后配上面包就可以了。

看上去他们的胃口总是不错，当然他们的身材也往往印证了这一点。不过他们好像不怎么饮酒，即使啤酒也未见在户外聚餐时饮用，同时没人吸烟。

唐先生领着女儿走近一些，好奇地看看他们盘子里的是些什么。其中应当是有一种特色食物，像是墨西哥薄饼配上香酥烤肉，中间夹了洋葱及辣椒酱之类，不能确定。

弄不好他们会请他或至少是请女儿品尝一下，那就不好客气推却了，但是，人家都在忙于取食和谈笑，一时好像无暇顾及他们父女俩专注的目光。

唐先生带着孩子在草地上继续玩耍的时候，忽然隐约听见“叮当叮当”的音乐声，渐渐由远及近。唐先生就看着那边的女儿，小女先是停下来侧耳细听，马上兴奋地跑到他跟前，灿烂地笑着叫：“冰淇淋车！爸爸，冰淇淋车！”

不用说什么，领起小胖手，唐先生向停车场那边大步走去，当然娃是小跑着。之后看见那边路上，一辆车身花花绿绿的大鼻子面包车缓缓驶来，清亮的乐曲就是它发出的，开到停车场停下。在这晴朗的南加州，冰淇淋车显得特别招人喜欢。

女儿一路连蹦带跳，用不同的声调叫着：“冰淇淋车！”父女俩走到那里，来到车门处。开车的大叔已经从驾驶座位转移到车厢里面，打开一侧的大窗子，放下小台面，他自己就成了售卖员。

像往次一样，在车身打开的窗口里，必是一位标准的大叔，必是蓄胡，必是黝黑而敦实；必是笑容亲切，尤其是朝着孩子笑，大体上与圣诞老人同款。车下车上的人愉快地相互问好：“嗨！”老友又见一般。

车身上那些花花绿绿的，都是各款冰淇淋和雪糕的图片，每一幅旁边有标价，一到两美元。此外在支起的小格子上摆了些零食。

唐先生让女儿自己去挑选，娃痛快地说："好的！"迅速扫视一下图片，就用胖手指着一款，果断地说："这个！"

大叔从售卖窗口探出头，对着指给他看的那款重复了它的名称，就转身从里面的冰柜取出一支，探身递到小娃的手里。小娃用另一只小手交给他一美元，大叔表情生动地对她笑道："Thank you!"小娃也叫："Thank you!"

唐先生看见，女儿拿到的是一支笑脸形奶油巧克力雪糕，而比起雪糕来，她的笑脸更加灿烂。

其他孩子已经陆续赶来，手里都捏着或举着一美元的纸钞，指点着车身上的图样，按先来后到排队等待自己要买的那一种，显然心情迫切，但没有争抢。每个孩子都是开心的样子，而大叔对他们亲切地笑着，跟每个走到窗口的孩子打招呼。接到雪糕的孩子，急不可耐地剥开彩纸放到嘴里，无不一脸满足。

唐先生早已经熟识这种冰淇淋车了，在不同区域的公园都曾见到这种车奏着相似的音乐开过来，开车的好像都是相似的墨裔大叔。

车一停下来，就不奏乐了，不管有没有人买，停一会儿就开走，不会久留。车上的大叔也没有背一箱雪糕下来，走到人们的近前去叫卖。

看到冰淇淋大叔的笑容，看到大叔都是自由自在的，一个人既做司机也兼售卖，在阳光好的日子里巡游于街区之间，时而奏响悦耳的音乐，南加州总是阳光很好，唐先生就想，尽管他们售卖的是微利食品，人少的时候停下来不见得能卖出几支，可以想见收入不算高，但是，这是一种多么棒的职业啊！

唐先生对这类大叔羡慕不已，禁不住自语：我愿意、我梦想，也能做这样的一位大叔。

行车

唐先生有时独自步行在南加州小城的社区间，除了个别遛狗的之外，当真“旁若无人”，这确实是个“车轮上的国家”。

他看到人们只要出了家门，基本上都是开车，哪怕到附近超市买个菜，或去街角的快餐店吃个汉堡，都无不开车，看不到拎着菜往家走的人，汉堡店也都设有不下车的外卖车道窗口。日常生活中步行的人太少，除非是傍晚特意出来健走的。

客观上到处都比较方便停车，公园、商业中心或超市外面，都有开阔的免费停车场；用不着停车管理员，也没有谁背个斜挎包就走过来非说此地要交费。

唐先生发现，这里停车场的车位线呈约三十度斜形，很方便直接入位或者驶出，也都方便开关车门。每次轻松泊车之后，他就联想到，假如咱们的停车场，不用多做什么，收费尽管收，仅仅是把车位线改画成斜形，仅仅做这么一点点调整，面积和设施根本不必改变，就不知道会节省出多少泊车时间、气力和能源。

这边的道路交通设施和标志简明准确、规范实用，高速路出入口及道路路口规划合理。唐先生没有见到固定岗位的交警，在高峰时段的高速路上会频繁出现摩托车巡警。也没有发现限速或查违章的摄像头，他听到有个新来的说，在医院外面路边临时停车，被忽然冒出来的骑警开了罚单，原因是挡住了消防栓，罚款六十八美元。

交通顺畅有序而高效的主要原因，还是人们都比较守规则，乱并线乱超车、急停猛拐的很少，而蜗牛式或迷糊型的也少，基本上都按规则当快则快，当停则停，相互礼让。

路上行驶与停下时会留出礼貌而合理的车距，转弯的让直行，右转的也会让对面左转的车，次要路口的自然是让主路先行。凡此种种，使得“路怒族”的形成缺少了许多理由。

尽管车流密集，一般不至于堵住不动。无论是多车道的高速路，还是双向两车道普通道路，基本能车流通畅。出门去某地，除非情愿在高峰时段驶上拥挤的高速路，一般不必对路况过于畏惧。

与咱们的高速路外侧为应急车道不同，这里是最内侧设置为应急带，紧挨着它的那条车道标记为“Only Car Pool”，意为只准两人以上共乘的小型客车行驶，所以有人搭车是件好事。当然另一个区别是，人家的高速公路免费。

唐先生听见按车喇叭的很少，除非是对别人的不当驾驶表示抗议，基本上还不至于对行人按喇叭。尽管曾经因为不熟悉路线及规则，或是弄不清楚的原因，被人按过喇叭，但唐先生在这边驾车里程不少，自己一次都没按过，感觉没什么机会要用到喇叭，逐渐地几乎忘记了还有喇叭。

所有驾车者一旦见到路上的STOP标志，无论近处有无车辆或行人，都会自觉停车三秒，是停住三秒，就像铁律一样。

一些较小的交叉路口常常是无信号灯的，起初唐先生不知怎么办才好，该如何礼让和通过呢？很快发现，并不会出现那种狭路相逢勇者先的情形，也不会弄成在路口犬牙交错缠斗一团的状况。他看明白了，四个方向的来车首先都会在自己那端的停车线后面停一下，同时四个路口的车会按照有无STOP标志的规则，并且按先来后到的顺序自觉启动通行，哪怕先到半秒也是先到，这是一种共同的默契，没人自作高明乘机抢行。

当然，车与人之间，行人优先；或者可以理解为弱势者优先。唐先生不由地羡慕起这里的行人，过马路的时候可以气定神闲，从容不迫；年长的无须自愧，年幼的无须紧张；那些耐心等待的车辆不会朝着行人滑行，而是直到行人走上马路牙子，车辆才启动加速。

在异国他乡驾车，为保安全，固然良好的交通设施及规则意识很重要，但自己的车况也首先要有保证。

唐先生的二手白色奔驰车，尽管看上去还蛮精神，车标依旧傲然而立，但毕竟年事偏高了，有些力不从心，有时候发动机会突突地跳。经由教会热心的高弟兄介绍，唐先生把车开到柔似蜜市的一家汽修店。这“柔似蜜”的地名只是个过于甜腻的音译，实际上慕名到了那里，就会感觉失望，看到的是一片相当破旧而乏味的街区。

他按门牌号导航到那家店，华人开的，便于沟通，心里有底。主要进行检查和保养，换专用机油九十美元，普通机油五十美元。

换机油时，门口又开进来一辆黑色气派的豪车，下来两个看上去比较牛气的黑西装男人。换完机油后，唐先生见车店的台湾口音老板还在跟那两位看车，就走到旁边，借他们说话的间隙，客气地问：“老板，能给检测一下仪表盘的亮灯吗？”老板没拿眼看他，让他到那边去等着。

安排好那两位的修车之后，老板走过来，没等唐先生再开口，他板起脸斥责：“催什么催？没看见我在忙吗？”唐先生笑笑解释：“没有催的意思，只是问一声。”老板的脸却更难看了。

毕竟此来有求于人，修车是要紧事，唐先生说：“不清楚你这里的情况，第一次来。说声抱歉了。”话已至此，老板仍然忿忿的：“到哪里都是一样的规矩，你不知道吗？”

感觉气氛有点紧张，确实在别人说事的时候要避免插话，但多大的事儿呢，唐先生缓和说："说实在的，来洛杉矶时间不长，不大清楚这边的做事状况。抱歉了。没有催的意思。"老板马上说："全世界在哪儿都一样！催什么催？！"

到此就没什么好讲了。这不是在开店挣钱，这是要找不痛快，唐先生抬脚进屋结账。

收款的老板娘，坐在台子里面和蔼地说："我们会把检查出来的问题录到电脑里。"老板跟进来说："不用输进去了。"

老板娘又好意提醒说："你轮胎的问题，是磨得太旧，应该换新的了。"没等唐先生答话，老板马上说："他不用换新的！"还转头对唐先生说："你出门向南，路边店，有卖旧胎的，很便宜，最低二十五美元一个，拆装都不收你钱，去吧！"唐先生反问："我为什么不可以换个新的？"老板转身走了。

唐先生奇怪了，在国内做保养经历过那么多家店，不论大店小店，可从没遇见过对上门来客这样说话的。

返程的路上，他琢磨了一下，也没想清楚到底是什么缘故。

一个月之后，这车忽然出现了半路临时要熄火的状况，情急之下，加之刚好离柔似蜜不远，不管怎样，唐先生又开进了这家修车店。

老板当然马上认出了他及他的车，好像对他的再次到来有点意外，但没有再板着脸，而是表情正常了。

这次从安全考虑，对车子做了综合维修，该换的就换，每一项老板都事先告知并征询意见，还让唐先生到跟前来看都是什么情况。他说："我这次只给你解决保证你从这里安全开出去的问题。"至于轮胎，老板这回好言道："以你的车况，你不是临时用一年半载就可能卖掉吗，所以没必要用正品新胎了，都是上百块美金一条；不如就去旁边'老墨'开的轮胎店，换上翻新胎好了，保你跑几个月足够用。"

敢情上回多少是有些误会了，这位年约六十，间有白发，体格健壮的老兄大概就那么个脾气，有什么就直说，做不做生意还在其次。

想想教会那位爽直的高弟兄也恰是这样一个生意人，有时当面对唐先生说话不客气，但是唐太太的月子里，他还让人捎来一大桶上好的黑芝麻油。

因为此时店里只有一位修理工，所以需要等候些时间，老板叫唐先生进屋喝功夫茶，随便攀谈起来。唐先生发现，这位早年来自宝岛的同胞对祖国大陆了解得很少，但他对大陆的山水表现出了浓厚的兴趣，这刚好是唐先生比较熟悉的，这些年他抓住各种机会游走了国内众多好山好水。所以如数家珍地一一道来，专拣那些生动有趣的特点说，令这位老板十分神往。

到结束的时候，老板说："唉，开店走不开呀。有机会我就干脆关了店门，一定要开辆好车，带上老婆好好去大陆走一走！”

唐先生说：“好事还是要趁早啊。”

那位善意的老板娘，坐在台子里面笑着点头。

唐先生痛痛快快地结账五百多块美金，挥手道别。老板夫妇没有说欢迎再来，唐先生也没说，因为毕竟是修车店；但他希望还能一起喝喝茶或喝喝酒，聊聊大陆聊聊宝岛什么的，假如有机会的话。

出了店，唐先生直接前往附近一家“老墨”的轮胎铺，很好找，路边就看到高高垒起的轮胎。

铺子里两位壮敦敦的墨裔小伙带着单纯的笑容，首先赞扬唐先生开的是辆好车，意思是有眼光；然后一次就猜出他是中国人，于是都很开心。

关于轮胎，这里专门提供翻新的，推过来让唐先生看看，事先不清楚的话几乎就像新胎；原来的胎坯应该是磨损较轻，所以新做的胎纹够深。两只胎要价九十五美金，不收拆装费。

他们绕着车比画着建议，要换就四只都换；不过唐先生认为，先在旧胎中选出胎纹相对好的留作后胎，给前轮装两只新胎就好了。

他们睁大了圆眼睛，笑着说声：“OK！”就愉快而麻利地动手操练起来。

代购

在南加州陪产育儿的这些日子，唐先生虽然一直为生计而奔波忙碌，但是跟孕产妇比比，自己算得了什么呢？

看看赴美生子的孕产妇吧，这些有主见有目标、不特别年轻但绝对正当其时的女子，大多属于心眼活泛而又拼劲十足的类型。在国内的时候，她们有的做生意如鱼得水，有的在职场游刃有余，有的在家中静享清福，不期然地因为一个相同的目标，从五湖四海走到大洋彼岸来了。

那些仍在待产的，往往还处于心神不定、身不由已的特定阶段，而表现特别活跃的，主要是已经成功晋级，处于产后哺乳期、育儿期的女子。

一旦从十月怀胎的沉重负担中解放出来，重新恢复轻装，她们就精神焕发，跃跃欲试。客观地说，南加州充足的阳光、营养及热量丰富的饮食，也帮助她们恢复得相当快，几乎个个显得活力十足。

在这异国他乡，新来的华人个体往往处于相对孤立封闭的状态，所以她们的一个显著需求就是与他人和社会交流，专属于她们的网络聊天群恰好已经等候在那里，不断有新人加入，雪球般越滚越大。她们在上面各秀所得，互通信息，也不免相互励志。

应当承认，她们大多是要强上进的，目标明确，心无旁骛，决意把因孕产而“失去的时光”抓紧追回来。眼下，根据自身的特定情况，她们能够从事的业务主要是海外代购或投资房子。成功的榜样就在那里，有人以广大同胞为客户群，以跨洋代购为主业，不但家庭生活蒸蒸日上，而且住进了四五千平方英尺建筑、上万平方英尺院子的大宅子。

有人具备一双慧眼，在经过调研之后，果断地举家北迁至俄勒冈州的波特兰；尽管来美之前从未听说过什么俄勒冈，但不耽误很快摸清了情况，那边不仅房价和消费低，而且据说是免税州，代购的差价可以尽入囊中。或许一边等待着绿卡，一边就加速致富了。

这些把代购做得风生水起的人，多是之前在国内做过生意，具备灵敏的嗅觉、聪明的头脑、精明的算计、丰富的人脉、广泛的渠道，还要具有熟练的驾车技能，所有这些也要基于充足的时间投入和体力支撑。比如需要经常不辞日晒和诸般辛苦，跑到Costco仓储超市、“十个门”商业中心，或是更远的沙漠棕榈泉的奥特莱斯品牌工厂店，成批量地采购箱包鞋帽母婴用品奶粉保健品化妆品等等。

向来以勤劳勇敢著称的华人女子是采购人群的主体，她们了解需求，熟知品牌，清楚差价，其中的不少产妇在产后数月就成功转型，将主业由产子及时转为代购。

每次举家去商城购物的时候，纯粹出于好奇，唐先生常常从店门口惊讶地目睹到，她们几乎把那里的Gucci或Coach之类的大牌包包店变成了像蔬菜超市一样热闹，以致出现争先恐后生怕抢不到手的场面，随后一个个拎着许多精美大纸袋飘然撤离现场。不过假如细看的话，许多商品都写着中国制造。

另一方面，抓住了代购商机的人们，之所以能够放开手脚去采购和适量囤积，跟人家这边的无条件退换货规矩，应当也有不小的关系。

唐先生曾经去Target商场买了一条休闲裤，离开时却忘在停车场的购物车里。隔日晚上他拿着小票去商场服务台，试着询问是否有人捡到，便先后有四位营业员帮忙了解，后来还到货架上去找，意思是要补给他一条同款的裤子，但碰巧缺货了，于是又领他到退货处，经主管同意，当即全额退款二十一点七美元。在此过程中，每位经办的员工除了热心帮忙，没有表示出一点点的不满，这个结果令唐先生感到过意不去，切实见识到一种诚信：首先假定你没有说谎。此前他购买帐篷和儿童脚踏车，因尺寸问题而去换货，店家也是毫无二话马上帮他调换，即使他已经拆开了包装，而且商品并无质量问题。

说起代购这个很拼的行业，相比之下，那种刚刚产子不久、婴儿还放手不开的女子，往往不易从事。假如非试试不可，竞争力恐怕会比较弱，因为代购从网聊、采样、比价、购买、发货、结款等等一连串的环节完全自己跑下来，需要十分紧凑的衔接和大量的心力体力。

首先因为这边人力成本偏高，快递物流等等远不如中国方便；再者为了效益最大化，代购从业者大都尽量亲力亲为，咱们舍得时间和体力，只要能看到清晰而可观的利润怎么都行。

唐先生的初步感觉是，这里服务业的方便程度比中国差很多。在国内无论有哪方面的生活需要，都容易找到对应的服务，比如修配、洗印、理发、小商品零售批发等等，但在这边却不大方便，没什么农贸市场、小吃夜市、书报刊亭之类。虽说人家这边是没见到城管，但也没见到什么摆摊的。

以理发为例，最简单的剪一下不会低于二三十美元，而且不管冲洗，因为理发店并不专门雇个洗发小工。唐先生只发现了一家，在罗兰岗超市门厅隔出来的一间小屋，男发单剪仅仅五美金，外加一元小费，所以总要排队。在门口的横格本上先登记个姓氏，汉字七扭八歪，然后耐心等着什么时候叫到你。靠墙一小排长凳，坐不下的只好移步门外，像极了计划经济时代的国营理发店，区别是这里没地方也没人给你烧水洗头，对不起，回家洗去吧。

由于剪发的电动推子上装个“卡尺”，所以如同流水线一样无需多少技术含量，二女一男的理发师用山东话东北话广东话聊着天，就把一个紧接着一个的头发快速剪掉。

再说去商场，唐先生有一个跟花钱无关的额外感受，每次到了各个店家的门口，凡是需要推或拉开玻璃大门的时候，前面的人总会伸手带住门等着你接住；如果你还离得较远，前面的人会回头看一下再轻放手。若是里外的人同时到了门口，那么都会停一下，除了礼让老幼妇孕，外面的都会等里面的先出来。仅仅是门，就让唐先生长了见识。

从某种意义上讲，一个社会的文明，不是看你在熟人面前的态度，而是看你对全无关系的生人的态度。

商机

唐先生的太太还不大习惯被叫作唐太太，行文至此，还是尊重其称谓权，以姓氏称为江女士更妥当些。

江女士经历了待产及产后初期的阶段，看看周围的同类女子们在代购、民宿等等领域各展其能，怎么能沉得住气呢，终于决心要轻装上阵了。只是面对涌动的创业潮流，一时着急得不知从哪里下水才好。

看看跨洋代购，那些成功的榜样确实可钦可敬，但真真是需要很拼很拼的。比如她认识的某女士，人长得黑黄精瘦而干练，每天睡眠很少，业余休闲全无，做起代购的敬业架势简直有些吓人。一旦遇上某商品搞特惠，为了立即上线多多抢货，她会在家招来许多人一齐帮忙，她家租住的民宿专门有个房间存满了紧俏货物。

江女士自知，暂时在能力和条件上还达不到这个境界，更别提跟如此强悍的潜在对手同场竞争了，何况，自己的代购客户群在哪里呢？

江女士急需拓宽思路，这个时候刚好得到了另一条信息。就在唐先生买车的那家如意车行，那位老板，天庭饱满，梳得油亮的大背头，黑色或白色的纱质对襟衣褂，总是手握一只细瓷茶壶，不时地啜一小口。据说他以前是航天高科技方面的才子，如今除了经营二手车，还兼推销一种神奇保健品，其名字很动听，好像叫尤仙娜，据称完全萃取自天然植物精华，由北美顶尖科技团队经多年潜心研制，一举开发成功。据介绍，与已知的种种可疑的补品相比，这是一种效果全新的革命性保健品，已经受到硅谷科学家的认可和欢迎，所以成长业绩相当可观，以至于如意车行的老板感觉忙不过来了，几乎快要把主业从二手车买卖转移到尤仙娜的身上来。销售模式不是采取门店方式，而是通过层层发展会员，口口相传其功效。

会员的初始加入费是五百多美金，只要购买等值的尤仙娜即可。之后不仅享受尤仙娜带来的身体上的微妙变化，而且依托这个富有亲和力的团队，积极发展新人，只管赚钱就可以了。在这方面，成功的榜样同样是近在眼前，有位河北籍女子入会时间不长，就从一家人租住民宿，变身为购进好学区带私家泳池的大别墅。

到晚上，如意车行本该关门了，却忽然有一些车陆续开进来，在院子深处一间屋里，点亮着灯光，不少男女围坐一堂，表情专注而兴奋。这是正在进行尤仙娜营销的培训讲座，并且安排了实践经验交流环节。

唐先生觉得，像是一种传销吧。不过在人家这边叫直销，是合法的，而且并没有强制把学员关起来，自愿加入，自由参与。

比如江女士，在初次听了介绍，接受了一种先进的电脑全面检测身体指标之后，作为入会程序购买了一套五百多美金的尤仙娜，足足一纸箱。但此后也许是碍于面子或是别的原因，她并没有如团队对她期望的那样，从自己这小小的一枝生发出新的枝叶，只是将那一纸箱尤仙娜带着厚意寄给了远方乡下的老人。八旬老人可能觉得嚼这些洋片片实不如土鸡汤喝得舒服，后来又托人原封未动地送还了她。

不管怎样，江女士信心未减，继续积极寻求商机。这也是一个学习新知并拓展人脉的过程，在频繁的走动期间，就认识了另一对夫妇，他们是带着俩孩子，来这边又生了老三。

这对夫妇不单是行动力蛮强的好搭档，而且难能可贵的是，乐于与他人分享自己的经验和信息。说起来，这位尤先生跟江女士还是同省的老乡，用家乡话聊起来就显得更加熟悉。

恰逢年底与圣诞期间，应尤先生之约，那天晚上唐先生一家去参加一个活动，说是安利公司的岁末答谢晚餐。

大人和孩子都穿戴好了开车出发，暮色中行驶约四十公里，与想象的酒店之类的场所不同，来到陌生地方的一座类似库房的建筑外面。在暗处停了车，抱上孩子，摸索着进到一间不算大的屋子里。举目茫然，看到几乎站满了人，比较显眼的是有一些化了妆的华裔女子，但神情不像是来自大陆。

环境布置和现场气氛让唐先生发现，这实际上是个产品推销演示的场子，从尤先生跟别人的对话感觉，这里也是有些直销群体的性质。

经尤先生介绍，一位像是召集人的黑衣女子过来笑笑打招呼，唐先生注意到她妆容较重，嘴唇画得很红。说了几句，黑衣女子大概觉出唐先生夫妇还完全不入门，又拖儿带女的不像那么回事，就收了笑容，转向别人。

在台子上，有人使用一种看上去不稀奇，但据说很特别的样锅，做熟了一些食物，到场的人依次上前用纸盘拿取这些食物，好像有胡萝卜和玉米之类，就算是岁末答谢晚餐了。

至于这锅的价格，一位高声解说的女子介绍，已经很优惠了，一套才一千多美元。同时，在一面墙上放出产品的视频投影。

因为一家人没吃晚饭，专程赶来参加岁末晚餐，所以唐先生也拿了纸盘子取一点样锅做熟的食物，喂给俩孩子。结果，瞥见近旁那位浓妆黑衣女子带着警觉的眼神问尤先生：“唉，你带来的，他们交费了吗？”

尤先生有点不好意思地凑近提醒唐先生：“每人要至少交五美元的。”唐先生这才注意到桌上有只盘子，里面已经放了些纸币，便去把钱交了。

由于屋子里人员过多，声音嘈杂，空气不畅，幼儿明显有些不适，似要哭闹。唐先生和江女士看看这里的商机好像跟自己无关，就只好早早地离开，后面将要进行什么环节也不得而知了。

尤先生关切地跟出来问：“这么着急走吗？”那位浓妆黑衣女子向门口瞥一眼，不再对唐先生一家抱什么兴趣，转身跟别人说话去了。

民宿

除了代购，除了直销，另一个可靠而富于吸引力的创收项目，就是房子。围绕着房产的投资与升值，进行谋划和运作，是许多华人同胞在这边积累财富的重要方式。

唐先生有一种感受，这些年来，咱们国人，尤其是许多感觉灵敏的女同胞，对房子不仅投注了异乎寻常的热情，而且尽其所能地投注了实实在在的真金白银。具体到江女士来说，北美西海岸热土上的这些房子，位于湖畔、半山或是牧场边，形态各异的独立屋以及配套完善的公寓房，无疑对她产生了强烈的吸引。

但是只要初步了解，就能知道欲实现异国买房的心愿，还有不少的距离与台阶要走，像是身份审核、资料备齐、信用查询、资金到位、贷款落实等等，都不会那么简单。特别是因为近年大陆华人买家的蜂拥而入，陡然推高了房价，招致原住民的非议，其结果就是管理部门抬高贷款门槛，收紧贷款资格。像江女士这种尚无身份的情况，各大银行已经接到严格指令不可给予放贷。

即便专业人士能帮你搞定各个程序，但是有一样没法帮你，那就是钱。说美国房子是“白菜价”，那只是从性价比上，再怎么样，人家还是世界第一经济体，聚集了最多的有钱人，所以没准备好充足的预算，还是不要急着打人家这边别墅的主意为好。特别是尚不能确定未来一家安身何处的话，买的房子可是搬不走的；若说就是要投资，那还有比你所来自的北上广深更值得下赌的吗，何必舍近求远。

总之对性急的江女士来说，依靠买房，从而做个民宿或小月子中心来出租创收的思路，恐怕短时间内难以实现。那么，就剩下先整租房屋，然后做二房东进行分租这条路便捷可行了。为此，她在网上约好了，到哈岗的一户专做民宿的家庭去做客，重点是现场观摩取经。

唐先生又开上那辆新换了许多零配件的老款奔驰，载着一家人出发了。

先经停钻石吧的韩国超市，买了品质不错的肉菜带过去，到达以后，唐先生就像每天在自家一样，扎上围裙在灶间忙活一阵，做了胡萝卜红烧肉、葱烧豆腐。因为这里的燃气灶台都有四个炉盘，下面是标配烤箱，所以不耽误男主人同时做了可乐烧鸡翅、西红柿炒鸡蛋，还有黄瓜蛋花汤。两家之外，还有一户租客在场，六位大人与多个孩子围桌就餐。

这是那种联排的上下两层建筑，有外楼梯可以分别独立入户，叫作“康斗”。他们租的是处在一层的一套三房两卫浴的公寓，带个约十平方米的四方小院。

这个小区的位置及设施看上去一般，所以三房一套的租金比较实惠，一千七百美金，这就为他们分租出去留有了利润空间。

事实上这对来美生子的夫妇把它租下来，将三个房间分别租给了三位孕妇及其家人，而他们夫妇带俩孩子睡在小客厅的沙发上，确保了租房的稳定收入。

听说他们夫妇在国内开有公司，在这边除了养育俩孩子之外，夫妻分工明确，女的兼做月嫂，男的为租客包做三餐，以及开车接送和代办各项杂务。

按照惯例，包水电燃气的情况下，假如平均每间月租一千，那么除了自己省去房费的支出，还可以有不少于几百美元的月入；加上月嫂、包餐、接送等附加的收入，就更为乐观了。

闲聊中，知道男的山西人，女的江西人，像许多共渡风雨的男女一样，他们乐于聊起当初，唐先生也就乐于听听。

他们的往事大体是这样，两人先是经过持续三年的网聊网恋，到过年时，女的终于打破常态，在网上说："没钱了，打点钱来。"男的就往她给的账号打了钱，数目不详；总之女的一看到账了，心说这人可真傻。

还是北京开奥运那年，群众的心情都比较好，女的在深圳通过视频对远在山西的男的说："我去看看你行吗？"男的回答："行啊，来吧。"

到山西待了三天之后，女的说："咱们结婚吧！"男的好像很意外，一时张口结舌：“啊？真……真的吗？”

女的笑言：“哈哈，你要不结婚，我就告你耍流氓！”男的说：“行啊，结。可是，结婚得要户口本的。”

结果女的从怀里掏出紫本本儿来，带着身体的温度，举起说：“我带着哪！”

到此时，坐在异国民宿里聊起这些的时候，他俩的大女儿已经相当懂事了，生在洛杉矶的小女儿七个月，而女方的家里早就不再跟她联系，不知道为什么生这么大的气。

总之他们在这边夫唱妇和，基本上心无牵绊地一边养娃，一边勤劳致力于租房、月嫂、供餐、接送等等业务，日子一天比一天有盼头。

入托

经过如此这般的小小考察，并没有促使江女士细心分析人家成功的要素，倒是再次夯实了她试水的信心。她认准了方向，就从做民宿入手，尽快打开自己产后的新局面。

江女士决意，第一步举措，即刻开始寻找适于作为民宿出租的房源。翻阅报纸上的分类广告，烦劳熟悉周边小城和街区的资深美籍华人，顺路或不顺路地开车带上她实地察看，很快锁定了商业中心附近的一处公寓小区。据悉，生活和购物便利，将是国内同胞短期租房看中的条件。

这处公寓都是两层联排建筑，上下独立入户的标准户型，两房两厅两卫浴一阳台，开放式厨房，添置简单家具卧具和小家电即可入住。交给物业公司的月租金是两千零五十美金，水电燃气另计。这个由专业公司封闭管理的小区有绿地、健身房，更有一个高标准的游泳池。

听说江女士要签下一年的公寓租赁合同，资深房地产经纪人艾米特意抽空跟她聊聊，给了她一个提醒：以她的实际情况，做民宿的二房东是一个勉为其难的选择，特别是当租客定位为国内来美生子的产妇及其家人，情况就更加复杂难办而不可测。艾米还现身说法地反问江女士："我在美国做了这么多年房地产中介，肯定比你们熟悉情况吧，如果出租公寓给孕妇这么容易挣到钱，我为什么不做？"

其实，别的风险暂且不说，仅仅从收支上稍微估算一下，即使主卧和次卧能分别以每月一千五和一千一，百分之百地租出，除去置办家具用品及接送之类分摊的投入，每月也仅有二三百元盈余；而百分之百的出租率是不可能的，百分之八十都太过乐观。除非全年一次性整租出去，但人家为何不直接找一手房东签约，或是去租个价格相当的独立屋呢？

箭在弦上的江女士，以这个时候的头脑热度，不可能听进去冷静而实在的提醒。在公寓物业公司的精致办公室里，在那位体面的白人女士礼貌而周到的服务下，江女士挥笔签了合同。

同时，为放开手脚，充分释放劳动力，她果断采取了第二项举措：把一向由唐先生带在身边的幼女送进幼儿园。一大早起来她忽然生发了这个动议，上午就要求唐先生开上车一起去附近察看幼儿园。

一连看了几个，都是私立的。唐先生注意到，与国内幼儿园的明显不同是，这边都没有铁门紧闭，或是窗户上密实的防盗栏，没有保安人员配备器械看门值守。到后来，他还发现另外一些差异。比如咱们这边的幼儿园常会有什么人来参观、检查、指导，于是园方及幼儿需要呈现接待状态，而人家没有这些；咱们这边会布置某些“作业”，让幼儿回家后由家长配合完成，人家没有；咱们这边规定每周几必须穿统一园服和鞋子，或要求参加除玩耍以外的某项有意义的活动，人家没有。

唐先生看到，大概由于地广人稀，就像小城市和社区没有高层建筑一样，这里的幼儿园也没有楼房，都是平层带院子的建筑。

推门进去，只是有一位女士在值班，提供的印刷品上有园方的相关资料，包括时间表、收费标准、相关事项。只要携带护照、填写表格、出示防疫卡，无需户籍证明、婚姻证明、居住证明、房产证明、计生证明等等，也不用回家去等候审核通知，就随时可以入园。总之，即使是外籍幼儿入园，也是一件再简单自然不过的事情。

值得注意的是，在人家的协议约定中有这样一条：“家长有权随时来园参观。”也就是说欢迎来参观的是家长，或

许这会比其他人来检查指导更有实际效

一般分为全日托（早六点至晚六[illegible]半）、半日托（早八点半至中午十二点半）；可以每周送[illegible]五天，也可以选择每周送来二、三、四天。收费相应的由每月三四百到七八百美元。每周核算，如有因故未送托的情况，会相应退款。

每家幼儿园的值班女士都是一[illegible]和气礼貌的样子，都乐意耐心地解答问题，都会对带去[illegible]幼儿表示出赞赏。她会主动起身领着参观园内各处，分为[illegible]动室、休息室、室外活动区、儿童专用的卫生间和洗手池[illegible]。

唐先生看到的老师大都不[illegible]年轻，不清楚是不是幼师毕业，每班常常只有一位老师在[illegible]，这可不像国内的一些正规幼儿园，每班会有三位幼师毕业的老师。

到开车把女儿送去的那[illegible]，自然是哭天抢地，紧抱住唐先生的腿不放，令他特别不[illegible]。恰好那个班上的孩子正在滑梯那里玩儿，各种肤色和[illegible]样的孩子都瞪着或大或小、或蓝或棕色的眼睛看着新来的[illegible]国娃娃，对她的哭叫报以同情的神色。

墨裔的胖胖的中年女老师，黑灰肤色，头发卷曲，咧嘴笑着把娃拉过去，紧揽到丰满的怀中，但越这样好像娃越恐惧。

唐先生和江女士狠狠心离开时，听到娃的挣扎大哭在身后持续了很久，以致他回到家中还有哭叫的幻听。

到傍晚之前去接的时候，进了园门，校长站立着向每位家长问好。进了教室，唐先生看到全班的孩子坐在老师的面前听故事，那位胖胖女老师的怀里唯独抱着新来的女娃，娃脸上好像消失了恐惧。当然马上就扑向了爸爸。

江女士果断决定的这两步举措，租下公寓和把女娃送进幼儿园，并未提前征询唐先生的意见，只需他以行动配合即可。比如他应当带上洁具去全面清扫公寓，开车义务接送租客的出行，随时支应租客的需求或抱怨。另外，他应当及时交上托儿的费用，每周五天按时去她选中的六公里外的幼儿园接送孩子。

开张

江女士决意试水出租公寓，签了合同，交了押金，拿了钥匙。

进了这套空房子里，这可不是自己买的，所以算不上有多兴奋，反而顿时感觉到压力。

马上要做的就是全面清扫，比清扫自家还要认真卖力得多，必须确保来看房的租客一眼相中，挑不出什么毛病。

添置必要的家具和用品，必须配备得跟三星级酒店差不多。江女士去了宜家家居商场，一口气买下自己心仪已久的优质床具床垫，以及配套的床上用品，尽量选择别致花色；床头桌、写字桌都精巧适用，餐厅是简洁舒适的西式一桌六椅，连四方的阳台上，都很用心地放了一套有情调的休闲藤椅。

给客厅选择了白色沙发，虽然知道将会很难打理，但实在很漂亮，配上几只粗布花纹的小靠垫，相信会让刚一走进来的孕妇眼睛一亮。在沙发对面深胡桃色低柜上，放置了大尺寸液晶平板电视，信号都已经接妥。

最重要的，当然是抓紧招租。把里里外外各个角度拍了照片，发到网上，发到群里。那位早前开车带孕妇们看房的林版主，就是一不留神指出了二奶别墅区的那位兼职中介，也答应在他的聊天群里帮忙推介。

然后，等待。如果把投入的成本平摊下来，每一天，不管有没有租客，大约一百美金的支出是明摆在那儿的，所以每一天的等待，都不轻松。

谢天谢地，租客来啦。

首先迎接的，是一位来自上海的钱女士，当然不一定就是上海人。属于高龄且大月份的孕妇了，而且是无人陪同的情况下漂洋过海而来，不仅如此，她还带着个十岁的儿子。

后来知道，他们夫妇在同一单位，属于国营垄断性行业。她在怀孕早期为避开视线，就请了长假。算好了入境通常会签注六个月停留期，就刚好按预产期提前约五个月进入美国。

本来人就长得清瘦，加上月份还早，所以入关丝毫没有遇到麻烦。先是到美国中部一个消费很实惠的小城住下来，还上了免费的语言学校。现在临近预产期，她按计划来到华人聚居、医疗方便的洛杉矶，下飞机租上一辆车，挺着肚子自驾去了久仰的海边文艺小城圣塔芭芭拉，找到一户白人老外人家投宿，自助小游数日才发往南加州这边。

到租车行交还了车，这个大月份孕妇，带个半大的孩子，拿着沉重的行李，去坐班次稀少的公交车。当然在这里别人看到她这种情况都会纷纷援手。

因为坐公交车而不是从网上叫华人专跑接送的车，她多花了四个小时才过来，所以唐先生一家在公寓这边也等候了同样的时间，好不容易在午后两点等到了她的出现。

初步安顿之后，两个女人坐在那间次卧的新床边，关严了门，为的是不受打扰地在里面交接一下必要的事情。但没想到的是，她俩在里面一坐就怎么也出不来了，事实上在里面讨论了整整三个小时，唐先生带着俩幼儿在外面度过漫长的时间。房门终于打开时，江女士疲惫地走出来，钱女士神态依然如初。

这两位在里面讨论得怎样呢？结果其实跟三个小时前她们进去时一模一样。钱女士从一开始就坚持只同意付一千一百元月租，而江女士本来开价一千三。

钱女士比较有涵养，始终没有吵也没有急，连声调都不高，就是反复地讲道理，这让江女士也急不起来。虽然她觉得，你到哪儿去住店，总该尊重店家的报价吧，店家报的已经是实价，就不要总是砍啊砍了。但连番的讨论下来，江女士终于撑不住地叹了口气，说道："好吧，看在你是第一个，就优惠给你，最低一千二百五。”

钱女士的反应不是满意，而是连连摇头。只好接着讨论，直到江女士又感到僵持不下去了，咬咬牙说：“行，一口价，一千二！”

她这样痛快地说完，还没舒出一口气，却惊讶地发现，钱女士仍在连连摇头，带着客气的笑容，用细长的手指比画着说：“就一千一。”

江女士实在受不了啦：总该接受个双方都好看点儿的中间价吧。

可说来说去，钱女士还是劝说江女士：“就一千一好了，很多了，绝对不会亏的。”江女士清楚这房租的底价，再加上包水电燃气，还要包接送产检之类的，真的没得挣了。

江女士什么也不想再说，沉默下来，钱女士也没作声。江女士几乎想，谈不来就算了，没法再让步了，不行就再找下一个租客。但是，一来折腾这么半天了不容易，二来眼看着一位大肚子孕妇来了又走，说出去会不好，就有气无力地说：“好吧，一千一百五，可以了吧。”

钱女士的反应依然是摇头，态度很明确地摇头。江女士没有抬头看她，只是听见她说：“一千一。”

于是，江女士像解脱一样，点了点头。

钱女士露出了很理解的善意的笑容，而江女士怎么都有些笑不出来，尽管此刻她这个二房东头一回开张上任了。

之后的小问题，就是涉及押金。这回，江女士索性一开口就务实地说，可以付一押一，但钱女士又是不同意，她郑重地认为，最多押五百元。讨论的过程，钱女士撇开惯例，继续耐心地坚持自己的意见，恳切地说："你看我刚来到这里，身上真的没有这么多现金了，我又是你的第一位租客，你就稍微通融一下吧。其实押金多少到时候总要退的。你对我好一点，对你下面的招租也有好处呀，对不对？"

对对对！这是江女士心里说的。有什么办法，只能依了她。难得的是，钱女士自始至终态度和气，不急不躁，不刁不蛮，特别讲理，有话好好说，所以三个小时的讨论下来，只是让江女士非常疲劳，并没有特别的不愉快。

就算开张图个吉利吧。下一步最好，不是最好，而是一定要，争取到优质租客，将这初期的损失早点弥补回来。

房客

钱女士独自享用整套出租公寓的时光没过太久，第二拨房客也光临了。

新到的一家四口，待产孕妇小沙，个子不高的男人小孙，五岁的小女孩，约五十多岁染了黄色头发的丈母娘。

小沙是在网上联系到的，她看了招租信息和图片，留言说："你的房子蛮干净，我就喜欢干净的。"就冲这句话，江女士觉得必是优质租客，所以在网上一拍即合。

进房间放下行李后，四下看看，他们马上说要去超市买些东西，于是唐先生开车，向他们推荐先去Costco商场，因为那里东西又多又全，十足的美国特色，有会员卡的话价格更加吸引人。

途中唐先生义务当起了向导，有意把车开得慢一点，向他们一一介绍车外的情况，从天气到路标，算是知无不言。因为这家人让他想起自己一家刚来的那天，人地两生，所以他尽量介绍一些相关情况。但是他发现，只他一个人在说，没人搭腔；从后视镜看到，这几位都面无表情，也许是比较疲劳了。

一进Costco商场，他们就完全不疲劳了，马上投入到专注的选购中。两个女人挑挑看看，购物车里推了不少东西。这商场够大，他们看得又细，唐先生坐到大门口外面等候。一个多小时后他们出来，在旁边买了汉堡饮料吃起来。吃完了，推车过来，唐先生帮着把东西放到后备箱里，准备把他们送回去，自己好回家吃饭，但他们提出要去华人超市，说这里没有他们要的一些东西，比如调料、砂锅之类。

没想到这车忽然闹了点情绪，打了两下没马上打着火，唐先生自嘲地笑道："哈哈，不好意思，我这车有年头了。"男的小孙没吭声，听见那位丈母娘从鼻子里哼出一声，两个女的别过头去，表情特别不屑。

又带他们去99大华超市，女人在货架间看得仔细，唐先生请小孙跟她们说抓紧一点，因为他两点前还要接送公寓里的钱女士去产检。

从99大华超市出来，看见了日本超市，她们问那里东西怎么样，唐先生如实说，不错，物美价廉。于是他们又进去。

送他们回公寓的时候，整整三个小时过去了，疲劳的不只是他们。奇怪的是，直到下车，这一家人不曾有过一点笑容，一直板着脸，也没有一声客气的道谢。

楼上的钱女士已等得心焦了，对唐先生也是有一点不满，催促快点送她去医疗中心。这时候唐先生还没吃饭，而自己家里还有个需要看顾的幼儿。

路程三十公里，唐先生开着车心想，这算怎么回事？搭着时间体力和油钱，跑这儿来为人民服务了？可是自己够格吗？

义务接送钱女士去产检，每次都是在午后一两点出发，她联系的那座医疗大楼里的私人医生费用实惠，只是距离不近，唐先生没法送了她再回家忙别的。钱女士上楼去，唐先生就把车停在楼外等候，每次都差不多要三个小时，不知是因为人多还是她跟医生要说的话多。虽然可以坐在车里看看书，但关键是他下午五点前要赶到另一个小城的幼儿园去接孩子。

越临近产期，产检的频次就越密，而钱女士也从大楼里出来得越晚，以至于都到天黑了，再一路赶过去，幼儿园班里几乎就剩下女娃一个还没接走。为赶时间，有时候就直接去幼儿园，然后再送钱女士回公寓，好在她对此通情达理。

待产的日子里，钱女士的生活非常简单，将每项开支都控制到最低成本，虽是孕产妇，但她的餐食始终是一菜一汤。

江女士跟那位兼做直销的尤先生聊起民宿出租的事。他提起钱女士，说曾让他把代买的手机卡从钻石吧市送到她住的奇诺岗，往返路费只肯付七美元，还郑重地发来短信说："尤先生，路费你要收十元，是不是太高了啊。据我从网上了解，别人只收七元。请你也给我优惠吧，谢谢！"尤先生短信回复："对不起，我还有别的事，你要的话就过来取吧。"

临产前，钱女士向江女士提起还没有婴儿床，而自己又不方便去购买。江女士说，让婴儿跟你在一张床上不行吗。钱女士问，可不可以把你家的婴儿床先借我用用，等出了满月就还给你。

听她这样说了两次之后，看在独自一个孕产妇不容易的分儿上，江女士回家，把正在婴儿床里爬来爬去、玩儿得高兴的半岁多的儿子抱出来，让唐先生开车把床给钱女士送去。

钱女士天天在网上分头跟两位月嫂聊得很投机，表示的意思是到时候会请人家做月嫂，如此一来，该注意的事项、最实用的经验，通过细致的网聊都了解得清清楚楚。结果，生产以后她谁也没请，自己做起了自己的月嫂。

转眼到了中国除夕这一天，周围感觉不出什么节日的动静。午后，唐先生忙着一个人包饺子，同时兼顾俩孩子。先包出来的，拿上开车给公寓的钱女士送去，另外带去一盒新烤的墨西哥特色花生。

婴儿还没满月，钱女士就要回国了，时间刚好控制在六个月签证期之内。她确实把一切都计算得精准。她在打包行李时，东西收拾得很利索，连临时买的吃饭兼喝水的两只瓷碗也都装进了箱子。

启程这天，唐先生一家来到公寓，钱女士态度真诚地表达感谢，令唐先生有些惭愧。还是应当感谢她，选择投宿到这么一户刚刚试水开张的小小民宿，就像有人选择搭乘一位刚上路新手的车子。

钱女士说留下五十美元，作为打扫房子的费用。唐先生夫妇赶紧说不用，自己到时一清理就好。

钱女士要把买好的一箱奶粉换成不会引起奶癣的奶粉，唐先生开车陪她一起去Costco商场退换。之后在商场门口把五百元押金退给她，她还是留下五十元。公寓的钥匙她说弄丢了。

她给江女士买了一双皮鞋，让江女士完全没有想到，连连摆手推却说，你还是自己带回去吧，回国应该多带些东西。钱女士说："我就是按你的鞋号买的。"公寓里都铺了地毯，每次会在门口脱鞋，也许是钱女士有心看了江女士的鞋号。

唐先生提出给她做几个菜算是送行，她说你们带两个孩子不容易，就不用客气了。

后来她在机场，还用短信感谢唐先生每次开车送去产检或注射疫苗，一路总跟她这位孕产妇聊些有意义的话题，让她的心情轻松了不少。

童床

网上聊天群的林版主，这天晚饭以后，忽然在群里用语音发言了，训斥江女士不给他面子，出租屋做得那么差，还在群里做过推广，所以影响了他这位版主的声誉。具体指责是，对人家小沙连产检接送都不包，居然拿个那么小的电饭锅给人家用。

江女士被训得一时犯晕，怎么都顺不过气儿来。定神一想，不对啊，他这么指责没道理啊，弄清楚是怎么回事了吗？

小沙的丈夫明明已经买了辆二手车，每天开着车一家人去商场，产检接送难道不该由她丈夫去更合适吗？房租里并没有包含接送费用，当初接送了钱女士，那是因为她孤身一个孕产妇住在这里，属于义务帮她。既是义务，能做就做，不必做就不做。

说到电饭锅，是小孙他们一家到的那天，江女士一早起来赶紧翻腾自家厨柜，把能拿的包括正在用的电饭锅赶紧先拿去，连唐先生每天做菜最顺手的那只炒锅也带去了。哪家民宿租房，规定了必须预备炒锅的？

江女士郁闷难眠，索性爬起来，上网进行辩驳。都说了些什么，唐先生不清楚，只是劝她何必急于争个是非。

次日上午，小孙接连给江女士打电话，忿忿地说决定提前在2月8日退租，而双方前天刚刚约定租到4月8日。他说，对骚扰他老婆很不满，林版主讲的那些不是他们说的，不要以讹传讹，那是你们和林版主之间的事。要求现在就给他们退租金。

江女士回答，你要十天后的2月8号搬走，为什么现在结清？按常理好吗？在退房时，你把东西搬走，双方认可没问题，然后结清款项。

小孙要求江女士现在就去跟他面谈。江女士问他："面谈什么？你们今天不走，怎么结清？你不是说自己在国内做租房生意吗？你肯定很清楚规矩。有什么要求可以用短信或QQ发来。我没有让你交押金，但你放心，预交的房租到时候该退的当然会退。"

处于哺乳期的江女士，最后在电话里实话实说："我昨晚为这事一夜都没睡啊！我还有两个小孩子，我做成这样容易吗？"结果这番叫苦换来的，是电话那一端的冷笑。

当天下午，恰巧有人联系要看公寓的房间，江女士为避免麻烦，告知有人住，不便打扰，可以先看看照片，但对方执意说实地看了才能下订金，于是提前告知小孙一家，然后才带去，看了那间钱女士刚空出来的次卧。

这两位看房的女人很快就出来了，连连摇头说："不行不行，厨房太脏了。跟这种人合住肯定打扫不过来。"

钱女士走后，要招租新的房客，所以是该马上打扫了，次日上午按事先约定，唐先生夫妇带上清洁用具，正要开车去公寓，小孙来电话催问："你们怎么还没到？"到达后江女士先上楼敲门，告知现在来打扫一下。小孙对她挖苦说："你们这次倒蛮隆重呢！怎么别人一要来就这么隆重，我们来的时候就是两个样子？"江女士一时不知说什么好。

唐先生进屋时，不出意外，遇见的是这一家女儿女婿丈母娘一致难看的脸色，接着听见抱怨："你们来晚了，耽误了我们出门。我们小女儿都闹了，就因为你们迟迟不来！"

也难怪，为避嫌，江女士把两套户门钥匙分别交给了房客，自己都没有配备用的。钱女士弄丢了入户门和邮件箱的钥匙，现在只能趁房里有人时才能来打扫，但总要给新来的配钥匙才行，所以唐先生跟小孙商量，能否用他们的钥匙去配一下。

小孙马上得了理说："小钱不是给了你们配钥匙的钱吗，怎么还找我们？"他大概是指，钱女士临走说留下打扫的那五十美元。唐先生几乎来火了："我说的是钥匙，不是钱。"小孙他丈母娘气哼哼地说："我们要出去的，回来怎么进来，不能给！"

小孙转了话题，到处指指说："你们这东西怎么都是坏的？烤箱也用不了。"

唐先生有心回答："拜托，你这些话应该在刚住进来那天说，当时都试过的。现在要说，应该问你们自己。"又觉得全是废话，有用的话只能对听得懂的人说，还是抓紧时间做清洁吧。

清洁过程中，发现烤箱的旋钮已经弄不动，烤箱里积存不少黑糊的东西；洗衣机的旋钮也是转不动，一处百叶窗被弄坏，一个门吸坏在旁边。

小孙虽然声称要提前退房退钱，但好像他的问题还不少，又问："你这房子里的房间门锁，有没有钥匙？"重复此前告诉他的，物业管理处没给房间的钥匙。他说："你下一个是临租的，我们有许多重要东西，万一拿走怎么办？"唐先生说，可以把认为重要的锁在密码箱或行李箱里。但小孙还是说："我们买了一些很贵的包，万一少了一个怎么办？"

然后，小孙说起借给钱女士的婴儿床，提出要给他们留下。这种气氛下，唐先生感到没有义务留下，那本是自己半岁多的小宝正在用的，何况小孙他们房间里明明放着个新婴儿床的大盒子，应当属于没事找事了。他对小孙说："用你们自己的吧。这玩意儿弄多了也没用。"小孙说："我们的已经打包了。"唐先生没再理他。

这一家人没好气地下楼逛商场去了。不难看出，他们比较热衷于购物，尤其喜欢离得很近的Costco商场。办理Costco会员优惠卡需要交费，之前小孙提出借用江女士的，但卡上有照片，江女士犹豫说恐怕不能借用，小孙说没事的，人家不会认真看。结果购物结账时，收银员拿起卡来对照着看了又看，怎么看都不是一个人，问这是谁，小孙指他媳妇，但俩人面相完全两样。收银员说了声对不起，把卡扣下。待到江女士拿着自己的护照打算要回，店方没有还给她，意思是那张卡被冻结了，因为诚信上出了问题。

唐先生留下来清扫次卧和共用空间，并不长的时间，这套曾经清爽整洁的公寓已经到处是污渍和积尘，凌乱不堪，白色地毯变成黑灰，灶台的四个灶头和炉盘都是焦黑的污垢。客厅公共区间的白色长沙发被他们搬到自己的屋里，而把一些大小纸箱堆到客厅。唐先生已经清楚，有这样的房客，清洁的任务不会是轻松的，尽管他们入住前声称是因为看上了这个房子蛮干净。

到下午，这一家应该是购物回来了，小孙又打电话，不依不饶地质问江女士："你们怎么把婴儿床拿走了？"

江女士还要解释，旁边的唐先生拿过手机，告诉他："我们拿走自己的床是我们的事。"小孙说："你们再拿过来吧。"唐先生说："对不起，我们的孩子在用。"小孙生气了："你们怎么欺负人？这不是给我们添堵吗？！"

"添堵"这句，把本来不爽的唐先生给逗乐了。

对掐

不管怎样，仅从继续招租考虑，地毯还是要去吸尘打理的，不然再来看房的人恐怕要望而却步了；而且物业管理处那里迟早也交待不过去，人家要求退租时屋况跟承租那天一样，不会管你曾经的租客是什么人。所以第二天上午，唐先生找人借了个吸尘器，又去了出租公寓。

敲敲门，等一等，敲了五次迟迟没人应声。总算小孙穿着黑白条睡衣开了门，唐先生告知来给地毯吸尘，其他无话，把地毯吸完就自行离开。

临近中午，又一位短租客电话联系说要来看房。唐先生开车，一家四口前去公寓门口等候，到了约定时间，对方说有事要迟一些。带两个幼儿在楼外的树荫下继续等候，其间看到小孙带着孕妇小沙开车出去了。

两个多小时过去，总算把要看房的这一家三口等到了，江女士急切地跑过去领他们上楼，一手拉着自家的娃，一手还帮人家提东西。

唐先生怀抱幼儿随后跟上去，在楼梯下面就听见已经吵开了。江女士上楼刚一进门，那位丈母娘掐腰瞪眼叫道："有你这么做人的吗？那个婴儿床为什么拿走？别人给你的是钱，我们给你的，难道就是冥币吗？！"

唐先生见对方逼近江女士，看来讲理已经无效，他拉开江女士说："不要理她，不要再跟她吵。"转而正要跟新来看房的人说话，那妇人就直接冲着他来了，一通叫嚷。

唐先生只好面对她讲："咱们现在不说可以吗？"她瞪大发红的两眼尖叫："你威胁我！"把唐先生怀里抱的幼儿吓得大哭。显然她就是要当着新来看房的大吵。

唐先生夫妇带着来客进到次卧的房间里，那妇人仍不罢休地追到小走廊的房间门口。唐先生把门关上，新来的看房客说："哎呦，我还从没见过房客把房东逼成这样的！今天真开眼了。"

"是，我也真开眼。"唐先生应着，他知道新来的人并非在说笑，接下去再谈看房已经没什么意义了。

江女士的手机响了，是小孙，质问："你们凭什么几个人围攻我岳母？"江女士索性也不顾什么对看房的影响了，气愤地回敬："是你丈母娘挑事儿开骂的！你有本事先管管你丈母娘好吗？"听得见小孙在电话里继续叫，唐先生就把手机拿过来说："你到底要怎样，跟我讲吧。我看出来了，你有这么个丈母娘也怪不容易。"

小孙跟他丈母娘一个口气，指责婴儿床为什么不给他们留下，既然可以给小钱用，为什么不给他们用？唐先生直接说："什么意思？没意思。出租的是房，不是儿童床。愿意借给人家小钱用，是我们的事，现在要给我们孩子用，难道你觉得不合情理吗？"

小孙激动起来："合什么情理？"唐先生说："这样吧，换个时间，我跟你谈一下怎么样？"

这个阵势下，来看房的人没什么好谈了。一起从房间出来的时候，江女士还是沉不住气，问那位妇人，原来放在这间空房的毛毯去哪儿了，那妇人立即指着叫骂："嘿！谁看得上你们的破毯子！脏毯子！"昨日打扫时毛毯还在这房间，莫不是变成了神奇的飞毯。

江女士被骂得脸上挂不住，对新来的人解嘲说："天哪，见过那么多租房的，从没见过这样的！"

这可好，丈母娘马上斜眼讥讽："哼！你见过什么房子？你见过多少房子？"他们一家在国内那座三线城市是专做收房租的，据他们自称，钱多到经常打飞机去深圳的酒店吃西式自助餐。妇人还不够解气，继续满脸蔑视地痛骂："你个屁人！"江女士只会说："天哪，气死我了！"妇人马上解恨地叫："你怎么不快气死啊？"

唐先生看这架势，实在不对头，对江女士笑道："你可真是，这有什么可气的？多好笑啊！"江女士睁大眼睛，不解有什么好笑。连那妇人也暂时停嘴，瞪着他看。唐先生继续说："多开眼哪！你再不笑，就真的说不过去啦！"

说罢，唐先生仰面哈哈大笑起来。那妇人当即气得背过身去。

新来看房的一家三口被这场戏闹得已经头大，赶紧相互拉扯着往外走，显然再也无心逗留。唐先生一家随他们出门下楼。那妇人追出来，嘶哑叫道："什么东西！没教养！"

唐先生更忍不住大笑了。

缠斗

唐先生约了跟小孙面谈，去公寓之前先通个电话。他觉得租房不能光由着一方出难题，多少也得讲讲规矩，就对小孙说："有几件事先沟通一下。第一，请把公寓邮件箱的钥匙让我们配一把，因为也有寄给我们的水电单据等等。"小孙迟疑了一下说，可以。"第二，请把你的护照翻拍一下，我们应当了解租客的基本信息。"小孙说："有这个必要吗？"唐先生说："有。房客留个身份信息难道不应该吗？"小孙又迟疑了一下说，可以。但马上说："你们的也得翻拍给我。""第三，你们在国内是做租房生意的，所以清楚租房至少应该付一押一。当初你们没有交一分钱押金，是不对的。现在请交一个月的押金。"

小孙马上激动起来，坚决反对，并且连前两条同意的也立即不认账了，最后他警告唐先生："以往的通话，我们可是都有录音和记录的，不行就打官司！"

此后，孕妇小沙同样激动地给江女士打电话质问："为什么又要收钱？"没容江女士解释，她就放话："我们走，现在就搬走！"

到下午，小孙来电话，以为真是要搬了，但他说东西太多收拾不完，要明天下午搬。江女士只能无奈地说："你们确定要搬走吗？……那好吧。"

第二天下午四点，小孙打电话催问："你们怎么还不来？”唐先生告诉他，随时等你们确定搬走的消息。这一次，唐先生没有再让江女士和俩幼儿一起出面，一个人带好要退的现金开车去了。

到了公寓小区的停车场，那位黄色染发的丈母娘正站在对面小土坡上，架势像是在望风，马上拿眼睛盯着唐先生，用手机打电话报信。

唐先生没办法跟她打招呼，下车上楼，不用敲门，已经开了，个子不高的小孙和挺着肚子的小沙气冲冲地站在里面。唐先生看到房子里像是原样没收拾，问他们："怎么样，准备好了吗？"

这对男女抢着说："你退钱，马上就搬！"唐先生说："你们把自己的东西都清出来，房间交接清楚了，就算账走人。"两个都激动起来："当然要先退钱，你们赖账怎么办？"唐先生还是说："先清出来。"

双方算是较上劲儿了。小孙动作夸张地拿出手机，做出要打电话的样子，威胁说："那我就报警了！"

"你确定要报警吗？"唐先生问。

"不报警怎么办？让警察解决吧！"

"好，报警。我等着你。"初来这边的中国人，特别是来生孩子的中国人，大都对"报警"这两个字相当敏感，但既然这一家子不惧报警，唐先生又有什么理由更害怕呢，下楼，坐回到车里。

这一家都跟着过来，丈母娘站到唐先生车前，孕妇小沙和女婿小孙守到车后，全都怒目而一言不发。

唐先生从车里钻出来问他们：“不是要报警吗，都站到车前车后的是什么意思？”孕妇小沙叫道：“你别想跑！”

“我想跑了吗？”唐先生自问，还是坐回到车里，先喝口水歇歇再说。

假如他们真的打了911报警电话，那么按照这里的规矩，很快，警车、消防车、救护车就会一齐呼啸而至。警察到了以后，怎么跟人家说？怎么解释短租一间房子就弄成了这副阵仗？

就这样车内车外，一对三地僵持了一阵子，唐先生即使想走也不可能发动车，因为那位待产孕妇的肚子几乎紧挨着后备箱。

从后视镜里，唐先生看到小孙带着一个人走过来，不算威武，戴着眼镜。这就是警察吗？便衣？

走近了，唐先生确认见过这位，正是网上聊天群的林版主。当初在钻石吧民宿的餐桌上，还曾经凑巧几家子一起吃过气氛融洽的晚饭。

林版主走到车跟前，唐先生不清楚这位此来何意，也许是与小孙关系不浅，就打开车门等着他发话。

林版主一副不认识唐先生的样子，严肃地皱着眉头问：“你们怎么回事？为什么不退他钱？”

唐先生告诉他：“很简单，请他们清走东西，然后验收退钱。他们不干，说报警解决。”

林版主不悦地说："你能下来说吗？"唐先生下车来到车后，本欲一起谈谈，不料那一家三口人手一个手机举着对他拍，还开启了视频。

唐先生看看林版主，意思是这像话吗，林版主歪着头不表态。

唐先生忽然眼睛一亮，对那三位说："你们的手机很高级是吗？都很爱好拍摄是吧？好，来吧，咱们一起切磋！"边说，他边迅速转身拉开车门。

那一家立即簇拥上来，再次占据钳制位置，同时举着三部手机，几乎在拍唐先生的特写。万没想到，唐先生从车里拿出一部乌黑的机器，是一部摄像机，而且是新款的索尼高清摄像机。唐先生很熟练地打开，一番操作，把这几朵奇葩都收到了取景框里。好歹，他是参与过纪录片拍摄的。

那三位的眼神儿一时间有些慌乱，连林版主都不免一脸错愕，但毕竟人多势众，又稳住了阵脚，以三部手机跟唐先生的摄像机对拍。而且他们机警地拉开了位置，从正面和两侧分别对付唐先生的高清摄像机，弄得唐先生还得进行摇移拍摄，增加了技术难度。

正好临近傍晚，旁边出出进进的或是休闲散步的一些老美，想必对这几个华人摆出的奇特架势相当不解。有的人不免放慢脚步，显出莫名其妙、实在看不懂的困惑表情。如果真让他们弄明白事态端倪的话，通常富于正义感甚至爱管闲事的老美，倒是很有可能真的报警了。

唐先生先是示意希望林版主表个态，希望好好谈事，不要瞎掰了，可林版主却像是对他的眼神没有注意到，或是对如此情景不以为奇。不过林版主恐怕怎么也不会想到，这位处境不妙的唐先生居然弄出个高清摄像机来，好比是徒手对着三把小手枪的，突然端出一架机关枪，火力态势一下子逆转。

林版主换了一种方式，挥挥手，以转入正题的口气问唐先生："他们为什么要搬走？"

这话不是应该问问他们三位吗？但唐先生还是回答他："昨天下午他们说不住了，马上要搬走。之后又说来不及，迟一天再搬。好，都行。今天下午打电话质问，你们怎么还不来？我这不就来了。刚才又告诉我说，非要报警不可。"

小沙抢着说："报警是你逼的！"唐先生还是对林版主说："报警也行，爱报就报。你能不能问问他们，想好要干什么没有？都堵着我的车，能管什么用吗？"

一家三口马上七嘴八舌吵起来，其中能听清的，无非是不给他们退钱之类。唐先生再重复一遍："你还没搬走，东西没清出来，是退钱的时候吗？该退的不会少一分。"

林版主还是想找出责任的源头，像办案一样问唐先生："到了这一步，是怎么引起的？"

于是唐先生给他讲讲一张儿童床引起的嘴仗；讲讲带客来看房，这位丈母娘故意恶吵捣乱，张口就骂"冥币""屁人"之类的。

低头听到这里，林版主表了一下态："这么说话是过分了点儿。"

尽管唐先生不清楚林版主跟他们是怎样的关系，但还是要举一举没有底线的例子。孕妇小沙马上尖声插嘴打断，唐先生不忍跟孕妇争执，对她说："你能歇歇吗？我最好不要跟你说，我跟你们家一个能代表的讲可以吗？"怎奈对方并不领情，非要继续边举着手机拍摄边性急地争吵。

这期间，唐先生手上的高清摄像机也只好继续开机。他转而对林版主讲："你能劝劝她不要在这里吵了吗？"

林版主说："咳，人家是夫妻，怎么能不让她说呢？"小沙得意起来："对！这事还就得我说！因为是我签的合同。你老婆为什么不来？让她来跟我们说！"

小孙大概看到自己的太太过于激动，这时候恨恨地说："我告诉你，我太太快生了。她要是有任何情况，我这辈子……一定跟你们把官司打到底！"丈母娘在旁咬牙说："对！绝不会放过他们！"

唐先生对小孙说："看来你还没忘了你太太快生了，那你们还天天无事生非？还由着她在这儿吵个没完？"

小孙重申，都是你们造成的，一定会不惜代价，报警、打官司都可以！

唐先生几乎是苦口婆心了："好，报警，打官司，还有什么，都随你们选。我就奇怪了，小孙哪，你们到底是来生孩子的，还是来找不痛快的？"

此言一出，激起两个女人的一致声讨，小孙也在旁助攻，唐先生索性跟他们对攻。争来吵去，深仇大恨一般。林版主连连摇头，显示出对局面的明显失望。

争执的间隙，大概都感到无趣而无解，短时无语地僵持在那里。

回到原点，是先搬出还是先退钱？如果先搬出，小孙一家生怕唐先生赖账扣款；如果先退钱，唐先生又怎么能相信这一家会随即好好地搬离？况且，听说在这边的规矩是，房客是爷，就算欠了房租，房东也不能轻易将其请出门去。

总之眼下的双方别说信任，连基本的底线都找不到。

唐先生抬眼望向南加州傍晚美好的天际，忽然，深蓝而泛紫的暮色之中，侠女一样的，从大门的高坡那边，艾米女士出现了……

之前唐先生坐在车里、面临车前车后站着那一家人的时候，打电话向艾米请教租房纠纷的化解之策，因为她是职业房地产经纪人。在她的经验里，唐先生眼下遇到的可能根本就不叫个事儿，但是她没有在电话里做解答，只是说："我现在就过去。"这可是人家要合家吃晚饭的时间，而且这可是下班后不该打扰的时间。

于是当艾米出现时，唐先生简直觉得她就是侠女。

唐先生感觉心里踏实下来，知道看似无法调和的纠纷定会有解了。他礼貌地向林版主介绍了艾米，艾米友好坦诚地给他们各位递了名片，然后环顾一下这个氛围，看清各位的表情，什么也没问，轻松地笑着说："挺冷的，咱们都到屋里坐下说吧。"

大家鱼贯着无语地从外楼梯上楼，分别坐到客厅和餐厅，依然形成唐先生与小孙一家对谈的格局。

首先的问题，仍旧是在先退钱还是先清走东西上相持不下。艾米听听就明白了，他们一家主要担心搬了之后不退钱，于是居中调解说："放心，我们都坐在这儿呢，一定不会有问题。不行，我先给你们压在这儿一张五千元的支票作为担保？"

谁都无话可说了。之后算账，小孙他们讲，按实住的一个月零二十四天算，唐先生说超过半月、不足一月的，依惯例应按一个月算。他们马上讲，那我们就住够三十天。

艾米问唐先生："你愿意他们再住够三十天，还是就算到今天？"

唐先生说："算到今天。"

小孙他们又讲到，一个月按三十一天之类。实际上他们是住了五十六天。于是，他们先用三十一天算出一个月，另外他们认可的二十四天，是用月租金除以三十，再乘以二十四，算出了有整有零的总款数。

到此，唐先生确信了，他们没有吹牛，他们在家必是做租房生意的。

小孙一家算清了退款总数之后，艾米问唐先生："有问题吗？"他说没问题，只要看一下没有物品损坏就这样退。

唐先生拿出准备好的全数退款，交到担当中间调解人的艾米手上，然后他起身去看看。

那位身怀六甲的小沙反应敏捷，马上也起身，举着手机又是跟拍。唐先生扭头对她笑言："怪累的，不必拍了吧。"但她端着手机，紧抿的嘴唇嫌恶地撇了撇。

这回唐先生不好边查看房间边操作摄像机了，而且单跟一个孕妇对拍也过于无聊。看她把手机举得实在太近，恰好林版主也负责任地跟在旁边，唐先生又对他说："你劝劝她？"林版主表态："艾米不是也说了，可以把全过程都录下来嘛。"

全额退款交到中间人艾米手里，小孙一家的搬出已在进行之中，双方因不信任、无制约而造成的僵持得以化解。

卧室的大包小包搬清了，小孙和丈母娘开始从大冰箱往外拿东西。艾米关切地问他们，会搬去哪儿？小孙神情和语调悲切地说："还不知道呢，找到哪儿算哪儿吧。"实际上，小孙夫妇已经在网上联系好了一家民宿。

他们从屋里搬出够多的东西，装满了林版主的七座车，又塞满了他们自己的车，还多出一些，艾米说可以装到她的车上。

唐先生在各处看过之后，告诉小孙烤箱和洗衣机的旋钮坏了，他又激动起来："我们来了就是坏的！"林版主再度表态："这都是物业配的吧，物业应当可以来修的。"

唐先生对小孙说："我说要赔了吗？但应当让你知

道。”林版主说：“那你要怎样？”

唐先生说：“时间不早了，抓紧走吧。”

艾米把全额退款转交到小孙手上。因为这边的取款机只出二十元面额的美钞，所以对这些现金，他们一家三个坐在那里数了一阵子。

看到艾米在帮他们搬东西，唐先生也帮着往下拿些不重要的，当然他们一家对此还是没有好脸。直到最后一趟搬完，艾米把屋门钥匙转交给唐先生。由于她的车上也装了些小孙家的东西，所以她同他们一路离开。

这场戏到了要散场的时候。黄色染发的丈母娘和孕妇小沙，依旧是各自背着总不离身的LV包包，跨进了车门。小孙低头发动车，没有向站到楼下路边的唐先生道声再见，唐先生也仅仅是对着小小车队的背影挥挥手。当然都是不指望再见到了。

四下里完全安静下来，唐先生独自从外楼梯上楼进门，呈现在眼前的，让他怔住了：一派触目的狼藉，里外间都是垃圾。

曾几何时，江女士，一个哺乳期的女人满怀热望，租下这套位置优越、环境宜人，完全是空房的两室两厅公寓，经过连日的辛苦营造，从宜家商场买回全套的桌椅、沙发、靠垫、灯具、大床小床、床垫、床上用品，其运费及安装费几乎与家具同价。在正方形的阳台摆上两只舒适雅致的藤椅；在富有情调的白色布质长沙发上，以及像酒店那样铺好的床铺的每只枕头上，都放了五彩的小靠垫；厨柜里整齐准备了锅碗勺盆，有的是从自己住处应急拿来的；最暖心的，在每张桌子上的小巧花筒里，都插上了一两支或黄或白或红的鲜花，静候着远方祖国大陆未曾谋面的来客……这一切，都是这女人自己在此地尚未享受到的家居环境。

唐先生只能拿起洁具，开始闷头清扫。想当初，那位孕妇小沙在网上看了照片，给江女士的留言当真是相当打动人的："你的房子蛮干净，我就喜欢干净的。"

尤其令唐先生意外的是，在大床底下，垃圾几乎满了。其中有不少鞋盒子和包装袋，连唐先生都认得出，有些是装名牌包包的。小孙曾经严肃地表示过，很担心别人会拿走其中的某个包包，看来是有其理由的。

到很晚，唐先生才开车回到租住的家里。江女士还没有睡，像是自嘲又像是宽慰唐先生说："没关系呀，就算是体验啊。"

聚散

不觉中，唐先生这次半年的签注期限又临近了。

两个孩子还小，不清楚将要发生什么，小弟弟还是总要快速爬向小姐姐，姐姐总会柔情地说："我的小弟弟！"可是某天早晨醒来，他俩会非常奇怪，小弟弟或小姐姐怎么不在旁边了？这个时候，该怎样向他俩解释？

在给幼儿过了一周岁生日后，四月的这个下午，唐先生带着女儿再次踏上返国的旅程。去机场的途中，唐先生不想讲话，江女士眼睛红红的，大概是暗自哭了一路。女儿两次问：“妈妈，你和小弟弟也一起坐飞机好吗？”当妈的没法回答，她就不再作声了。

两个小孩子不大明白将要发生什么，幼儿吸着母乳熟睡了，女儿好奇地看着窗外，就像每次带她行驶在高速路上一样。

换过登机牌，走到隔离线，一家四口将要分成两边道别的时候，妈妈蹲下身搂住女儿，含泪嘱咐，小女却抿住嘴，紧拉着爸爸，扭头不看妈妈。唐先生不得不领着女儿走向安检通道，江女士抱起幼儿，探身在隔离线外挥手呼叫女儿，女儿往前走，一直没有扭回头去看妈妈。

一过了安检，唐先生就把女儿紧抱在怀里。

一段时间以来，唐先生不免自问：为什么要来大洋彼岸？为了生小弟弟。那么，为什么还要留在这边？为了便于小弟弟的成长。这个孩子的出现改变了一个家庭的轨迹。

唐先生弄不清楚自己对这个国家的喜好程度，实际上跟他的确切关系，就是他的宝儿在这里。小姐姐应该见到小弟弟和妈妈，同样，小弟弟也应该见到小姐姐和爸爸，这就是生活的真理。

回到北京以后，为了拉开两次入境的间隔，提高续签的成功率，尽管对妻儿放心不下，唐先生却没有很快再去提交申请，直到四个月之后的八月下旬，他找了有经验的网站代办此事，按规定通过中信银行呈交申请表。

9月8日中午，唐先生拿到从使馆返回的护照，打开一看，女儿的签证给了，他的没签。夹了张字条，要求他再去面谈。

再预约到9月24日上午，唐先生提前到了，怀里夹着厚厚的材料，一手领着女儿。排的队不算长，有不少工作人员在蛇形队旁引导。大厅里怀抱女儿的只有唐先生一人，因为小孩子不必面签。

引导员让唐先生直接到一号窗口，唐先生到跟前就对那位女官员做些说明，她像没听见一样低头进行她的操作。实际上她只管查验护照，并非签证官。

接着到另一窗口验指纹，然后在签证的几个窗口前排队。引导员安排唐先生站到九号窗口，是个女官员，正在办理的是三位年轻人。

等候的队伍离窗口很近，对话都能听见，包括个人隐私。唐先生听见三个穿西装的年轻人反复解释要去留学的情况，但一直没能说动女官员，她摇着头说出了：“对不起……”年轻人不甘心地急于解释。

这时旁边的窗口空下来，引导员示意唐先生可以转过去，他也希望避开这位看来不好说话的女官员。

现在唐先生面对一位像是西班牙裔的男官员，态度礼貌但不亲切，他接过唐先生的新护照及以往去过一些国家的两本旧护照，之后只盯着电脑。唐先生抱着女儿和材料静待提问，只等他抬眼时做出解释。

男官员眼都没抬地问：“你是做什么的？”唐先生答：“画家。”官员眼睛挑了一下：“画家？”接着问：“你太太在哪里？”唐先生像表格上填的一样如实回答。男官员又是盯着电脑，唐先生保持淡定继续等待着……

当那位签证官终于从电脑上抬起眼睛时，没有给唐先生开口的机会，他用夹生的汉语，简短而冷淡说出的，是那句每天重复许多遍的标准用语——“对不起，我们不能给你签证。”

同时，他用手指了指唐先生面前台子上的一叠白字条。

唐先生意识到淡定不得，连忙解释之前都是按期离境的。但他同时也明白，说什么也已经是徒劳。

签证官坐直身体，拿眼睛越过唐先生的脑袋，看向他的身后，用不算夹生的汉语说：“下一个。”

不管有用没用，唐先生拿起一张白字条，这应该是他花费一千多块好不容易来到这个窗口的凭证。那上面无非是，按照美国法律，你这次不符合非移民签证云云。女儿紧搂着唐先生的脖子，他知道这三岁多的小女要去见妈妈和小弟弟，可不那么容易了。

再签

过了一个月，唐先生把“拒签”这个词输到网上去搜索，马上跳出来的，是一些专门办理拒签之后再签的公司，都是承诺百分百通过之类。

孩子妈江女士正在那边催他再去签，劝他像别人那样，一次接一次地去签，直到签过为止。唐先生没有兴致讨论这样做的成功率几何，他查到一家口气大、开价高的签证公司，租的办公地点也显示具有实力，在东直门地铁站的银座大厦。

接线的小姐转接到一位王老师，王老师听了基本情况，首先肯定：“先生，您这个案例的难度确实不小。”转而说：“不过我们最近办成过这样的案例。”

唐先生带着女儿来到这家公司，不大的房间隔出许多小桌子，一些年轻男女在用带着不同地方口音的普通话接听电话，解答咨询。

那位王老师实际上很年轻，带着明显的山西口音。他进一步告诉唐先生：“我们提供的服务，是由资深专业人士帮您分析原因，由专业老师帮您准备材料，再由签证专家为您做一对一的模拟面谈培训。最后，由我们帮您预约合适的签证时间，提出面签注意事项。总之，全程负责，一次不成，我们会一直服务下去，直到您最终通过为止。”

没错，不管过程怎样，要的就是最终“通过”这两个字。于是他被领到里间，到老板台旁边的一个人那里去刷卡，交上一千元签证费和三千元代办费。

预约去使馆面谈的前一天下午两点，唐先生再次来到这家擅长拒签再签的代办公司，准备接受临场培训。又是把他领进了那个小里间，面前自称培训老师的，正是交费时开收据的那位，可见是老板了，也比较年轻。

培训老师向唐先生聊了聊签证官可能的心理，这些泛泛之谈基本上属于是个人就能猜到。他告诉唐先生，要尽可能多说自己的情况，但问题是，人家签证官给不给你多说的机会。然后，他闲聊了一些别的。

唐先生在这家公司简单接触之后，感觉这几位尚显生涩的年轻人对美国知之甚少，可能都还没来得及出过国，甚至自己都没办过签证。像这位培训专家，据称专攻美加拒签的，他连美国使馆内部究竟什么样子都是在听唐先生的描述，一副好奇的表情。他倒是漏出了一句实话，说他的亲哥曾经去使馆办过签证，还把见闻告诉了他。

尽管如此，唐先生只当是再试一回运气。

11月8日下午三点，唐先生怀着上回一样的心情，带着上回一样的证明，再次出现在安家楼美国使馆的外面。

还是查验进入，排队等候。先验护照，然后在引导员的安排下，来到转过去夹道里的一排窗口外。大家都发现十七号窗口非常顺利，不一会儿就叫到下一个，从那里离开的男女老少无不喜形于色。与此对照的是，其他窗口却很缓慢，多是表情严肃地离开。

唐先生前面的那个学生不停地念叨，千万千万赶上十七号就好，结果真叫这小子给赶上了。自然唐先生就只能错过，他被叫到二十号窗口，是个肤色偏黑的女官员。

他想把一页事先写好的纸递给她，上面是中英文的签证理由，但是她不要。他要多说些自己的情况，一开口就被她以手势打住。可见培训师的嘱咐完全是不切实际的空话。

女官员问唐先生是做什么的？他回答是画家。她问月收入多少，他说了大概数目。女官员不悦地说："到底多少？"看来她不大认同中国式的含蓄表达习惯，还是以美国式的直白才好。

唐先生拿出公开出版的山水画册，出示给她，这位女士隔着玻璃干笑一下，他想从小窗下递给她过目，她摇头说："我不看。"唐先生解释："我是专门做中国山水绘画，事业和生计都在中国，肯定会按期回国。"女签证官没有表情。

他说的是实情，他本是寄情于中国山水，以独特的中国山水作画谋生，怎么离得开这片土地？何必要跑到完全两样的异国去生存？但是没容他再争取，女官员伸手代他拿起一张白字条，连同护照一起退给了他。

唐先生收起酱紫色的护照，那张白字条这次连看都没看，留到了使馆内洗手间的纸篓。

今昔

再次受阻于签证窗口的两天之后，APEC领导人会议在北京怀柔的青山绿水间盛大召开。用北京俗话说，相当招人待见的总统奥巴马，出人意料而又非常适时地宣布：两国已达成协议，将普通中国护照赴美旅游和商务签证，延长为十年有效多次往返。

这对于广大赴美人士而言，是多么大的鼓舞。但是对唐先生来说，却似乎看不出什么意义，因为前提是你能够获得那个签证。而如此一来，签证的审核必会更加严格。总之，唐先生没有增添多少指望。

他思念幼子心切，更想到两个小孩子一边一个实在不好，可既然江女士暂且不打算回来，仍对争取工作绿卡或投资绿卡之类怀着信心，那么只有他在这边再想想办法，怎样才能有一线获签的可能。

他记起头一次在广州总领馆的时候，遇上那位女官员，形象顺眼，面目可亲，态度友善，很顺利就给他们一家通过了，还笑着祝他们在美国玩儿得愉快。唐先生感觉，广州那边各方面的气氛都会宽松些；听说确有一些北方人专程赶到广州去签。入冬时节，京城愈发寒冷干燥还加上雾霾，唐先生决定南下温暖湿润宜人的南国，寄希望于广州总领馆或许会灵活而人性一些。

他很用心，特意把面签时间预约在西方平安夜的前一天，指望签证官能够看在主的分上，或者至少是借着节日前的愉悦心情，痛快地给予他们父女前去团聚一下的机会。

12月23日，阴。下午按预约在三点三刻来到领事馆，也已经换了地方，搬到珠江新区，像在北京的使馆那样，气派了许多。

排队时间不长，已是当天的最后一拨，次日工作人员就会放假过节了。唐先生到达窗口后，往里一看，没有那么凑巧还是那位友善女士，而是一位肤色相当黑的黑人女士，没看清是什么表情。

她看看材料，问了些表格里已经填清楚的问题，诸如从事的职业，妻子在哪里之类，随即，明确告之："对不起，由于你太太的情况，所以我们不能给你签。"接着不再听任何解释，抬头叫："下一个——"

唐先生动手收拾台子上摊开的材料，黑人女官员皱眉不高兴地催促："请你离开，我在接待下一个了。"估计她已是下班放假心切。唐先生精心选在圣诞节前日，趁人家好心情的时候，千里迢迢前来试试运气，看来纯属一厢情愿了。

当晚落下小雨，女儿在宾馆的床上看电视里的国际大事，唐先生坐在窗下。他不由地记起了，自己第一次去美国的签证经历——

还是在1999年夏天，距离这一年5月8日美国飞机轰炸中国驻南联盟使馆已经过去了两个月，他再次来到日坛附近的美国驻华使馆外面，这次是为了办理因公赴美签证。唐先生头一眼看到，人们在路边排起的长龙，依然是不见首尾，不过要井然有序得多，完全不再有任何激愤的倾向。

大家的神情不再包含一丝不满，而是掩饰不住的期待和焦虑，很像在考场外等待着一场重要的面试。

唐先生站到队尾的马路便道上，从拿到的排号大概可知，当天上午的这条长龙至少已有七百多名男女。大家被绳子拦在便道一侧，从一条纵街拐到另一条横街，被附近密布的武警和民警严加保护着。

每天发号的数量是有限的，须电话预约，否则不知道这队伍要排到哪里了。无论是否拒签，每人需先交纳签证费四百多元人民币。

队伍在武警战士的紧密护卫下缓缓前移，唐先生终于从骄阳下的马路进到铁栅栏的院子里，看到不久前的一地砖头和碎片都已清理得痕迹全无。继而，再坚持一阵子，又进到室内大厅，里面站满了人，约有十条纵队分别对应各个窗口。

随着向窗口的接近，一些人的神情不单是兴奋，更多的是忐忑。人们不大交谈，紧抱着各自的材料，或是不安地翻开查看。某种程度上，大家既是同道，又是潜在的对手，因为像考试录取一样，显然每天的签证通过也是有一定的比率。

在唐先生前面的队伍中，有位六十多岁瘦弱的南方妇女，她多次对旁边那些神情不安的人念叨：“我是绝对不会被拒签的。因为我女儿女婿和小外孙都已经在那边定居了，像我这种直系亲属肯定毫无问题。”

当她排到窗口以后，格外大声地回答签证官的问题，自豪地声明：“我女儿已经在旧金山买了大别墅，有两台私家车，是中产阶级，我这次就打算去女儿女婿家好好住住！”

签证官一直似笑非笑地看着她说，末了，签证官把全部材料都推出来，以典型的西方文明的方式，礼貌而抱歉地摊开手，摇摇头。

她失声问道：“怎么啦？这是怎么啦？”

她身后那位等得急切的男子马上代替签证官回答：“拒签啦。”

她叫起来：“你们凭什么不给我签？！”

隔着那位男士的后边，一位女子伸长脖子，好心地告诉她，同时也像是帮助中文不大流利的签证官做出解释：“您要是不把您女儿的情况说得那么好，倒还好些，人家怕您一住下就不回来了。”

妇人一下子瘫软地坐到地上，嘴里“妈呀，妈呀”呼号不止。

与此同时，唐先生猛然听见身后“啪”的一声脆响，他连忙回头，见是一位身穿黑色西服套装的秀美小姐，她把材料夹掉在了地上，各种表格和证书散落一地。她急忙跪下身，短裙紧包着腿，慌乱地捡拾那些材料，面色通红，两手微颤。

旁边一个男人小声议论："这是紧张的，听说她已经两次被拒了。"

时光一晃过去了十多年，人人似乎都在进步，而唐先生却在签证官面前止步了。现在他已经能够理解，当时那位妇人和那位年轻女子的切身感受。

他记起了在美国的超市里，曾经看到摆着那么多王致和腐乳，不禁生出怪异的感慨：生为一个北京人，实在不如一瓶北京腐乳更容易进入美利坚。

接下来，在没有外因助推或内因发生变化的情况下，唐先生不准备去美使领馆再签。每到年底，好事者喜欢总结年度热词，唐先生这一年的年度热词想必是一个字：拒。

唐先生带着活泼的女儿四处奔走忙碌的时候，别人见了会问："你妈妈呢？"小女朗声回答："在美国！"别人再问："你上幼儿园了吗？"回答："我在美国上幼儿园！"

一天早晨，女儿对爸爸说："你要再不带我去妈妈和弟弟在美国的那个家，我就感到特别孤独了。"唐先生意识到这已经不是个小问题。

后来的情况是，仍然坚守"美漂"一线的江女士，说为了"美宝"儿子的未来考虑，要坚持努力下去，哪怕是艰辛的等待。据说在她周围有不少情形相似的女子，正处在年复一年的期待中。

为了显示决心与信心，在东洛杉矶牧场边新兴的伊斯特威尔市，她终于购置了一幢独立屋。两层的房子两千七百平方英尺，院子七千三百平方英尺。弧形楼梯，四卧室、三卫浴、三大厅、三车库、两储藏室、一洗衣间，开放式挥洒自如的大厨房。临近一个超市和名店聚集的商业中心。这回，江女士若再经营民宿分租的话，可发挥的空间就增大了不少。至于四成首付贷款，以及相关的种种合同材料，她是怎样独自搞定的，不得而知。

可是，四口之家仍然分成两边，难以团聚。面对远隔大洋、无法掌控的现实，又该如何破局呢？

终于，江女士设想出了一条现实可行的新提议——离婚。

是用短信发给唐先生的，大概要比打电话容易说清一些。这应当理解为出于善意，唯此唐先生签证遇阻的症结有望随即化解。熟知的人中，确有先例。

对此提议，唐先生的回复是：收到。

业余作者

李金声

二十岁上下的时候，我爱上了写诗。那时我是知识青年，在村办小学里当一名民办教师，只能坚持业余写作。

“文革”中，对在工作之余进行文学创作的人，称之为“业余作者”。与今天的文学爱好者不同，业余作者是党和政府宣传大军中的一员，属于不在编的宣传工作者，要接受有关部门的管理，当然也享受一定待遇。业余作者在民间享有较高的社会威望，常常被人称为“才子”“作家”，让人高看一眼。我当知青时，曾经是一名“业余作者”，执著写稿，疯狂投稿，参加过地区、县里的文学创作学习班。我希望通过勤奋写作，改变自己的命运。

一

1975年4月初，伴着霏霏的细雨，我们二十一个知青，来到了江西省乐平县临港公社九墩大队。

车停在村口小学校门前，一众男男女女从解放牌大卡车的车厢里跳到地下，再把行李从车上搬下来。其他知青都是两件行李：一个草席卷，里面捆着被子和枕头，草席外面扣着一个搪瓷脸盆；另一个是小箱子，里面装着换洗衣服和生活用品。我的行李多一件，是一个装书的箱子。

大队安排了几个老表帮助我们搬行李。行李卷我们自己扛着，小木箱子装上了独轮车，我的书箱有点大，与大家的衣物箱不能整齐地码放，只好由一个老表单独扛着。

知青点在朱冲坞，距离大队三里多路，不通汽车。替我扛书箱的老表三十多岁，比我矮一头，黑瘦黑瘦。他把头上戴的破草帽扔给一个站在旁边看热闹的小孩，双手一举，把我的书箱扛在了肩上。起初，他不言不语，扛着箱子走在前面。过十几分钟，他开始频繁换肩，脚步也明显缓下来。走到一个山脚下，他用书箱顶着山边的岩石，站着大口喘气。他问我："格里是么了东西？压死人！"

我说："不好意思，都是书。"他说："你来这里是作田的，带这么多书做么了呢？"

他的这个问题，来之前也有人问过，其实我自己也没有想清楚。妈妈爸爸都反对我带这么多书，他们不担心我不读，而是担心别人会议论，怕由此给人留下我不愿意与贫下中农打成一片的不良印象。我部分接受了他们的意见，把准备带的书一减再减，实际带来的书还不足原想带来的一半。

到了朱冲坞，住进为我们安排好的房间，我巡视一下，虽然没有书架，但是找两块板子，搭成一个简易书架的地方还是有的，悬着的心才放了下来。

中学毕业以后，我和我的同学都没有立即上山下乡。作为三线工厂职工的子女，大家翘首期盼着可以不下乡的政策。等候了一年多，传言像天上的云彩，一会儿飞来一片，也不知道哪片云彩能成为火红的彩霞，哪片云彩会带来一场浇透人心的苦雨。我们天天战战兢兢，有点像等待宣判的犯人。最坏的消息还是来了。几个月前，省革委会正式下发关于三线工厂职工子女上山下乡的通知。文件说，三线工厂职工及子女属于城镇户口，吃商品粮，因此要与城镇居民一样，只要是适龄青年，都要执行上山下乡政策，中学毕业生一律到农村去。

在等待的那段时间里，为了找点事做，我开始大量阅读文学书籍。我把能找到的小说、散文、诗歌都找来，可能是诗歌琅琅上口，又富有激情，符合青年人的胃口，我越来越喜欢读诗。读多了，就有了写的欲望，下乡之前，我陆陆续续写了十几首习作，拿给乐河厂几个知名的业余作者，他们都认为我具备一定写作基础，可以沿着这条路走下去。

文学之所以能吸引我，除了它本身的魅力，对我而言，还有一个对别人不能言说的目的——我希望由此能找到一条捷径，下乡以后，最好不要从事重体力劳动，最希望能在取得一定成绩的基础上，尽快离开农村。

当时，知青下乡要填写一个表格。表格有几页，其中一栏要求填写自己有何特长，有人填写短跑或者长跑，注明在学校时取得过什么成绩；有人填写小提琴或者二胡，注明能拉多少曲子；我填写的是文学创作，因为没有发表过作品，我也没有加注。

这张表格显然引起了公社有关人的注意，也有可能是在别的渠道听到了什么，秋收以后，进入农闲季节，公社续建"红旗水库"，在各个大队抽调劳力上工地。在给九墩大队的通知中，明确要求我是必须抽调的人员。这时，我已经调到村里的小学校当老师，学期还没有结束，马上就要组织学生复习和考试，把我抽调走，学校怎么办？

校长盛长金看了通知，愤怒地说："让老师上什么水库工地？去给何个上课呢？"

大队和公社联系的结果是，我是必须去的，但不是去挑土挖泥，也不是去给谁上课，而是去工地上搞宣传。

我打了一个简单的行李卷，坐着大队的拖拉机，与二十几个民工一起来到红旗水库工地。公社党委书记周应芳上下打量了我一下，说："你就是李金声呀，听说会写稿子，会吗？"

公社党委书记管着十几个大队，一万多人。下乡以后，我是第一次见到这么大的官，内心打鼓，说话也磕磕巴巴："写过几首诗，别人评价不错。"周书记愣了一下，说："你只会写诗吗？出黑板报会吗？"这个表情告诉我，他很不高兴，好像是说，别人欺骗了他。

水库工地在一片山坡上，抽调来的民工以大队为单位，自己搭建竹棚子安营扎寨。工地总指挥部通知我，不要和九墩大队民工住在一起，让我和另外一个从李家边大队抽调来的，也是搞宣传的J，住在水库管理仓库的一个角落。刚上工地，就让我有了高人一等的感觉，心里不免有点沾沾自喜。

J晚一天才到。他是乐平知青，父亲在乐平县商业局任副局长。他在县里参加一个会，散会后从城里坐着一辆吉普车直接来到红旗水库工地。

他到来之前的一天，我一直在做准备工作。工地宣传主要是两块工作：一是出黑板报，二是建一个小型广播站。我把四块黑板架在一块岩石下面，这是通往食堂的路，人流量比较大，而且上面有一块巨石突出，小的风雨也可以遮挡一下。四块黑板排在一起出板报，我从来没有见过，有点震惊，这是J在去县里开会之前定下来的。我还帮助公社广播站的电工把喇叭、导线、扩音机从汽车上卸下来，在我和J住的房间，临时建了一个广播站。

J是乐平中学的高材生，在学校期间担任过学校红卫兵委员会主席（就是后来的共青团委员会），下乡以后很快入党，最近又被提拔为公社党委委员，是全县最年轻的公社党委委员。他不仅工作能力强，组织群众活动经验也很丰富，检查了一遍我的准备工作，指出了几个不足，然后笑呵呵地说："咱俩分一下工，你是东北人，普通话说得好，你负责广播站，我来出黑板报。"

公社领导事先已经说过，水库工地宣传这方面，由J负责，我在他领导下工作；再说，他是公社党委委员，我连党员都不是，只能跟在他的后面。我说："都是你管，我只听你吆喝，你怎么说我就怎么干。"

二

在水库工地上搞宣传十分辛苦，每天早上六点钟，就要把扩音机打开，开始第一次播音，开始曲是神圣的《东方红》。这个季节的赣北山区，六点钟，一丝晨曦都还没有出现，天空像锅底一样漆黑漆黑。公社广播站的播音时间是县里定的，水库工地要执行公社广播站的播出时间，谁也不能更改。天天播放《东方红》，塑料唱片都磨坏了，总是跳音，有时跳过一两个音节，有时跳一大段，因为没有人注意，所以也不是什么大问题。但如果不走碟了，大喇叭里播出了怪调或者杂音，值班人员不能及时解决，那就不是小事情了。

通常情况下，每天早上，我把《东方红》的唱片放在唱机上，乐曲响起以后，再把与扩音机连接的插头插上，山上山下的几只大喇叭就响了起来。播放两遍《东方红》大约是五分钟，我正好利用这段时间，叠被子，收拾书桌，把麦克风插在机器上预热，然后我再读二十分钟毛主席语录。

一次，我有点拉肚，把唱片放在唱机上就去蹲厕所了。

《东方红》奏到第二遍，不知道是什么原因，唱针在唱片上乱蹦，大喇叭播出的声音混乱不堪，而且长时间不能恢复正常。J从床上猛地坐起来，大声喊着："李金声，李金声，你在哪儿？"

我还没来得及擦屁股，边提裤子边向房间里跑，到扩音机前，先拔下对外插头，让唱机上的杂音传不到外面去，然后把唱片再从唱机上取下来。我发现是唱片变形了，不能正常旋转，导致唱针跳来跳去。我就把唱片夹在一本硬壳书里，放在地上，用脚踩了几下，找平以后，再重新放在唱机上。经过这番简单粗暴的修理，问题解决了，大山里再次响起《东方红》。

我吓出一身汗来。那个时候，这可是政治事故，轻则写检查，重则能给处分。我正在申请入党，每天都在努力表现，把《东方红》放成了杂音，完全有可能让我之前的努力前功尽弃。

万幸的是，除了J之外，其余的人都没有发现。早晨在食堂里，没有一个人提起这件事情，我估计那时大家都还没有睡醒。J也再没有提起过。他是宣传工作负责人，我想向他检讨几句，刚一开口，他就岔开话题，表扬我昨天的广播稿中一个词用得很恰当，谦虚地说"这个稿子写得好，我写不出来"。

上午，我要到工地上找好人好事，然后写成广播稿，在中午或者晚上播音的时候播出。我没有写过广播稿，不知道怎么写，向J请教，他从行李中取出一本《农村通讯员读本》递给我。这本书是省报编写的，其中有一章“怎么写好广播稿”。

我如获至宝，非常感激地冲他笑了一下。在这个读本上，我第一次知道，写故事的要素是：何时、何地、何人、起因与结果；写人的要素是：外貌素描，内心刻画，动机分析，思想提升；我也第一次弄明白了，广播稿与报纸上的新闻稿在写作上存在差异，广播稿要十分注意听众的收听感觉，有的稿件在报纸上可能是好稿件，读者赞赏，但是在广播上播出效果不一定好。写广播稿要注意易听易懂，好的广播稿在听众耳边一过，就能让人明白并且记住。

J的水平确实非同一般，文章写得不错，粉笔字和绘画都高于一般人很多。黑板报三天一期，以粉笔画为主，文字并不多，但是容易让人记住，宣传效果很好，不仅工地上的民工愿意看，县里来的领导也都停步看上一会儿。他写表扬稿从来不写草稿，腹稿酝酿好以后，在黑板前一挥而就，让我自叹不如。

最初的一个星期，我的全部精力都在广播站上。毕竟我具备一定的写作能力，与人沟通也没问题，能及时发现一些值得宣传的人和事并报道出来。J对我的工作很满意，经常表扬我。过了一段时间，我开始向县广播站投稿。消息、特写、录音报道，各种广播形式我都尝试，很快就不再是门外汉了。每天晚上，县广播站第三次播音，播出我的稿件越来越多，有的甚至是头条。

新闻需要加工，主要是提炼主题。一次，我采访了一个五十多岁的老农。他每天比别人早出工半个小时，晚收工半个小时，一天多干一个小时，除了完成分配给自己的定额之外，总要超出一定的工作量。采访时问他为什么这么做，我心里希望他能说“向大寨学习，我浑身有使不完的劲”，或者“新社会，我们贫下中农翻身得解放，我们要感谢党感谢华主席”，可他的回答完全不是我预想的，甚至让我大吃一惊。他说：“我娘腊月初十生日，我要回家给老娘做寿，每天多干一点，提前几天回去。”我说：“那个时候工地上的工程还没有结束，大家都不能走，你也不能走。”他说：“管不了那么多，老娘做寿比水库重要，再说我也把该干的活都干了！”

这次采访，我制作了一个录音报道。编辑以后，老农的话我一点也没有用，除了工地上喊号子的背景声，就是对别人的采访。报道结尾，我作为记者直接发声：“魏牛庚是走在时间前面的人，他是一头革命的牛，他的事迹鼓舞了红旗水库上三百多战天斗地的民工。”

一天，周应芳书记来到工地检查进度，把我叫到食堂，表扬了我一番。他说：“你适应工作很快，稿子越写越好，我代表公社党委谢谢你。”

这个期间，我仍然没有忘记文学写作，受那个五十多岁老农事迹的影响，写了一首民歌体的小诗《年过八十也不老》：

年过六十不服老，
干活尽往人前跑，
明明感冒发高烧，
挑土专拣高山峁……
支书劝，队长说，
谁说他就跟谁“吵”：
咱们今年修水库，
明年旱地种水稻；
人逢喜事精神爽，
年过八十也不老！

今天看来，这和诗一点边都傍不上，顶多算是顺口溜，或者说是打油诗，但“文革”中的文风就是这样，报刊发表的也都是这样的东西。“文革”中后期，北京有一个地下诗歌运动，作品传承上个世纪初新文化运动的血脉，言志、抒情，也发泄心中的苦闷，涌现了一批真正的诗人和作品，像食指、芒克、北岛、顾城等，食指写的《相信未来》，我当时还一点都不知道。

这首《年过八十也不老》写好以后，我投给了《江西日报》《上饶日报》，多日未见动静，也没有收到退稿信。又投给《乐平通讯》，没多久，在《乐平通讯》第四版上刊出来了。

“文革”前，乐平有自己的县报《乐平报》。《乐平报》是江西四个县级报纸之一，影响很大，“文革”开始后停刊。1975年，重新出版《乐平通讯》，不定期，没有公开刊号，不能算公开出版物，只在内部发行。《年过八十也不老》是我变成铅字的第一首诗，当时让我激动了半个多月。

在水库工地上一个多月，虽然很辛苦，但是收获很大。我认识了J，他也爱好文学，偶尔写一点散文。他的作品不是那种泛滥的抒情，大都言之有物。他读书很勤，思想深刻，很多见解对我而言闻所未闻。恢复高考后，第一次考试，我们俩在一个考场，坐在一个条凳上。那次我们都失利了，次年我转考中专，并被省政法学校录取。他不屈不挠，再次参加高考并再次败北。他并不气馁，屡败屡战，1979年，以江西文科榜眼的成绩，考入北京大学法律系。毕业后到日本留学，现在是日本京都大学法律教授，也在国内几所大学兼职。

这次水库工地上的经历，让我在县广播站和临港公社领导层里有了一定影响，这对我后来走业余作者之路，带来一些方便。

三

1976年年底的一天，大队出纳许丕前的女儿给我送来一封信，说是她爸爸从大队部里带回来的。

信封是白色的，下面印着乐平县文化馆几个字。我感觉这封信一定和我写诗投稿有关系，赶快撕开，从中抽出一页油印的粉红色纸。这是一个通知，上面写着："李金声同志，邀请你参加1977年1月7日，在贵溪县举办的诗歌歌曲创作学习班。"通知发出单位为上饶地区文化局，落款处盖了一枚鲜红的章子。乐平县文化馆是转发单位。

我兴奋异常，甚至有点不相信这是真的，反复读了几遍，再看看信封，确认这封信的收信人是我。下课以后，我把信拿给盛长金校长，虽说是向他报告，但也不无显摆的意思。

盛校长看了一遍，问："要去一个星期？你的课怎么办？"我这才意识到，如果他不批准，这个通知就是一页废纸，立即转成哀求口气："请其他老师帮助代一下吧，回来以后我再帮他们代课。"

盛校长沉吟片刻："那你就去吧，不过来回路费学校不负责，你要去找大队解决。"我还没有想过路费的事情，到地区参加文学创作学习班，这是何等的荣耀，全县上千名知青，爱好文学的也有几十人，唯独就通知我一个，说明我已经走到了一定的高度，路费根本就不能阻挡我向贵溪前进的脚步。

1月7日下午，我走进了贵溪县委招待所。

一号楼门前贴着几个会议指示牌，其中一个是我们这个学习班的，上面写着：参加上饶地区诗歌歌曲学习班的同志，请到一号楼102号房间报到。我找到报到房间，把我收到的通知递给一个负责的女同志，大声说“我是乐平县临港公社的知青李金声”，这位女同志翻开一个油印的报到簿，找到我的名字，待我确认以后，提示我在旁边签上字。然后，给了我一叠餐券，告诉我浅黄色的餐券是早餐券，粉红色的券是中晚餐券，一天三张，一共六天，丢失不补。

找到分配给我的住房，四人一间，门上写着名字。我和乐平县乐河厂的陈一民、乐平县文工团的杨伟雄，还有学习班的一个工作人员住在一间。我是第一个到的，四个床位都空着，按说我可以挑选任何床位，但是我底气不足，不敢选择靠窗的较好床位，就把自己的行李放在了最靠门的那张床上。

很晚的时候，陈一民和杨伟雄才到。陈一民是乐河厂广播站的编辑，我父母都在乐河厂，他是我走上业余写作的引路人，知道我能参加这次会议，看到我显得很高兴，说：“不错、不错，进步很快，能参加这样高层次的学习班了。”

陈一民介绍我和杨伟雄认识，说：“李金声是写诗的，很有发展潜力。”我谦虚地说：“刚入门，请杨老师指教。”杨伟雄说：“你也可以写写歌词，我来帮助你谱曲。”这本是一句平常的应酬话，可在当时还是让我激动很久。

在这次学习班上，我认识了后来成为江西省作家协会副主席的刘华，后来成为江西省社会科学院院长的汪玉琦，几年之后写出《致马路求爱者》小说、轰动全国的女作者韩京生等，汪玉琦还成为我一生的朋友。

刘华刚在《诗刊》复刊号上发表了一首诗，名声很大，不仅在上饶地区，省文化局来的领导都说到他。地区文化馆的杨学贵和陈一民，虽然都发表过一些作品，在省内也有一定影响，但他们都没有在全国刊物上发表过作品。《诗刊》不仅是国家级刊物，还是诗歌界的最高殿堂，复刊号只刊发了几十位诗人的作品，其中又大都是成名已久的老诗人，刘华的作品能在《诗刊》上占有一页，这让学习班里的人都十分敬佩。从我的接触来看，他不像一个诗人，少言寡语，为人低调。我向他请教创作秘诀，他不好意思地笑了一下，马上把话题转到其他地方。我借他的习作本学习，他嘱咐说，千万不能让别人看到。

汪玉琦虽然写诗，但当时让他暴得大名的是讲故事。他从小酷爱口头表达，演讲、说故事，带着方言口音的普通话说得十分生动。当时很重视群众文艺活动，对民间涌现的文艺苗子大力培养，汪玉琦是下乡在弋阳的上饶市知青，在一次弋阳县文艺演出中脱颖而出，而后成为那个年代弋阳的一张名片。他最大的特点是不怯场，人越多发挥越好，往往在最具有挑战性的场合，他的潜力才能得到更充分的发挥。

陈一民与汪玉琦熟悉，一年前，汪玉琦到乐河厂讲故事就是陈一民接待的。一天晚上，他把汪玉琦叫到我们住的房间，让汪玉琦给我们几个人讲故事。让我吃惊的是，汪玉琦连推辞一下都没有，他把四个方凳摆在房子中间，搭成一个简易的舞台，自己站在上面，激情满怀地讲了一个《周恩来的故事》。

他讲到理发员为周恩来刮胡子时，碰破了周恩来的下巴，理发员非常紧张，看着周恩来半天不知道该怎么办。这时，汪玉琦模仿着周恩来的苏北口音说："同志，别害怕，是我自己动了，没有配合好你，我向你检讨。"然后，他放低声音，减缓节奏，饱含深情地说："这就是一个大国总理的胸怀。在周恩来眼里，没有高低贵贱之分，总理和理发员是平等的，人民怎么能不怀念这样的好总理呢？"

开始时，是我们房间里的四个人听，后来人越来越多，走廊里都站了很多人。他讲完以后，大家热烈鼓掌，我的眼眶里涌动泪水。时间过去快半个世纪了，那个场面至今还深刻地印在我的脑海里。

以后，我和汪玉琦成为好朋友。我在南昌生活了近二十年，没有特殊情况，我们俩几乎每星期都要见面，最多的时候天天晚上聚在一起。我们都由文学转向，他进入经济学领域，我走向了法学，并且都取得了不错的成绩。八十年代，他到处演讲，鼓动思想解放和改革开放，在江西学界、政界，几乎无人不知汪玉琦，其影响远远超过整个省委讲师团。我也通过办几个大案声名远扬，我们不仅共同活跃在社会科学界和政界，还跨界，一同当选了江西省杂文学会的理事。

几年前，我出版了自己的第一本书《遥远的乐河》，汪玉琦应我之邀为书作序。他在序中回顾了我们之间近半个世纪的友谊，其中也有关于上饶地区诗歌歌曲创作学习班的回忆。他说：我们俩从文学开始，中途都转了向，成为文学界的“逃兵”。也许我们俩的逃跑，是江西经济学界和法学界的幸事——这两支队伍由此增添了两员虎将，对江西文学界来说，可能也是“幸事”，因为在文学领域，我们俩似乎都禀赋不够，难以取得更好的成绩。

韩京生是军人后代，学习班后没有多久，她作为最后一期工农兵学员走进了江西大学校园。在文学创作领域，她什么体裁都尝试，诗歌、小说、戏剧，江西的报纸刊物上经常能见到她的名字。1980年，她的小说《致马路求爱者》在《中国青年》上发表，赞扬勇敢追求爱情的马路求爱举动，轰动全国，其影响超出了文学领域。那次学习班之后，我曾经给她写过几封信，对我这样一个农村知青，她没有表现出一点点高傲，每信必回，而且写的都很长。她还给我寄过一些书。

毕业以后，她随夫去福州工作，离开了江西，我们再也没有见过面。她帮我推荐过稿件，那是我第一次在外省刊物上发表作品。我知道那是她的面子，福建的文学刊物，没有义务培养一个江西的文学新人。

学习班五天，除了两头开大会，其余时间都留给作者进行创作。诗歌作者写诗，曲作者谱曲，与会人员都抓紧有限的时间，认真创作自己的作品。

贵溪县委招待所在县城的一角，出门不远，信江蜿蜒流过，波浪滔滔，日夜不停。江边有捕鱼的鹭鸶，蹲在竹筏子上，寻觅捕鱼的时机。晴天的时候，鹭鸶不停地飞起、落下，把叼起的鱼一条一条送给坐在船头的渔夫。偶尔叼起一条大鱼，江边的人会大声欢呼，渔夫也会从袋子里掏出一把食物，奖励给捕到大鱼的鹭鸶。不远处有一座浮桥，大风起时，浮桥忽上忽下，行走在上面的女人不时发出尖叫声。

我把刘华的习作集抄了一遍，带着抄本，在江边一句一句地背诵。除了陈一民几年前借给我的《诗歌剪报》，刘华的习作是我的第二本学诗教材。

作为这次学习班的成果，地区文化局要编辑一本诗歌集。按照当时的中央精神，作品集命名为《颂歌献给华主席》。学习班要求，诗歌组每人要报送两首诗，供编诗集时挑选。我写了一首《华主席彩像进村来》，一首《夜编战报》，两首诗都是在江边散步时吟出来的。可能是歌颂华国锋的作品过多，写法也重复，编辑最后选了我的《夜编战报》：

窗外静悄悄，
屋内灯火耀。
几个知青在忙碌，
大队部里编战报。

评论是长枪，
杂文是飞镖，
篇篇刺向“四人帮”，
战火冲天烧。

书记磕烟袋，
欣喜上眉梢，
革命自有后来人，
知青一代逞英豪。

灯油已燃尽，
公鸡高声叫，
《战报》送到田间去，
广阔天地卷狂飙。

这本诗集把作者分为三类，第一类人有刘华、杨学贵、陈一民、汪玉琦等，他们已经成名，在省内外有一定的影响，本诗集选入他们的作品，或者是五十行以上的长诗，或者选了两首短诗；第二类人具有一定水平，发表过作品，但是还没有什么影响，这一层次的人，一个人选一首，长度在三十行以内；其余的人，每人选了一首四行民歌，放在全书的最后，算是给一个安慰。我进入了第二层次，《夜编战报》十六行，排在这一层次作者的最后。

让我意外又有些惊喜的是，学习班通知，参加学习的知识青年作者，地区文化局负责报销往返路费并付给误工补贴。在生产队里种田的知识青年，出外参加会议或者什么活动，生产队里不给记工分，为不让知青在经济上有损失，当时国家规定了对知青误工的补贴政策。可对我这样领取工资的民办教师而言，出外不扣工资，可以不用补贴，不过当时我还是领了这笔钱。

从乐平到贵溪，往返火车票两元五角；学习班五天，往返路程两天，一共七天，每天补助八角，是五元六角。八元一角钱装进口袋里，让我有了一种沉甸甸的感觉。

四

从贵溪回来，我的名字进入了乐平县文化馆业余作者花名册，成为一个在册的知识青年业余作者。

1977年，南昌起义五十周年和井冈山革命根据地创建五十周年，是宣传工作的大年。配合各种庆祝和纪念，县文化馆先后举办文学创作培训班、出纪念刊、专场演出等活动。

五月中旬，县文化馆把全县在册的业余作者集中到县城，统一安排住在县政府招待所，按照每个人的特长，分成小说散文组、诗歌组、美术组、音乐组等，让大家围绕“两个五十周年”主题创作作品。

全县在册的业余作者有七八十人，知青占了其中的四分之一。上海知青多才多艺，写曲子的有六七人，都是原来练乐器的。还有几个画画的，油画、粉彩样样拿手，画得最好的是街头宣传画。他们几乎常年抽调在县里，乐平街上的宣传画都出自他们笔下。还有一个上海知青搞雕塑，他每天穿着围裙，在招待所走廊一角搭的架子上，不厌其烦地在泥巴上又刻又划。诗歌组是一个大组，九个人，但知青只有我一个。

有了参加地区学习班的经历，我的自信心有点膨胀，觉得在县学习班里，再写十行八行的小诗，与自己的身份不符，我应该尝试写一点更大的作品。于是，我模仿肖华的《长征组歌》，创作了《再长征进行曲》。《再长征》一共六章，分为“序曲：十月的胜利”“科学的春天”“在希望的田野上”“大庆红旗高高飘扬”“要把红旗插在台湾岛”“畅想：在华主席的旗帜下”。

每章十六行，全篇一共九十六行，抄写以后厚厚一大本。我拿给陈一民，请他提意见。那个时候我的习作都是首先让他审阅，由他把关。他读了一遍，说：“题目太大，内容空泛，个人感受的东西没有，生动的诗句也没有。”他说：“这种东西只能北京的作者去写，咱们这种人碰都不要去碰。”

我有点不服气，又拿给文工团的杨伟雄老师，很希望他能把这首组歌谱成曲子，甚至幻想乐平文工团能把它搬上舞台。杨老师看过以后说，如果真的要谱曲，这么大的东西可不是一个人能干得了的，也不是仨月两月就能谱完的。他说，《长征组歌》搞了几年，上上下下反复几次，那是因为歌词作者是肖华，他是总政治部主任，军队的文艺团体都归他管，《长征组歌》集中了军队里最好的曲作家，一般作者怎么可能有那个待遇？

杨老师没有正面评论我的组歌写得怎么样，但他的意思是明白的。

我本来想接受陈一民的建议，《再长征进行曲》不作为这次要求的作品送上去，再写一首几十行的诗，但也许是创作力都耗费在“再长征”上了，无法集中精力，一点灵感都没有，试了几次，脑袋空空，激情全无，稿纸撕下十多页，一行满意的诗句也没写出来。学习班结束时，我只好把《再长征进行曲》送上去，后来，县文化馆把这次征集到的作品编了一本油印的册子，“再长征”没有入选，我成为唯一参加了学习班但没有作品选入的作者。这个经历让我明白了一个道理：好高骛远是业余作者的大忌，知青作者只能写熟悉的知青生活，最多再写写农村和农田。

县里业余作者的水平比地区业余作者水平低了一大截，诗歌组只有两个人在公开刊物上发表过作品，一个是陈一民，另一个是位中学教师。但是痴迷于文学的人很多，县汽车保养厂一位姓徐的业余作者，从十七岁开始学习写作，坚持了十七年，一个字都没有发表过，屡战屡败。据说他每天写作超过五个小时，每年要用掉稿纸五十多本。

一天，这个姓徐的作者来到我住的房间，主动找我聊天。他说，最近他写了一部反映知识青年生活的电影剧本，问我是否愿意看一看。这时我才注意到，他手里拿着一个大信封，信封下边印着“长春电影制片厂”几个字。这个长影的信封，究竟是退稿得到的，还是有其他什么来历，我就不知道了。我谦虚地说：一定拜读，好好学习。

信封内是半个剧本，大概三百多页，我读了一个晚上。剧本的名字叫《一代新人》，是写知青生活的。剧本所讲述的故事来自不久前的一篇报道，主人公就在邻县，乐平县委曾经下文要求全县青年，特别是知识青年要向她学习。记者写的报道淡而无味，没有什么生动的细节，就是表扬稿。他的改编，说好听一点是忠实于原著，说不好听一点，只把旧酒换了一个瓶子而已。

我把剧本还给他时，婉转地说了几句自己的意见。他毫不客气地打断我：“难道你不认为知识青年上山下乡好？难道你不认为贫下中农比城里的老师水平高？”

我无言以对，笑笑说，可能是我看得不够仔细吧。他不让我马上离开，滔滔不绝地讲自己的创作经验。我要承认，他的口头表达能力比文字功夫要好，听他说话比看他的稿子感觉要好。简单地说，他认为政治正确代表一切，你提出任何一点意见，他都在政治上反驳你，用领袖的语录批判你，让你感到心惊肉跳，不敢再坚持自己的意见。

几年以后，我已经离开了乐平。一次，在南昌与陈一民一起吃饭，我问起这个人。他说：“那个徐某某已经变成神经病了。他经常提着一书包稿子，到某一个编辑部门前，大声呼叫某编辑的名字（也不晓得他是怎么知道的），让人家出来。如果无人理睬，他就跺脚骂大街，说伯乐都死光了。”

五

初秋的一天，陈一民带我到县文工团，拜访剧作家陶学辉先生。

县文工团在西大街上，路南是排练和演出剧场，路北是干部职工宿舍。陶学辉住在一栋低矮的房子里，室内光线很暗，我和陈一民走进去，半天适应不了，两眼什么也看不清楚。

陶学辉坐在床沿上。天气很热，我们都穿半袖汗衫，他还穿着一件毛背心。他示意我们坐下，然后聊起陈一民的近期写作。陈一民背诵了几首新写的诗歌，陶学辉面无表情，既不赞扬，也不批评，只是默默地听。待陈一民的话完，他沉吟了一下说："诗歌不能都是歌颂，也要写点生活情趣，写一点民间疾苦。"接着，他背诵了杜甫的诗《石壕吏》。

背诵以后，陶学辉说，杜甫的诗明白如话，当时老幼皆懂，一千多年过去了，今天我们读起来也没有什么障碍。在这首诗里，作者一句话也没有讲，只是叙述事件，可是读完这首诗，读者心里会有一种很大的悲痛，觉得民间怎么会是这个样子？！这就是文学的力量。

我第一次听人讲唐诗，陶学辉讲得又饱含深情，让我的情绪长时间沉浸在这首诗中。

在这之前，我曾经听过关于陶学辉的传说。他是乐平最著名的文人，“文革”前写过一个剧本《花生种》，发表在《剧本》杂志上，他是江西在该杂志发表作品的第一人。《花生种》被改编成很多地方戏，根据当时的规定，每演一场，陶学辉都可以收到一笔编剧费。据说他当时的收入超过剧团五个人收入的总和。

1968年，干部下放劳动，陶学辉一家下放在临港公社中堡大队。他的腰不好，长时间弯腰不行，插秧的时候放一个凳子在田里，插几株移一下，比其他人慢很多。干部下放劳动要接受当地农民的监督，陶学辉总是完不成任务，个别农民甚至向他身上泼粪。那几年不仅把他身体弄坏了，也让他心里结下了厚厚的伤疤。

陶学辉背诵《石壕吏》，让我第一次知道，诗歌还可以这么写。对于民间的疾苦，我下乡已经两年多了，对农村和农民再没有那些浪漫的幻想，思想慢慢成熟起来。从乐平回来之后，我用尽各种办法搜寻杜甫的诗，找到有限的几首，都没有陶学辉背诵的那首《石壕吏》。在“文革”中出版的《李白与杜甫》（郭沫若著）一书中，只找到几句，并不完整，我也如获至宝。我把搜集到的杜甫的诗都抄写在自己的小本子上，一首一首地背诵，这些是我最早接触到的唐诗。

1977年10月，乐平文工团上演刚刚解禁的《洪湖赤卫队》，陶学辉的女儿出演韩英，他妻子出演韩母，我和几个业余作者应邀观演。

我与陶学辉坐在一起，聊起杜甫的《石壕吏》。他说你找不到很正常，《唐诗三百首》没有选这首诗，其他选本也很少选。他说，这首诗是杜甫真正的代表作。杜甫的忧愁、愤懑，在这首诗中表现得淋漓尽致。说罢，他离开剧场，回家找来一本《杜甫诗选》。借着舞台闪烁的灯光，他在书的扉页上写上：

“赠李金声。学习杜甫，做一个人民的歌者。”

六

1977年10月底，恢复高考的消息传来，知青们都兴奋起来，每个人都忙着搜罗复习资料，没日没夜地复习，我也加入了备考大军。我把各种诗集统统收到箱子里，桌子上摆放的是各门课的复习资料。其间，县文化馆举办过两期文学讲座，我都请假。《乐平通讯》又发了我一首小诗，我扫一眼，就扔进箱子里了。这个时候我需要的是大学录取通知书，而不是发表什么作品。

我的第一次高考落败。并不完全因为成绩，个中原因非常复杂，三言两语说不清楚。

1978年9月，我将年满二十二岁，这是当时参加中专考试的年龄上限，意味着当年如果我不报考中专，明年就再没有资格。在父母的强大压力下，我放弃参加高考，报名参加了中等专业学校的招生考试——成绩要求低一些，考中率高一些，能尽快离开农村。

果不其然，我考了高分，数学竟然考了满分。我被有优先录取权的江西省政法学校刑事侦查专业录取。

入校后，待一切平静下来，我又开始写诗。很快，在省报、省级文学杂志上接二连三地发表作品。《星火》杂志1981年8月号，推出江西诗坛十大新人，我名列其中。《青春》还发表了我的组诗。我终于名副其实地走上了诗坛。

这个时候我还是业余写作，但已经不再被称为“业余作者”，而是“诗坛新秀”，“业余作者”一词渐渐退出历史舞台。如今的作家分成三类：专业作家、自由撰稿人、其他写手。比较而言，我对业余作者称谓更有感情一些，毕竟我也曾经是其中的一员。

太空歌剧的钢铁之花

严　曦

《苍穹浩瀚》是太空歌剧，也是硬科幻，更是近未来科幻。

已经推出三季的《苍穹浩瀚》（*The Expanse*）是一部长篇太空歌剧，然而在近年的科幻影视中，它又是科技细节最严谨、设定最丰富、表现最精湛的力作。这样一部作品出现在太空歌剧中，不能不说是异数。而且它并不是一部电影大片，而是出自向来“廉价塑料感”很强的美国Syfy科幻频道，这更是异数中的异数。

钻石式细节

太空歌剧（Space Opera）向来是科幻影视中最难拍好、最难讨好观众的一个子类。这个标签本身就有点贬义，就像针对“星球大战”系列（*Star Wars*）前两部《新希望》《帝国反击战》的酸葡萄评论：“披着星际世界外衣的王子公主故事”。

《新希望》和《帝国反击战》确实是伟大的电影，不是它的故事有多好，而是在当年那个技术背景下创造出太空战舰、死星、空间战斗场面等耳目一新的科技表现，再加上黑勋爵和尤达这样的偶像人物，成就了它的伟大。然而“星球大战”在技术细节上的粗疏，这两部中就有反映，比如“挥舞光剑格挡激光”之类的科学笑话。那时还无伤大雅。到了《绝地归来》着力构造地面的异世界时，就全面爆发出来，弄成了一部拙劣的儿童奇幻片，收获无数恶评。至于其“前传”和“后后传”，那是和漫威抢钱系列一个性质的东西，不值得讨论。

太空歌剧的本质和难点都在于构造异世界，并反映人类（或者外星智慧生命）在这些异世界中的生活状态。文学作品在这方面有天然的优势，既可以花费大量篇幅构造细节，又可以忽略那些照顾不到或者想象不出的东西，而影视的束

缚就大了：大致固定的篇幅，决定了你必须简明扼要、直切重点；而画面形式又把镜头中世界的每个细节暴露在观众的审视之下。

阿西莫夫的“基地”系列，就是超一流的太空歌剧。他很狡猾，忽略了绝大部分技术上的世界细节，而把重心放在故事发展、人物塑造和形而上的讨论方面，否则以“基地”的时间空间跨度，累死他也写不完，还很有可能弄巧成拙。在黄金时代科幻三巨头（罗伯特·海因莱因、艾萨克·阿西莫夫和阿瑟·克拉克）中，阿西莫夫从来就不以技术想象力和功底著称，比起“钻石一样硬”的克拉克有差距。因此，我谨慎不看好目前正在酝酿的“基地”系列电影。

不仅仅是太空歌剧，目前绝大多数科幻影视，包括很多盛名在外的大片，在科技细节处理上都漏洞百出，远未达到优秀科幻小说所立下的标准。这并不是科幻迷们过于挑嘴或者“硬核”，因为大家的标准并不高，只要求创作者具备基础科学素质，别犯科盲式的错误——或者说，不要为了视觉和情节随意牺牲它。

随便举两例。

颇受好评的《太空运输》（*Cargo*，2009），上来就犯下面这种错误，缺乏对空间轨道飞行的基础认识。

一艘在失重状态下接近空间站、准备对接或停泊的飞船，绝不会打开向后的推进器。它正常的轨道操作应该是早早前喷减速，以极低速接近泊位，调整，最后以船身姿态控

制推进器制动、定位。这么近还敢打开主推进器后喷，唯一的下场就是撞上那座空间站。

这真的是高中程度的物理和空间技术知识，现实技术已经相当成熟。然而我看过的无数科幻片中，百分之九十都犯同样的错误。而《苍穹浩瀚》在重力、惯性和空间飞行这个基础科幻主题上，就比同行们领先很多光年。

再举一个近年风头极盛，号称“硬科幻”的大片《普罗米修斯》（*Prometheus*，2012）。这片子的无数惊天bug暂且不提，来观赏下片中一场科研戏。

人类历史上最重要的一次星际科考远征中，全球最精英的科学家用一个旅行包把外星人的大头拎回飞船。女主角和助手二话不说开始生物实验。

我就纳闷了。记得给我做胆结石手术的医生都戴口罩，防止口水溅到伤口里。还记得解剖兔子的时候，老师要求必须戴透明眼罩，防止它溅到我……何况这是一个价值连城的“神头”生物标本？你们真不怕DNA互相污染？

这时女主开口要求助手加三十安培电刺激。外星人能承受多少我们不知道，而人类致死电流强度是五十毫安左右，她出手就上六百倍。三十安培，家用电的保险都会跳的，是打算烤肉吗？

结果很科学：

不过，最奔放的还是女主的男朋友，在生物实验现场全程喝酒。连他都看不过眼，走了。

饭前倒胃菜上过了，我们来享受正餐。看看《苍穹浩瀚》第二季第二集，那场高潮空间战的科技细节。

作战计划是：主角乘坐的小战舰驽骍难得号（Rocinante，以下简称驽骍号），藏在一艘大货船背后的雷达盲区中接近敌对空间站，然后驽骍号伪装现身，大货船释放两个载人对接舱突袭空间站。驽骍号作为火力掩护，对付空间站火力和隐形的敌军战舰。

战斗从准备工作开始。

驽骍号乘员们纷纷进行损害管制准备，穿磁力失重鞋、座椅绑定、戴呼吸头盔、船舱排气（防止被击穿后减压气流冲击和有氧火灾）。主角霍顿手忙脚乱，把一个咖啡杯悬在空中。记住这个咖啡杯。

对接舱中，霸气小姐姐Drummer正在给菜鸟突击队员讲解空间接舷战要领。

她这个指门动作，是屈膝猫腰，手臂慢慢抬起来做的。为什么？因为失重状态下，你要是像在地面那样直着身子猛一抬手，反作用力马上把你向后扔出去！该剧的拍摄过程中，演员当然是在地球上表演的。只能推测，剧组真的对他们进行了某种太空人训练。

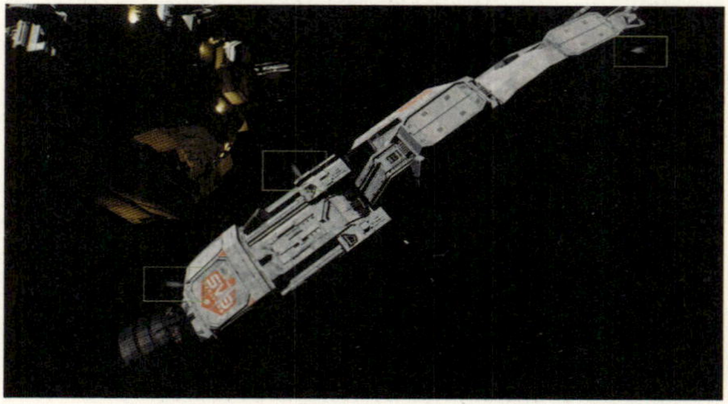

突袭开始。驽骍号从货船背后的雷达盲区中跑出来，伪装成空间漂浮物，以便接近敌人时麻痹对方争取时间。怎么伪装？主推进器不点火，使用冷喷的姿态控制喷口造成自旋，这样在空间站的雷达和红外视野中，它就是一个低温无动力乱转的货柜。这才是正确的逆时针旋转打开姿势。

这时在船内，霍顿船长正在被战友教训：“海军没教过你作战之前要固定所有装备吗？”霍顿灰溜溜地伸手抓住空中狂转的咖啡杯。为什么咖啡杯在转？因为船刚才转起来了，但船舱排空了气，运动并没有传导至悬在空中的咖啡杯上——所以它现在相对船和人作顺时针旋转。

距离拉近，图穷匕见，点火！正确的飞船-空间站接近姿态，在这部剧中是白菜般的基本操作。

隐藏的敌舰立即出现。两舰在贴身距离用近防速射炮（PDC）互怼，都被打成了蜂窝（所以要排气、固定、戴头盔）。船舱中充满熔化金属碎屑在失重状态下画出的炮弹轨迹。这一点在硬核科幻迷中引起了不少争议，有人认为PDC这种小口径速射炮作为空间战武器太low，空间战应该是超视距的，使用制导或高能射线武器；还有人认为战舰太不经打，炮弹像穿纸灯笼一样对穿而过，远没有《太空堡垒》之类的战舰扛揍。

然而，这背后有精细的军事和航天技术考量。《苍穹浩瀚》是一部近未来科幻，科技特征是基于当代技术的有限、可行进步。最重大的科技突破是核聚变技术和基于它的高效空间推进器，空间持续加速度能跑到十几个G，在我们看来已经强悍无比（现实技术受燃料限制，空间持续加速度远远到不了1G），然而基本的空间物理仍然必须遵守。没有毁灭一切的高能激光武器，所以远程用核导弹（真的是大家随便乱扔），近程用电磁轨道炮攻击，小口径速射炮防御。空间战舰仍然不能堆装甲——增加死重——拖累推重比，也没有原理匪夷所思的“防御场”。只能继承现实中空间飞行器的薄皮，随便敌人打穿，拼人品。驽骍号的近防炮首先是用来拦截敌舰射向货船的导弹，然后在围绕空间站的近身缠斗中，才成了大杀器。

关于这个穿孔弹道，下面是我在科幻片中看到的最神奇、抵死较真的科学细节：

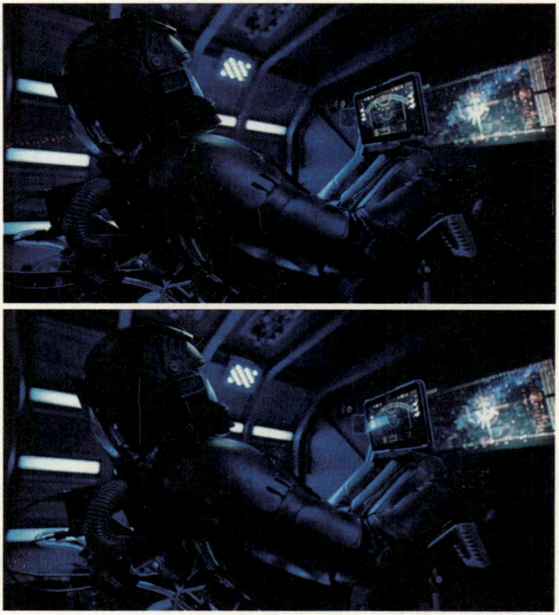

看出上面两图之间的蹊跷了吗？上图中穿孔处还是平直的失重悬浮弹道，下图中熔化的金属渣却掉了下来。这是因为前景中的飞行员刚刚做了一个大的机动规避动作，飞船自身的推力产生了假重力过载。

对于剧组设计和技术指导的脑子而言，这真是疯狂的全景深度物理建模。而对科幻观众而言，这种身临其境、一切细节真实可信的感觉太过瘾了。

再来一处细致到疯狂的处理。

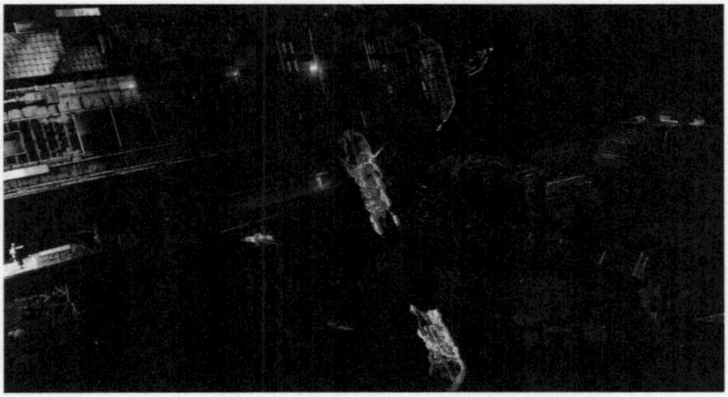

弩骍号处境艰难，绕着空间站和敌舰躲猫猫，却因为要掩护对接舱，不得不冲出去干掉空间站火力点。刚刚冒头，守株待兔的敌舰一记酷炫轨道炮轰过去（横飞的是电磁轨道炮强力放电时产生的紫色电离焰，现实中的实验电磁炮射击中可观察到），好像没打中。然而弩骍号原本姿态稳定，现在却傻愣愣开始翻滚。

为什么在翻滚？镜头拉近才发现，刚才那一炮擦过驽骍号背部，划出一道熔化的大口子。就因为偏了这么一点，船身没被打成渣，却获得了角动量，所以转了起来……

飞船在太空中做这些花哨的机动（前提是你有那么厉害的空间推进器），代价就是比大气层战斗机飞行员还要可怕的过载。于是我们不断看见，过载如附骨之疽，每次机动船员们都被压得龇牙咧嘴，战斗中离开座椅修理故障的机械师被甩得昏天黑地，磁力靴都粘不稳。第二季中，驽骍号飞到15G追赶爱神星，船员们尽管捆在过载椅上外加超量注药，依然全都是口鼻流血的垂死状态。

而第三季中花枝招展的“巫婆”乘竞速艇逃命，被火星胖妞勒令取下耳环，因为“6G时那玩意会把你的头撕碎”。最后她被压成这个造型，脖子皮都快绷不住了。

这里我很不厚道，再贴一张闲图——《星球大战：西斯

的复仇》（2005）中飞船再入大气层的场面。无升力弹道式再入，船壳被空气摩擦得通红燃烧，而且结构损坏，起码应该是7G以上过载。这飞船也没有“人工重力场”之类的黑科技，因为几分钟前飞船断裂时，他们还在里面东倒西歪荡秋千，可此时的他们却优哉游哉。

《苍穹浩瀚》对空间失重状态或高G状态运动物理的反映，对空间和宇航技术细节的真实再现，渗透于所有太空场景，俯拾皆是。例如第一季中，这个在谷神星上倒酒的神奇抛物线：

这是“科里奥利力”的表现。因为谷神星上主要靠自旋产生模拟重力，旋转体系中重力方向与地面不垂直，惯性抛物线就会扭成这样。

细节的精准并不仅限于物理运动。化学、生理和医学设定同样准确。失重有氧环境下，短路火花造成的电器火灾是这样的：一个圆溜溜的大火从键盘缝里钻出来迅速膨胀，自由飞舞的小火球也十分可怕。女主角娜奥米经验丰富，吓得赶紧开门放气，瞬间扑灭。

在低重力环境下长大的小行星带人Belter身材细长、肺泡脆弱、骨质疏松，被称为“粉骨头”，不仅容易骨折，在地球上待着就是最可怕的酷刑。第三季中，神秘星环制造的太空事故导致大量人员撞伤。这些伤员的轻度内出血在地球上很好治，在无重力环境下却成了绝症，因为没有重力的话，会导致伤处涌出的血液无法引流，进而产生凝血压迫和组织肿胀，后果致命。

当然，失重并不是只有坏处。比如可以开云霄飞车。

下一秒钟飞船推力启动，产生假重力。他们摔下来了。

据现实中在轨道空间站长期生活的夫妻宇航员透露，太空性爱是一项高难度艺术。身体没有重量当然很好，但难就难在也没有系留和支撑。人体与环境物体之间、两个人体之间，会像皮球一样弹来弹去，还会在空中乱飘，包括头发和体液，所以享有充分自由之时，束缚才是关键。

霍顿同学（或者剧组艺术指导）显然很有经验，看他脚趾头抓得多紧，快赶上猴子了。

很多观众赞扬《苍穹浩瀚》是罕见的“硬科幻”电视剧，我却对这个标签有些看法。无论影视还是小说，科幻强调软硬之分（近年蹭热度者众多，甚至出现了“稀饭科幻”的子分类），本来就是中国特色，在我看来，这是中国科幻创作能力不平衡的表现：绝大多数创作者不是缺乏基本科学素养，就是缺乏基础文学（或戏剧）技能；而国外的科幻创作和评论中，这种概念分野非常模糊。

优秀的科幻无所谓软硬。

那么什么是优秀的科幻？我的标准：

科技方面，不在于概念和设定的炫酷高深，而在于对基本科学原则和事实的尊重，对科技主题的熟练理解、运用和预言。

幻想方面，不在于必须和现实接轨（比如我们知道相对论的正确性，但大量科幻中都有超光速之类违反相对论的设定，完全没问题），尽管去天马行空，但在自己的体系内一定要自洽，逻辑顺畅，情节合理。

文学方面（影视同理），除了基本的文学素质，一定要让科技内容成为情节发展和故事进程的原生推动力，而不是沦为滥俗故事的背景布，文学与科学脱节。

《苍穹浩瀚》无疑超越了以上所有方面的标准，不是靠预算和视觉刺激去硬砸，而是背靠一部优秀科幻小说，呕心沥血深耕细节，达成了幻想艺术的最高成就：创造世界。

饭后甜点，是剧中最激动人心的航天技术幻想之一：怎样玩转一艘超大型飞船。

同样，魔鬼在细节中。

诺伍号（Nauvoo）飞船，是地球摩门教徒委托第谷空间站建造的超大型星际飞船，准备用来进行一去不回的星际殖民。这是一艘预计飞行时间长达百年、完全自足的世代飞船（即会有几代人在航程中出生、死去），尺寸长达几公里，重量和复杂度更是史无前例。它当然只能在无重力轨道上建造。

这是船艏特写（那个巨型天使雕像，周围的构建台架正在脱离）。

当人类面临爱神星灾变危机时，双主角之一米勒说动了空间站负责人约翰逊，紧急征用诺伍号，准备用它撞击爱神星，毁灭上面的一切。问题在于，它原先是对准遥远的恒星。这么大一艘飞船，怎样让它尽快转向呢？一般飞船使用的冷喷姿态控制推进器，对这个巨无霸来说显然是杯水车薪，要让它用主推进器飞起来再转向，那个转弯半径恐怕比空间站绕日轨道的半径更大。

第二季第四集用让人目瞪口呆的三分钟告诉你怎么办。

首先拆掉构建台架，放开飞船固定在空间站上的所有锚定支架。

然后空间站中飞出蜂群般的牵引推进器，貌似无人机，其实每个都有小型飞船推进器那么大。

它们把自己附着在飞船船壳上，然后开始汹涌喷射。附着在不同位置的牵引推进器一组组顺序点火，制造扭转的合力。

第三季的另一次扭转诺伍号行动，远景中的牵引推进器蜂群顺序明灭，合力场景更为壮观。

浑身爬满推进器的诺伍号很快转到了预定方向，然后牵引推进器蜂群开始脱离。

点火！蜂群簇拥之中，诺伍号庞大的主推进器环组喷出聚变尾焰。

一只勤劳的小蜜蜂被尾焰误伤，瞬间化灰。

连几十米宽的钢铁台架都熔化、断裂了。

没关系。我的征途是星辰大海。

近未来气质

科幻创作的难点之一，在于构造一个完整细腻的异世界。优秀的世界构造不仅要有空间维度、时间维度，还要有科技深度。传统的太空歌剧可以在前两方面做得很好，但科技深度实在是太难为人了，作者一般没有能力搞定，只能故意忽略。

比如“星球大战”系列，已经算做得很好。世界的广阔多变是其特色，历史延伸在堆积了几部前传后传之后，也算丰富，唯独技术方面，《新希望》立下了标杆，但其他五六部基本放弃了科技挖掘和创新，只能靠一部比一部精巧的视党场面来充数。

反面例子是《沙丘》。这部关于星际战争的长篇系列，完全放弃科技方面的追求，搞成了一个骑士战争故事。其质地是封建农业社会和君主专制争雄，只在背景布上草草画了几颗星球。

正是这种“科幻”作品，导致了太空歌剧这一体裁的衰落，因为它们两头不讨好。硬核科幻读者嗤之以鼻，泛幻想文学爱好者也不会欣赏：与其看这样不伦不类的东西，还不如去看《冰与火之歌》或者《魔戒》。别人的世界更加广大深邃，而且世界与其支配力量之间非常和谐，中世纪和骑士，本来就该配上魔法、剑与龙，于是在《基地》和《沙丘》之后，上述基调矛盾导致太空歌剧急剧衰落。

从二十世纪八十年代开始，新派太空歌剧开始回潮，大家为绕过这个基调矛盾的症结，八仙过海各出奇招。

其中日本人一马当先。拼拼凑凑出生的动画科幻长剧《太空堡垒》（*Robotech*，1985），一跃赶上了F-14战斗机这样的军事技术时代偶像，居然能反攻美国市场。田中芳树的《银河英雄传说》，在技术上仍然是笑料：从中古骑士进步到了“一战”水平的大舰巨炮主义。然而，它引入了不同政治制度竞争这样的时代主题，而且非常超前地嘲笑“政治正确”和民主制度。至少在东亚，它也打出一片天地。

进入二十一世纪，美国本土的《太空堡垒卡拉迪加》（*Battlestar Galactica*，2004）也算为太空歌剧出了一口恶气。

它凭借庞大预算和精良制作，把手伸进了机器人和人工智能的超前领域。正是因为这种冒险精神，这部神剧在最后两季垮了。机器人和人工智能在现实世界中，才开始万里长征的第一步，能够玩出的花样不足以支撑一部长篇太空歌剧的体量，所以《卡拉迪加》在最后两季只能无休止地政治说教，以及卖弄西方文艺创作中阴魂不散的宗教情怀。

检点这些前辈作品，我们可以看到太空歌剧与近未来科幻之间的深刻鸿沟：太空歌剧讲究奇想天外；而近未来科幻讲究从现实科技延伸，幻想的发挥犹如戴着锁链跳舞。太空歌剧的构架太大、太复杂，难以进行严谨的科技展开，勉强操作多半会贫血，不如从头放弃。因此它缺乏科幻精神中最动人心魄的一面：科技前瞻性和预言力。

而这个属性，是科幻最本质的吸引力之一，所以儒勒·凡尔纳的作品到今天还有人读得津津有味；所以太空歌剧虽然在过去三十年迎来了复兴，但它和硬科幻、近未来科幻之间仍然是对立的流派。

《苍穹浩瀚》，则彻底打破了这个藩篱。

它是太空歌剧，也是硬科幻，更是近未来科幻。关于"硬"的方面，上一节已经说得不少，本节来看看它作为近未来科幻的严谨和前瞻性，视角则是当代人体验最多的技术领域：信息设备。

《苍穹浩瀚》中的招牌信息设备是透明手机和平板系列。头一个让我兴趣盎然的，却不是那些让人眼花缭乱的高端设备，而是“未来的技术历史”。

该系列故事到第二季第六集告一段落。作为过渡，倒回去讲了一个一百多年前的番外篇故事：剧中那随随便便跑出十几个G的聚变空间推进器是怎样发明的。

发明家所罗门·爱泼斯坦是个悲剧天才。这名字犹太味之浓烈，就差指着鼻子说：“看，爱因斯坦二世！”但是他不会说汉语，因此被飞船上的中文操作界面和自己发明的超级推进器给害死了。

他快死的时候，手里捏着这样一款手机。

可以跟剧中的“当代”高级手机对比一下——“巫婆”手下间谍用的手机。

凭这两个一秒镜头，我们就能看出一百多年间手机技术的传承和进步。

首先，都是基于透明平板显示的核心技术，然而百年以前并未做到完全透明，屏幕下方还有固定操作按键，平板的周围还镶嵌着金属边条，下方还有个上螺丝的方盒构造。我们可以有根据地猜测：边条是显示控制线路，方盒中装着电池和计算核心（例如芯片）。这说明那个时代的手机技术尚不够好，起码还做不到电池和控制电路的无痕。而百年后的手机已经是全透明，根本看不见电池和计算核心在哪里。

也许有人会打个问号：一百多年前的手机还长得这么像？要知道我们地球人一百年前拿在手中的不是手机，还是烟枪呢。但这样的速度感是一种幻觉。

二十世纪是科学技术大爆炸的时代，这导致很多当代人，尤其是中国人，相信科技进步速度是指数膨胀的。实际并非如此，科技进步的曲线不是线性，也不是指数，而是阶段性浪涌。二十一世纪初，由于基础科学研究难以突破，技术进步已经初现停滞，成为这几年全球经济压力的内因。就拿电池来说，由于电化学原理有其局限，电池蓄能密度成了多种应用技术的瓶颈，数十年没有大的进展。近年来以锂电池和镍氢电池为代表的技术已经是竭泽而渔，才能勉强实现梦想了一个世纪的电动汽车，但大型全电飞行器仍然遥不可及。如果一个手机真能把电池和计算部件做得看不见，一百年算是很快了。

另一厉害之处：百年前手机还是规规矩矩的硬件本身显示，而当代手机的显示和操作界面已超出硬件本身尺寸。图中右侧的一排按钮，实际上是浮在平板边缘之外的投影。

从这两张截图中清晰可见，一个手指甩动操作把投影甩到了屏幕之外。

同现实世界中一样，当代手机也是有高低贵贱之分的。

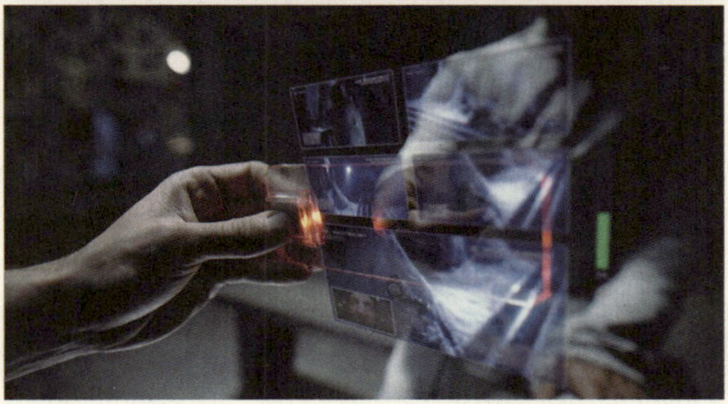

上图是穷鬼警察米勒的大路货手机，裂了这么大一个口都不肯换。这款手机没能实现完全无痕，下方还带着个金属方块，但仍然支持超出硬件尺寸的投影界面。下图中同款手机的投影界面超出硬件面积两倍之多，同时支持五路视频和实况采访分析。这个手机是直线边缘，而上面的手机则是折线边缘。我们会看到，在《苍穹浩瀚》的信息设备世界中，折线高级，直线低级。

配上警务专用系统授权，这个手机还是挺厉害的。

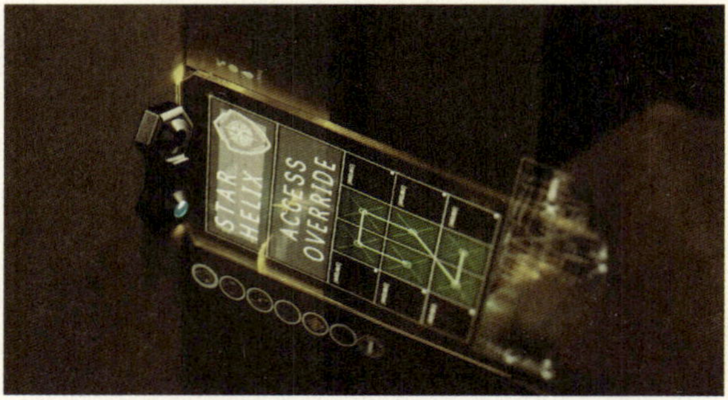

比如可以用来做电子万能钥匙，开别人家的锁。

但它就不能像“巫婆”的高级手机那样，直接支持大画面三维投影。米勒的平板同样是直线边的大路货，也做不到。那么需要三维投影时怎么办呢？必须依靠环境辅助设备。

比如这个平板插在桌上那个白色的“盒子”里，才能让空间充满星空与轨道的三维投影，并支持手势+自然语言双轨操作。

然而上图中，米勒用一个手势就将平板显示甩到家中电视机上，继续语音操作。这说明，即使在小行星带这么穷的地方，警官只能住鸽子笼式的蜗居，数字环境建设仍然十分完备。所有信息设备无线互联，以及自然界面智能操作系统，已经是和水电一样的基础设施——我们的现实世界中，从PC进家门开始到这个水平，大致走过了三分之一。

高级货用起来更加得心应手。上面这块是第谷空间站约翰逊的平板，与“巫婆”的手机造型和风格完全相同。

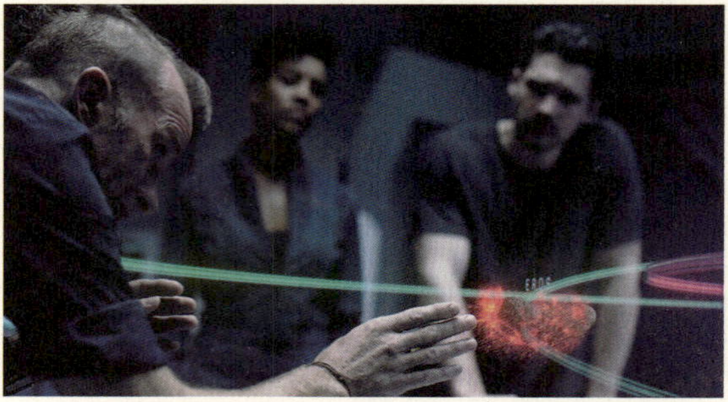

米勒借用这块平板，直接手操投影，向一屋子人讲解自己的轨道空间作战计划。这一幕当中最神奇的，还不是那个轨道战术模型会跟着他的自然语言演示出飞行、爆炸等等动态概念，而是投影技术的对比。

米勒在自己家中用那个低级的盒子硬件投影时，被他自己身体遮挡的室内空间是无法显示投影的，缺了一块，但

在这个空间站中投影时，我们清楚可见，被约翰逊身体挡住的空间同样有轨道投影显示。也就是说，这里有专门的环境设备与平板互联，可以无死角投影。这样的小道具，这样简单的十几秒钟镜头，设备和技术环境的代差仍然得到充分展示。这就是《苍穹浩瀚》细致入微的极客精神。

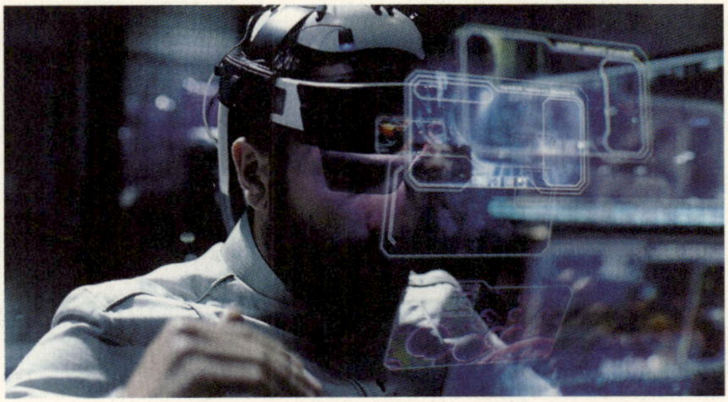

如果说剧中的手机相当于我们的手机，平板相当于笔记本电脑，那么这个酷炫的极客装备就相当于大型工作站。脑波、瞳孔聚焦和手势三重混合操作，从DNA分析到行星表面监控，一个人并行控制所有程序。为使用这个，疯狂科学家不得不接受神经改造手术，装了人机接口。

《苍穹浩瀚》中信息设备设计之精美，功能之合理，层次代差之分明，技术与情节环境融合之自然，简直可以作为未来的业界标准。

这是近未来科幻的光辉典范，它植根于现实技术，没有任何不切实际的幻想，严谨遵照科学技术发展的逻辑进行外延。剧中铺天盖地的屏幕和投影，无处不在的无线网络和智能辅助接口，正是当代信息社会发展的前景。

这些，只是剧中诸多科技设定中一个子系统，和它同样根基稳重、细腻复杂的技术系统外延，还包括航天器设计、武器系统、太阳系行星开发和殖民技术等等。它们涵盖的科幻点子和技术思想并不算独创，但是以如此丰满的设计和画面全方位表达，在影视作品中还是第一次。

它的前瞻有多靠谱呢？只有时间才能回答。如果以剧中的信息系统而论，我认为三十年之内能见分晓。

科幻界向来有个笑谈：二十世纪中期无数科幻大师，没有一个预测到以手机为中心的移动互联网爆发。其实这也不算丢份，因为未来学家和IT专家也没预测到。尤其是计算机和网络科学家，绝大多数恰好预测反了，他们太过阳春白雪，曾经认为承载科研和尖端技术任务的大型计算机系统才是网络发展的主流。在这个问题上，弗里曼·戴森（骨灰级科学幻想者，戴森球概念的创始人）一语道破真谛："计算机技术为什么取得如此巨大的成功？秘诀在于把它变成玩具。一旦熊孩子们能坐在家里把计算机当玩具摆弄，这个产业就起飞了。"

对那些永远长不大的理工型熊孩子来说，科幻就是终极游乐场。

故事与文化

一部幻想作品，最关键的素质是让读者或观众产生身临其境的真实感，这就是为什么幻想作品中的世界构造如此重要。为了让《冰与火之歌》的虚构世界产生这种真实感，马丁不惜在主线故事之外，以百万字篇幅编织历史、地理、民俗、神话、轶事和器物。《权力的游戏》第八季的大纲剧情同样出自于他，但落在两个俗物编剧手里，转眼成了史上最大烂尾之灾，就因为缺了这样的底气。

所以我看科幻先看技术细节。书在二十页之内，影视在十分钟之内，不需任何情节进展，一位靠谱的作者仅凭细节就会让你建立信心，感觉在一双巧手呵护之下，下面必然是奇妙之旅，可以沉浸其中；而不靠谱的作者，会让你在春秋战国遇上唐诗，在银河系每个角落都遇上一只大章鱼。这时你还来得及弃坑。

那么，《苍穹浩瀚》这样一部质地绝佳的作品，为什么在美国和中国市场都不温不火呢?

它在美国本土市场的遭遇足够坎坷。Syfy频道对这个原创大制作期望很高，但从第一季开始收视率就节节走低。2017年剧组荣获雨果奖最佳戏剧呈现奖，2018年却惨遭Syfy取消续订。

然而它的生命力也够顽强。美国的硬核科幻迷发出了音量巨大的抗议，网上请愿以乔治·马丁领衔，签名高达十万人。他们甚至发起众筹，雇了一架飞机扯着“# Save The Expanse”的横幅，绕着亚马逊影业总部飞。

剧中演员也加入这一请愿活动。里应外合，贝索斯终于被打动，当了接盘侠。这样2020年才会有第四季。

在我看来，《苍穹浩瀚》的际遇是二十一世纪科幻，乃至整个文学–影视圈生态恶化的缩影。

在美国，科幻的黄金时代已过。核心科幻受众处于高潮之后的历史不应期，而普通受众已经被移动互联网传媒简单化、浮躁化，美国当今的科幻品味，代表就是漫威出品。

在中国，科幻则是未熟而先衰。核心受众的问题比美国还严重：多了一层国内国外科幻传统的文化落差，本土科幻连“沧海”是什么样子都没见过，就已经看不上各种水。普通受众的问题和美国相同，在流量明星文化腌制之下，注意力更加脆弱。好容易有一部《流浪地球》火了，却又被大量跟风碰瓷的“稀饭科幻”淹没，热情在原创后继乏人的困境中冷却。

别看走红网文动辄几百万字，网红剧动辄几十大集，其卖点却是感官刺激泛滥/套路化，信息含量稀薄是其优点。市场品味和风向如此，正统科幻强调的信息密度和激发思考，非但不是长处，反而成为痛脚。大部头硬科幻更是自讨没趣，谁有那耐心踏入不熟悉的领域，花那么多时间，动那么多脑子？要享受新信息，五寸屏智能手机加碎片时间就足够了。

如果我们剥去《苍穹浩瀚》考究的技术细节，以流量、网红的眼光来衡量，这部剧就是一副标准扑街相：没有明星，节奏偏慢，支线纠结缠绕，很多情节段落流于沉闷，大多数刺激元素都需要一定科学功底才能欣赏。再加上一个两头不讨好的特色：政治正确。

就故事而言，小说原著和电视剧受《冰与火之歌》影响非常深，群像体、多线故事，没有绝对主角，重要角色说死就死；故事推进缓慢曲折，大量篇幅花费在世界细节上。两位作者自己都承认受马丁的提携，期盼能继承他的衣钵。

那为什么《冰与火之歌》红得发紫，《苍穹浩瀚》却近似埋没呢？我认为有三点原因。

首先，《冰与火之歌》是万年天坑，出生于幻想文学的黄金时代，直到今天都没填完，坑了两个编剧、HBO和全球电视观众。但它几十年积累的忠实受众和影响力，是后来者无法企及的。时代确实变了，《苍穹浩瀚》想赶上砖头文学和大世界科幻彻底没落之前最后的盛宴，然而物是人非，非惊才绝艳之作难以出头。

其次，故事水平确实有差距。《冰火》形散而神不散，笔力苍劲，在功成名就之后越发从心所欲，反而创造力喷发，改编剧本也大部分由原作者亲自下场。而《苍穹浩瀚》文笔稍嫌平淡，多线叙事时有脱节之感，要求观众有足够耐心才能浸入。剧本又由向来喜欢零碎乱切的Syfy编剧操刀。另一个很大的麻烦是：原著是两位作者集体创作。集体创作是艺术的工业化，在大部头作品中尤其危险，难以写出打动人的深度，更难保持故事逻辑的严密。

第三，《苍穹浩瀚》的故事和人物气质有点傻白甜，这与黑暗、变态、重口的当代趣味格格不入。马丁就是变态人格和重口故事之集大成者，以严肃文学的细腻阴阴讲来，刺激效果奇佳。《苍穹浩瀚》的设定，本来可以拿天地之不仁、人类之恶劣大做文章，但作者却显得拘谨，放不开手脚，甚至保留着科幻幼年期的理想主义和温情脉脉。主角霍顿是个比囧雪还囧雪的圣母，连脸都长得像；反角们普遍温柔敦厚，坏都坏不出激情。无菌的宇宙环境又缺乏体液横飞，演不出让人脸红心跳的兽性。在逐渐倾向于全面解构的后现代社会意识中，这种气质相当不合时宜。

希望在于：这也是一个没有完结的系列。从原著最新一部看来，两位作者随着系列的成功，水平进步很快，羁绊越来越少，笔力越来越强。电视剧在第三季结尾，已经初现大开大阖的宗师之气。

从文化角度观察，这部剧真是拿出了最大的诚意，来撑起世界大同和多元理念。

美国已经分裂，殖民火星的先驱者是中国人、印度人和“得克萨斯人”。剧中处于风口浪尖的小行星带人民，所有种族均匀混合。说着南腔北调的什锦英语，相貌是Syfy本色的歪瓜裂枣，外加全民朋克。

两位男主角的女友，一个名叫朱莉·安卓米达·毛，一个是莫西干发型的黑人。真正的女主角是个烟灰嗓的印度老太婆，英国式公务员，每天换着骚包炸天的莎丽，黑地飞金的套装，飞来飞去拯救太阳系。

另外两位重要女性角色：火星陆战队员“胖妞”的演员是南太平洋岛民；霸气小姐姐Drummer的演员是加拿大印第安人，说起英语来舌尖都快嚼掉。

一号大反派姓毛，火星旗舰的女舰长姓姚，地球的军事统帅姓阮。还有一对纯中国种田流的父女档占了大量戏份。

看剧的时候，我有时会产生幻觉：亚洲系人物比欧美系的还多，这是一部为东方市场量身打造的科幻？

这些演员都是好演员，然而这些努力，终究是俏媚眼做给瞎子看。在美国，偏离单细胞大众的主流太远，难以被欣赏。在中国，又因为受众文化隔膜和创作底蕴的单薄，难以产生共鸣。

文化这件事，爽点在于深耕。比如《冰与火之歌》对欧洲中世纪文化，《魔戒》对北欧神话体系，《海伯利安》对西方宗教和诗歌传统。难点在于跨界。比如中国网文圈非常优秀的军事幻想小说《国家意志》，一写到对面印度人的内部生活就贻笑大方，把印度高层写成蒋匪状。再比如同是《海伯利安》，长篇大论意淫中国的禅宗，让中国读者几乎看不下去。

《苍穹浩瀚》在这方面雄心万丈，仍然是力有未逮。比如头号大反派皮埃尔·毛先生的座船叫“观世音”号。这位中国姓、中国脸、法国名的超级土豪，用普度众生的菩萨做船名，中堂神位却供了一副杀气腾腾的日本盔甲，杂拌文化绕来绕去、瞬间出戏，把自己都绕晕了。

再比如这个制服船徽上的船名，是什么东西？这艘军舰叫“迎面而来的风暴”？

其实意思就是上面那个英文词“Scirocco”。这个词源于阿拉伯语，非常专门化，是指地中海地区从北非沙漠吹来的夹砂东南风，通常对航行的海船很不妙。对于有深厚航海传统的英语来说，这个词做船名很合适也很酷，而中文跟这个词毫无共鸣，硬凑上来就这么尬译了。中国观众看到这个，只会把它当成《萤火虫》（*Firefly*，2002）台词中那种莫名其妙的假中文。如果剧组翻译水平高一些，按地道中文的节奏译作“热风号”，会好得多。

剧组很努力，但感觉是用力过猛，扯得到处脱线。可见文化跨界之难。创作者在这方面一定要量力而行，最好是坚定信念：文艺创作“越本土就越世界”。

《苍穹浩瀚》的待遇，神似当年叫好不叫座、一季而亡的《萤火虫》：一群硬核小众评价极高，愤愤不平；专业评论圈温言嘉许，有气无力；电视大众五分钟之内找不到爽点，漠然处之；金主面有难色，自己最出色的孩子都不想养下去，能有一个贝索斯为情怀买单，已经比《萤火虫》幸运多了。

这是一部优点缺点都极其鲜明的另类科幻作品，尽管在综合部分对它多有挑剔，我却热爱它。因为它反快餐、不迎合，立下自身力量都难以支撑的宏愿，以“蝼蛄掘地求长生”的态度深深挖掘，去追赶黄金时代科幻最后的余晖。

活到现在，其实它已经成功了，而且对中国科幻发展的方向有深刻指导意义。君不见，随波逐流急吼吼去圈钱的大片们，终于开始撞得头破血流？它们所欠缺的，正是《苍穹浩瀚》中喷薄而出的本格气质。

我是科幻，就去做科幻该做的事。做到极致。

图片来源：美剧《苍穹浩瀚》，电影《太空运输》、《普罗米修斯》、“星球大战”系列及网络。

碟变

余　斌

我刚开始买碟那会儿，还不叫碟，叫唱片。这是七十年代中期，家里终于有了一部电唱机。

电唱机

从小学到中学，同学家里有电唱机的，屈指可数，大体上小孩是不准碰的，金贵可知。其时年轻人结婚条件中强调的“三转一响”未含此项，足证尚属奢侈品的范畴。

另一方面，当时能够买到的唱片，不是样板戏就是革命歌曲，而且这里的“革命”还是“文革”时期的定义。同样的歌曲一天到晚电台在播，高音喇叭此起彼伏地响，听得耳朵要起茧子，也实在无须再去听唱片。倘有“文革”前的存货，则又是容易惹祸的玩意儿，大人正要严加防范的。故有唱机的人家，多半是束之高阁。小儿好奇心重，音乐尚在其次，摆弄那装置就是一个诱惑，故到有唱机的同学家去玩，总是极力撺掇将唱机拿出来放。家有唱机的底细，自然是小主人自己暴露的，因不免要向小伙伴炫耀。

最初见识唱机、唱片，应该是在上小学开大会的时候。每次大会，管广播器材的老师都有一番忙乱，将扩音器、麦克风、唱机搬到操场的主席台上，还要布好线。唱机的功用限于在大会开始和结束时放音乐，需播放时就见那老师半弯着腰上台去，小心翼翼抬起唱盘上的唱臂。

这都是远观，真正得以近看，则是在一同学家中，只能说是近看，“亵玩”是绝对谈不上的。听他说唱机他家也有，我们都说他吹牛。在我们想来，那是学校这种地方才会有，也才该有的。但是事情的真实性很快得到证明：在一摞箱子上面，他指给我们看一个小皮箱似的家伙，和我们在主席台上所见大差不差。接下去自然是强烈要求他“放一个听听”，几番激将，他终于大着胆子凳子叠凳子地站到高处，将那宝物搬下来，又打开柜子从一隐蔽的角落拿出两张唱片。显然大人的坚壁清野没有阻止他对秘密的发现，另一点也是显而易见的：他大概极少胆子大到当真下手去摆弄，除了将其打开，后面的动作都带点试探性。

后来我在别人家里见到过收音、放唱片合为一体的两用机，还有那种大得像半截柜的落地式，都是唱盘安放于顶。他家是单独的唱机，须收音机来放音扩音，他找出根线，在两机之间乱插了一通，除了制造出一些啸鸣音外，别无结果。这很让人扫兴，但我们仍要求他放起来，因看到唱片转动就有一种满足，而且后来发现，唱针与唱片摩擦就可产生音响，这时会有一种金属性的虫鸣般的声音出来，可以听出旋律，人在唱。

这让我们大为兴奋，都支着耳朵卖力听。几个脑袋在转动的唱片上方，当中有一位嫌听得不分明，恨不得将耳朵贴到唱片上去，一不小心碰到了唱臂，唱针立马越轨，横着划过唱片，发出吱呾的怪声。闯祸者顿时脸刷白，唱机的小主人则急得眼泪都要下来了。其他人也都有闯祸感，于是此次观摩唱机暨听唱片活动戛然而止，大家迅速作鸟兽散。

我真正有机会亲炙唱机，是小学五年级暑假生病住院那段时间。小儿科病房有台电唱机，因是病房里的孩子王，无形中唱机成为我的禁脔，颠来倒去播放那十几张唱片，成了病中乐事。所谓“自动”的电唱机，都是一移动唱臂，唱盘就开始旋转；唱臂移到唱片边缘的位置时会自己徐徐落下；一面放完，唱臂又会自动抬起归位到搁架上。病房那台唱机许是出了问题，全得手动，且人得看着，不然放完了唱针突然快转几圈就出轨，没头苍蝇似的在唱片上乱颤。唱针是从外往里转，越到后面转得越快，要将一曲听完而又不让出轨的事情发生，不迟不早地将唱臂抬起，还真不能分神。开始播放时则要能让唱针不偏不倚落在唱片最外的轨道，转动之中，又要轻拿轻放，也是细活。

也是从那时起，我对唱片有了一种无言的喜好。起先可说是物质性的，那些细密的唱纹让人觉得无比神奇，我会对了光亮看，看那一圈一圈密密匝匝的排列，仿佛面对神奇的图案。均匀排列的唱纹之间还可看出一些明显稍阔的道道，那是曲与曲之间的间隔，在我的想象中，像剧场座位之间的过道。我后来可以让唱针准确地落在间隔带上，听任意一首想听的曲子，而不必从头开始。

唱片之间，因转速不一，其实还有唱纹疏密的不同，以每分钟转的圈数划分，通常分为78转、45转，还有一种是33转。唱机上有个选择开关，转速不对，发出的声音则怪里怪气。小病友中有调皮捣蛋的，瞅个空子就爱故意开错速度，因唱机上发出的怪声而莫名兴奋。既然我以唱机托管人自居，这种事情通常是不允许发生的，尽管我自己时而会有类似的恶作剧。

薄膜与黑胶

我在同学家和医院里见到或摆弄过的唱片，都是黑色的胶木唱片。到我自己开始买唱片时，成为主流的已是一种塑料薄膜唱片，透明的薄片，较胶木唱片轻而薄，红黄蓝绿，各种颜色都有，只是黑色白色从未见到过。唱片店里经常在橱窗里或是店内的墙上将其排成各种图案，有一种廉价的喜悦。的确是廉价，比胶木唱片便宜得多，最初似乎只要几角钱就可买一张。我最初买唱片，几乎都是这样的。

其时南京卖唱片的商店寥寥无几，最出名的当数新街口

"嘹亮"唱片社。像过去那种老式的店堂，很深的进深，里面有点暗，两边柜台一直到头，贴墙是货架，一格一格放着唱片。样品就陈列在玻璃柜台里，摊着放地方也富余，因没有多少品种。店里空空荡荡，好像也不放音乐，和对面的新华书店一样，老给人一种打瞌睡的感觉。

我去那里，很大程度上是有了马似乎就应配鞍子，买了唱机，总得听个响吧？买回的唱片一水那年头的红歌红曲，像《我们一定要解放台湾》《北京的金山上》，钢琴伴唱《红灯记》，古筝曲《战台风》，还有钢琴协奏曲《黄河》等等。薄膜唱片有大有小（小的胶木唱片就比较少见），似乎都是33转密纹的了，包装也几乎一样，都是白纸的封套，中间剜去一块，留出一个圆孔，露出唱片的中心部分，印着曲名、演唱演奏者之类。封套上最醒目的却是"中国唱片"四字，另有天安门、华表图案，那是中国唱片社的标志，好像生产发行唱片的，也只有这一家。

很长一段时间里，在中国，的确也只有"中国唱片"了。据说"文革"前新街口大新华书店隔壁有个门市部，有外文书籍卖，却以卖外国唱片为主，当然只限于苏联和东欧社会主义国家。到了"文革"，老大哥和东欧的哥们儿皆已变"修"，剩下些未"修"的小兄弟似乎大都没有生产唱片的能力，进口唱片也就无从说起了。因此有好多年，我的唱片是清一色的国货，直到八十年代末。

七十年代末，电台里开始可以听到西方音乐了。最初是每天晚上十点半，中央人民广播电台有一档《西方古典音乐》节目，时长半小时。最初播的都是管弦乐小品，约翰·施特劳斯的圆舞曲，莫扎特、舒伯特、托赛里等人的小夜曲，圣桑的《死神之舞》等等；后来有独奏和独唱，像萨拉萨蒂的《流浪者之歌》，圣桑的《哈巴涅拉》《引子与回旋随想曲》，还有斯苔芳诺的拿波里民歌，丽丽·庞丝的歌剧咏叹调。

有段时间，一到点儿我就在收音机前守候，不在家时也惦着这事，好几次发疯似的骑着自行车往家里赶，因为要听西乐，过了这村就没这店。对西乐入迷至此，却没有一张进口唱片，似乎难以想象，或许当时市面上仍然没有，或许有的，但贵到承受不起，单是“进口”二字就足以让大多数人打退堂鼓了。

磁带

说我的收藏里一点洋货没有，也并非事实。没有唱片，却有磁带。卡式录音机的发明辟出一条便捷的途径，原属奢侈品的电唱机并未普及开来，卡式录音机却斜刺里杀出，不经意间已走入千家万户。在听乐上面，录音机也大有取代电唱机之势。反正来华的留学生，录音机或大或小，几乎人手一台，没见过谁带着唱机来的。录音机虽比电唱机贵，却来得方便实用，还有一条，磁带比唱片便宜得多啊。

我最初的几盒进口磁带，就是跟着留学生进口的——托几个相熟的留学生从香港买来。当然，原版带须咬咬牙才能偶一买之，我记得一盒折算成人民币要二十元钱上下。幸而磁带有另外一个天大的好处，就是可以翻录。磁带与唱片虽然都可"留声"且大量复制，但唱片的复制需有唱片厂，磁带则个人私下里即可完成。买不起原版带，那就自己翻录吧。无奈即使是翻录，等带源多起来的时候，也还是觉得空白磁带不够用。七九年暑假第一次游北京，跟叶兆言同路去的，他每年都要进京看他祖父叶圣陶，就住在东四八条那所四合院里，一大家子，叶老和长子叶至善一家。有次我去找叶兆言，顺脚到他堂哥叶善午屋里去玩。叶善午患病，腰已佝偻了，仍是相貌堂堂，有几分公子哥儿味道，算是京城那一茬的一个顽主吧。他让我看他收集的西方古典音乐，满满两大抽屉磁带，绝大多数都是翻录，带盒的脊上是总名，工工整整抄下的曲目名，密密麻麻，有中文有外文，另有少数是复印了母带的封扉。一见之下，我若不加掩饰，当时的表情就应该是"舌挢不能下"了。

直到大学毕业时，我自己积攒的磁带也不足三十盒。这里面有半数是据说质量最好的TDK，五块钱一盒，我都用来翻录西方古典音乐。起初找不到带源——留学生那里，往往一堆磁带，除了摇滚还是摇滚——后来发现几个有同好者，彼此交换，带源渐丰，顿觉空白磁带不够用。买嘛，需要得太多，买不起，只好抹取旧录，新的覆盖上去。这新旧交替的过程，最难将息。每每对着几盒已翻录的带子委决不下，听听这个，听听那个，不知对谁下手，仿佛一旦抹去，贝多芬莫扎特或肖邦比才的一段音乐，就会从此消失。有次从人家手里得到一盒贝多芬的第四第五交响曲，因拿不定主意让谁消失，居然将这盒听一段那盒听一段，不觉过了三个多小时，最后才决定将格里格的《皮尔·金特组曲》打入带底。

痛心总是难免的，忍痛下手是必须的。算起来那十来盒TDK，每盒都录制了不下五遍。后来看顾颉刚的书，我“以辞害意”地跟人家开玩笑说，我的磁带都是“层累叠加”的，只是并非历史的历时顺序：贝多芬下面没准压着的是柴可夫斯基，老柴下面没准又压着亨德尔，很有时空错乱的效果。

外文书店与进口唱片

后来怎么又舍磁带而唱片，不大能说得清，大体上应该是受一朋友的影响吧。他是个地道的乐迷，搞美术的，却对古典音乐更钟情。他的工资及其他收入常是以盒带计的，就是说，他会下意识地将其换算为磁带的盒数，比如得了三十块钱外快，他就要面带喜色说，够买两盒带子了。忽一日，改为以唱片的张数做换算单位了。他的理由是，第一，唱片比磁带音质更好，更耐听；第二，以古典音乐而论，唱片的选择比磁带更多。

这时电唱机也正在回到人们的视野之中，不是过去最常见的单机，而是在组合音响里。台式、落地式的组合音响渐渐开始风行，大商场里，进口的组合音响像日本的“山水”“健伍”之类，常出现在最令人瞩目的位置，其价格非寻常彩电可比，令人肃然起敬。我曾经的梦想，就是拥有一套“山水”。这类音响系统通常包括一对音箱、一个功率放大器、一个放磁带的卡座，还有一个电唱机。

有些人用外汇指标买了这样，在新房里，它既是放音设备，也是摆设，时人眼中，足可充当新房里的一景。对许多人而言，顶部的电唱机更是近于纯摆设。一则大多数人对声音并无很高的要求，二则习惯了磁带，用唱片就不免嫌麻烦。唱片播放时间要短得多，过去的粗纹唱片可以短到一面的时间只有几分钟，后来差不多都是密纹唱片了，也还是短，通常一面不会超过二十分钟。标准的磁带时长六十分钟，九十分钟的也并不鲜见，单面四十五分钟，无需翻面，播一首交响曲都绰绰有余。听唱片一会儿工夫就得翻面，还得轻拿轻放，用对付磁带同样的动作去摆弄唱片，就几近粗鲁。和磁带比起来，唱片是更贵族化的。

所以也唯有我那位乐迷朋友那样的，才会当真经常性地听唱片。他是先行者，在那时已对成套的组合音响（后称“套机”）不屑一顾，而开始“发烧”，买器材自加组合了。在他那里看得眼热，听得耳热，不夸张地说，在听靓音的方面，有受洗礼的味道。回来之后我就开始买唱片，那美妙的声音在多大程度上应归于唱片，我不知道，但我买不起音响，唯有唱片，还可尝鼎一脔。

于是有段时间，频频地跑外文书店。其时“嘹亮”唱片社已没了踪影，也不知为何，唱片都是在书店里卖，进口唱片则必在外文书店，在南京，则或者是中山东路上的市外文书店，或者是湖南路的省外文书店。

外文书店是卖外文书籍、外语教材和外语工具书的地方，但卖唱片处经常比卖书那边动静还大。这跟唱片的封套有关，此时不论国产进口，唱片的封套已不是素面朝天式，都用硬纸做外壳（里面另有薄纸的套），古典音乐唱片的包装倾于庄重，大多是演奏、演唱者的演出照，就这与书籍比起来也见得缤纷多彩了。又加店家将封套满墙张挂起来，尤能夺人眼球。DG、EMI、BMG这些大唱片公司都有自己的主色，DG的古典音乐唱片，常把唱片名与公司标志做到一起，构成一个面积很大的黄色图案。从这家公司进口的唱片似乎特别多，故后来一想到西方古典音乐唱片，脑子里就会浮现那抹明亮的黄色。

这时塑料薄膜唱片似乎已销声匿迹——大规模生产廉价的薄膜片，也许只是中国一个时期的特殊情形吧——至少进口唱片，清一色都是胶木的。价格上也整齐，大体上一律十五元钱一张。外国唱片进来之后，听乐的范围一下就扩大了许多。事实上那些大唱片公司录制的演奏，基本上是有唱片就有相应的磁带，也不知为何，古典音乐的进口磁带品种上就要少得多，与唱片可有的选择性相比，几近于无，好像进口公司打定了主意要让古典音乐“贵族”起来，只以唱片的形式出现。

我在两家外文书店转悠，每一次都越发地感到阮囊羞涩。收入低是一方面，另一方面我也不可能像唱片本位的那位朋友那样全情投入，还得分出钱来买书。若说那段时间对唱片的热衷是一场艳遇的话，那对于书，我从上中学时起就已经不弃不离了，而当时的情况与现在相反，买一张唱片的钱够买好几本书。在外文书店满壁唱片面前徘徊不去，因此对于我是个悲欣交集的过程。往往早打定主意要买下某两张的，到时又有新发现，复犹豫起来，总要磨蹭到最后，才痛苦地下手。只有买贝多芬小提琴奏鸣曲全集那次，异常坚定，那也是蓄谋已久的缘故——当然是有预谋的，不然如何下得了手？那一套一共是九张，一百多元人民币，在我绝对是豪举。

组合音响

事实上，对我而言，听乐范围扩大云云，很大程度上也只是一种虚构，因为到我的唱片已积到五六十张的时候，音响设备仍在虚无缥缈间。朋友笑话这是“马还不见影子，倒买下了鞍”，确是实情。另一朋友的调侃是引从他父母那儿学来的苏州谚语“鸟还在天上飞，就忙着斩葱了”，我还奇怪这话的来历，难道苏州人有吃鸟的传统？

怪只怪那位仁兄将胃口吊起来。曾经沧海难为水，在他那发烧器材上听了一次唱片之后，我大概已然想着在音响上要“一步到位”了。照他的说法，万元级的音响，“一般听听也就可以了”。这数目绝对应该让我倒抽一口凉气的，我居然就存了这个念，且后来渐渐清晰、坚定起来，足见当时我还很有几分理想主义的味道。

买回的唱片倒并未束之高阁，没事时常会拿出来欣赏一番。“欣赏”的内容包括拿着封套、套盒一阵摩挲，小心翼翼取出唱片迎着光亮看看唱纹，对比着掂掂分量（据说分量越重质量越好），找本字典读一些封套上的英语说明文字等等。唱纹是读不出名堂的，唱片中的好些从未听过，想象也想象不出来，所以欣赏过程中声音整个是缺席的。有时则是一门之隔，外面走廊里嗞啦声大作的炒菜声，那是筒子楼里的锅碗瓢盆交响曲。另有浓重的油烟味从门缝里硬生生挤进来，与古典的清平世界朗朗乾坤，与浪漫派戏剧化的抒情全都不搭。不过我在里面摆弄唱片，即使过的是干瘾，也兀自有一种满足感。

当然那批唱片倒也并不是没有打破沉默的时候，有时按捺不住想听，我会打电话给一个有房有音响设备的朋友，若是他们夫妇上班家中无人，我就去他公司讨了钥匙，带上几张唱片杀奔其家，关起门来听上一下午。上班时间过去实在是两便之举：下班之后他夫人多半在，而且他本人对古典音乐也无太大兴趣，一室一厅的单元房，总不能我在那里把音响开得震天响，让人家陪听。所以瞅空子去，应该算“双赢”。

这朋友是做生意的，特别够义气，也比较潮，干什么都属于“必先利其器”的路子，比如摄影，就一定要买顶级的相机，听音乐则要买顶级的音响，虽然其实没多少时间摆弄。高档货，很多人深恐有失，都不愿让外人碰，他大方，只要朋友开口，或借，或用，一诺无辞。到后来我有了音响中其他的几样，独缺唱机，他干脆让我把他的给抱走，因这时他已用上了激光唱机，听胶木唱片嫌麻烦了。

我开始搭自己的音响，是因平生第一本书出版，得了一笔稿费。结婚时没钱买彩电，是将家里淘汰掉的老货拿来用的，一般家庭购大件的顺序，都是先彩电，后音响，因彩电似乎更属必需品。我急煎煎地要买音响设备，有点不按牌理出牌，不过还没音响就买上许多唱片，更是荒唐之举了，现在这样，也没什么好说的。糟糕的是，万元级的目标实在陈义太高，稿费拢共是六千多元钱，还有偌大的资金缺口。好在自己搭音响不比买套机，可以一样一样地买，这算是给了我喘息之机。

自始至终，我的搭机工程历时足有一年半。钱不够之外，还有一条，是好货需要等待，何时到货，没个定准。发烧友有一个自己的圈子，声气互通，他们要的货，商店里少见，即使有价格也高得吓人。他们另有一个供货系统，从那儿出来的，都是水货，比市面上便宜许多。货一到，来个电话就去取，多半并无店面，到个堆栈似的地方，一手交钱一手交货。做这生意的多是捎带着做，进货有一搭没一搭，没准谱的。既然是发烧，当然要讲究，我跟朋友后面凑热闹，也看些关于音响器材的杂志，但道行太浅，最终还是唱片本位的那位朋友一言而定。他度德量力，为我订制了特别的搭配：功放要英国的NAD，激光唱机要英国的路遥，音箱一定要买丹麦的喇叭。总之是强强联合，像一支国际纵队。

接下去是漫长的等待。大概过了一个多月以后，等到他的电话，说NAD功放有货了，连忙骑自行车去提货。这以后有两个月，一点动静没有，终于有一天，又有电话来，说现在哪里刚做出了一对音箱，可以去看看，于是又兴头头跑了去。音箱的情况与功放、唱机有所不同，后者都是整机，音箱则是可以就地打造的。当然也是因为市面上那些现成的丹麦、挪威音箱太贵，一些发烧友的小作坊就应运而生，买来北欧产的喇叭自制，据说效果绝对不比原装的差。其时淮海路上有家“虹威”就是干这个的，在圈内小有名气，我们也是奔那儿。到门口尚未入内，就听见清晰、明亮的乐声传出，里面连店面加试音间，很小的地方，挤了好多人，抽着烟七嘴八舌地说，冲着竖在地上、立在桌上的几对音箱品头论足。店主原本是个发烧友，也在其中，烟雾缭绕之中，你会觉得这里不像一间店，更像一个俱乐部。

朋友介绍之后，店主就将几对音箱试给我听，差别当然是有的，只是在我尚未细加琢磨的耳朵听来，声音一概饱满亮丽，美得不行。我携了唱片在朋友家听的是当时市面上最贵的一种“山水”，要一万好几，造型、面板做得很漂亮，但是和眼前这些貌不惊人的功放、唱机，还有显得简陋甚至漆还未上的自制音箱组构起来的系统相比，就是一中看不中听的绣花枕头，声音有天壤之别。好比一个是灰扑扑的阴天，一个是晴天丽日。感觉是视力不好的人一朝戴上了近视眼镜，那一刻所有的景物都异乎寻常的清晰耀目，甚或有不真实感。

我整个目迷五色，等不及就要亲近，虽然也能听出开价五千多的那一对，钢琴的声音出来更厚重饱满，但身上只有四千多元钱，遂听从朋友的建议，立马买下了那对四千三的。主人介绍一个高大帅气的小伙子说，南大物理系声学专业的研究生，线路设计就是他搞的。那小伙子一直抱着胳膊站在一边抽烟，众人嚷嚷之际也不插言，一脸云端里看尘世的表情，此时也只漫声应了句“你就拿这对吧，错不了”。

“虹威”不是批量生产，进口的丹麦喇叭到货也是有一搭没一搭，据说答应替人做的，也总是拖，即至打造出来，原先订货的人没及时来取，说不定就给另一发烧友买下了。这让我产生夜长梦多的焦虑，当即就叫了辆三轮车将其拖家去，音箱尚未上漆也不管了。暮色中骑着自行车跟在三轮车旁边，眼睛好像就没离开过音箱，眼神里也一定满是恋慕之意，虽然实在是没什么可看的。

这样急不可待，实在有点多余。待死沉的音箱搬进宿舍安顿好，我开始定心定意地细加打量摸弄，非常真切地意识到这一点：在拥有唱机之前，我的宝贝功放和音箱与我的唱片，没有任何关系。相当长的一段时间里，那俩宝贝的主要功用似乎就是供知情者调侃。其间发烧级朋友曾告知到了几台“路遥”激光唱机，拿下得三千块，没钱，只好放弃。正是在这背景下，做生意的朋友将电唱机送了我。

历时大半年，音响终于唱响的那一日，其兴奋可知。我尽拣轩昂奔放的曲子开大了音量一个劲儿地放，那样的声音从一间小破屋里传出，有一种反常的华丽。埋在灿烂的乐音当中，感觉“蓬荜生辉”四字就是为我而设。这是九三年的事，“下海”似乎成了时代强音，教师待遇则降到了最低点，我记得就是那一阵，不止一个学生问我为什么要留校，发问者大概都还是看得起余老师的，言下之意是，人又不笨，干吗留在这没前途的地方？我都是打哈哈说，懒嘛，还有什么地方可以让我不坐班？也不全是敷衍，我真的觉得享受不坐班的自由是拣了个大便宜，也没因待遇低感到什么委屈。奇的是我会因音乐的作用没来由地自我膨胀。正是听乐热度最高的时候，打发走学生就一头扎到音乐之中，完全不相干，似乎与学生的发问并不接茬，我会在乐声大作之中自我感觉特别好，颠头拨脑陶醉之外，不仅有众醉独醒的飘然，而且大有“我辈岂是蓬蒿人”之慨。

CD时代

我还在闷头听胶木唱片之际，CD的时代降临了。

严格说来，之前的胶木唱片不能构成一个时代。在“听”上面，收音机之后是磁带，它于广播之外带来了“听”的自主性，那是大面积覆盖人群的，到了唱片的时代，CD又很快将人们的耳朵席卷而去。胶木唱片始终只是支流，用后来的话说，相当小众。在人们的口中，“唱片”一词，也被“碟”所覆盖。倘我们据现今流行的字词，将此前的唱片一概追认为“碟”，那从胶木到薄膜，回到胶木，再到最后的CD浮出，已经有几度“碟变”，于今是CD一统江山。

我的胶木唱片尚未唱响之际，电唱机事实上已进入黄昏时分，大体上也只有古典音乐爱好者还有耐心去伺候它。故朋友为我制订的一步到位计划中，唱机一项，早已定为激光唱机。在资深乐迷心目中，胶木唱片自有它的妙处，那种温暖柔和微妙的音色，与CD凌厉、尖锐的金属感相比，别是一调。但朋友知道我的耳朵还是比较大众化，胃口没有那么刁。另一方面，真要想领略胶木唱片的微妙，普通电唱机根本不行，而差不多为少数发烧贵族定制的电唱机乃是天价。我之守着胶木唱片，因此不能拔高为对高品位声音的坚守与追求，将就而已，虽然倒也听得兴兴头头。

激光唱机也时在念中的，甚至在买“路遥”之前，我还借过别人的来放。显而易见，胶木唱片转动时的沙沙声在CD机不成问题，这成为一些人奚落我落伍的一个最硬的理由，他们自己则或是没有电唱机的阶段，或是已经完成了更新换代。结婚、搬家从来就是升级换代的重大契机，新房里的音响必须是带CD机的，也已成为共识。只是多数人家只有寥寥数张碟。一则彼时CD比较贵，价格远高于磁带、胶木唱片；二则国人的消费习惯，勠力于“大件”，“大件”多寡是富裕程度的硬指标，带CD机的音响可称“大件”，归于置办家私的范畴，就像冰箱、空调、滚筒洗衣机一样。买了空调舍不得电费钱，似乎有点可笑，不少人家大体上的确是空置的状态，它在那儿，拥有的本身就已能提供一种满足了。国家关于“小康”的统计数字盯着的也是这些：彩电的拥有率，空调、冰箱……用电量不在考虑之中。同样的，你有再多的CD，也算不得家私。

另一方面，我的印象，最初CD品种也少，远不如胶木唱片。“穷则思变”，很快悄没声的，有了“盗版碟”一说，而后，没过多久，似乎就铺天盖地而来。我敢肯定地说，盗版碟的出现让中国人进入一个视听大时代。所谓“碟变”，如果有其戏剧性的话，高潮就在这里。

“大时代”之为“大”，一定要有广大的人群卷入，说盗版碟之畅行，国人皆与有荣焉，可能有点夸张，然而就规模而论，“全民参与”四字也是用得上的。碟迷收藏光碟数量剧增，很大程度上要拜盗版碟之赐。换个字眼，换个角度，“大时代”其实也就是“乱世”，“乱”一方面是混乱无序，另一面则是混乱之中的亢奋、热闹。

那时光碟的市场，真叫一个热闹啊。

盗版碟

我赶这场热闹迟了点，固然是因到九六年才攒够钱买了激光唱机，也因初期的盗版碟市场上，古典音乐比较少见。

有意思的是，胶木唱片从未闻盗版一说，磁带有盗版，也远不像光碟的盗版那样欣欣向荣，或许是数字化时代的产品，复制起来容易得多吧。

我涉足买光碟的时候，南京的盗版碟买卖还不像后来那样遍地开花，所知者，大多集中于“长三角”一带。“长三角”这名字，在南京人嘴里是和“军人俱乐部”混着说的。“军人俱乐部”属南京军区，一个很大的院子，里面有电影院、篮球场、游泳池，原来是不对外的，七十年代末开放了，记得有段时间除了频频到那里看“内部片”之外，还去过那里新建的溜冰场。后来也许是要搞创收，部队将院里大多数地方出租了，先是建材市场，又转行卖什么，但都没搞下去，最后成了图书批发市场，“长三角”即因这市场得名。有人说是因为面向长江三角洲，有人说那片区域呈三角形状。

不知碟店为何傍上了图书市场，反正那儿有好多家。我去“长三角”，原先都是奔书去，后来就有点移情别恋的意思，逛碟店花的时间越来越多。那些店有的是专营光碟，有些则是捎带。碟分几等，每一盒上都贴着价格标签，这标签多半是障眼法，不作数的，买家卖家，彼此心照，我想市场执法人员也是心照的。不过店主对买的人也会坚称，有一些“绝对是正版”，基本得维持标签上的价格。

鉴别正版、盗版对我而言一直是个谜。以我的占有欲和与之不相称的财力，不可能是一个盗版碟的坚定反对者，还要做真伪之辨，不过是不想掏了正版的钱买成盗版。只有某张碟实在想要又无盗版的情况下，才会咬咬牙掏钱。无他，太贵。其时一张盗版也要二十多元钱，比正版的胶木唱片还贵。当然你若做这样的比较，小老板会不屑地说：“师傅啊，搞搞清楚噢，两个级别哎！”同时就要摆事实讲道理，告诉你盗版和正版比其实一点不差，虽然撺掇你买他所谓的“正版”时，自然又另有说辞了。

怎么可能一样呢？彼时光碟的盗版就像盗版书一样，水平还相当之低，质量之差一望而知。不说内里，单是拿在手上的分量就不一样，正版的厚重，盗版的轻飘，塑料盒很少能够开合自如，封面的用纸、印刷一塌糊涂，碟上刻印的字也不清不楚。话说回来，一般情况下，这样的人家也没想冒充正版，有时候店主一边守着店面，一边就拿着一叠封面往塑料盒里塞。就是说，他们常常是从贩碟的那里批来一批裹着封面的碟，又从做塑料盒的那里进一摞盒，就地分装。碟和封面不能再分离了，特别是碟上、封面上全是洋字码的，分开了绝对对不上号。

这些也就罢了，最糟糕的还是光碟本身。划痕一类的硬伤好办，买时注意一点即可，一些内伤、暗伤看是看不出来的，固然你可以要求试听，但你不能从头听到尾，就算你有这工夫，也还是防不胜防，因为有可能你是要买只鸡的，结果拎了只鸭回来。正版碟不会有的千奇百怪事，在盗版碟那里都有发生的可能。倘你是个超脱到凡事都可以当故事听着乐的人，那些个离奇的错可以让你乐不可支，就像因看到糟糕的学生语文课上造出的千奇百怪的句子，或异想天开的成语解释而笑不可仰。无奈你是当事人，没有这份洒然，有时还气得七窍生烟，没处发泄。

少上一两首曲子的事是经常发生的，比如有张斯特恩的小品集，封套、碟上都分明是二十一首，但听下来只有十九首，后面的两首不翼而飞，两首之一是门德尔松的《乘着歌声的翅膀》（又译《歌之翼》），我想这倒真是切题，当真飞得没影了。错轨也是不免的，放到某处就原地打转，重复着来，神经错乱似的，伴以不正常的咔咔声。有人说拿碟迎着光细看，可以看得出来，我没这本事。相比起来，更让人哭笑不得，也最让我愤愤不已的，是张冠李戴，名实不符，牛头不对马嘴。有时是封面和碟对不上号，有时是碟上的信息与碟的内容对不上号，有时是封面、碟上所写，与里面完全不相干。比较熟悉的曲目好办，你自会将其验明正身，听声知其所指也就罢了，较冷僻的曲目，听来听去，无法“还原”。熟悉与冷僻也是相对而言，对资深乐迷而言也许耳熟能详的，在我这初级爱好者听来会是相当陌生，何况买回的多半都是未听过的，如何去对号入座？

要是识谱倒又好了，却又不识。有一度我曾抱了一套古典音乐鉴赏的入门书，边听边翻看，希望发现听到耳中的，与书里对某首乐曲的描述若合符节。有一次真还有所斩获，对出了贝多芬的《大公三重奏》，过后跑朋友处印证，果不其然。当时的兴奋，像是猜破了斯芬克斯之谜。但这概率太小了，能有好运也是三重奏的形式提示了寻找方向，而“大公”又太有名。更多的时候，没有曲名作品编号，不知作曲家为谁，所有信息全错，你好比拿了错误的地址去寻人，岂不等于大海捞针？有些错是一听便知的，比如碟上写着《贝多芬大提琴协奏曲》，一听却只有大提琴、钢琴，根本没乐队的影子。又如碟上分明说是海顿的交响曲，等往CD机上一放，忽地一个花腔女高音冒出来，让你莫名惊诧。这是确知其错的，还有的感觉不对，比如说是舒伯特的，听着怎么也不像，却不敢肯定。说不定错得更隐蔽的还有，就那么信以为真地认了。是故我的碟里颇有一些未解之谜，没准也就像公安局里破不了的死案。有几张成疑问的碟，很是动听，听了一遍又一遍，好比一个人，我可以向你相当细致地描述他的长相，但就是不知道他是谁。

很遗憾有张碟搬家时弄丢了，不是因为版本如何稀罕，而是因为错得很奇葩。忘了具体的曲目，但肯定是勃拉姆斯的室内乐，奇的是中间夹带了斯美塔纳的一个管弦乐小品。唱片公司灌录碟子尽有做种种“截搭”的，但总有某种理由，比如虽是不同作曲家的作品，却由同一乐团或演奏家演奏，或是乐曲虽属不同类型却是出自同一作曲家之手等等。若是这样的集锦倒也罢了，那张碟分明是专辑，最诡异的是，斯美塔纳的曲子出现在中间，后面又回到勃拉姆斯的奏鸣曲。据我想来，盗版总是整张地复制，难道做盗版的还有兴致自己编辑一番？这样不按牌理出牌的编法算哪一出呢？这又是个不解之谜。

打口碟

那些无头案大多是在盗版碟的全盛期，而刚开始时，盗版碟里很少有冷僻的。这也不难解释：其产供销当然要盯着那些畅销品种，古典音乐相对小众，只是捎带，也只能限于其中的流行经典曲目。要到盗版碟已呈泛滥之势，进入薄利多销的时代，且盗版碟买卖也隐然有分众的概念之后，冷僻的碟子才多起来。常去“长三角”的那段时间，每每寻寻觅觅多时，所获却是不多。不光是古典音乐，欧美的流行乐也不多，有之，则多为“怀旧金曲”那一类的集锦式，多的是港台，而恩雅、喜多郎、雅尼一类讲究音效的碟子，还有一些所谓“试音天碟”，似乎颇受欢迎。

当然，你可以另辟蹊径。打口碟仿佛就是为买不起正版碟的小众准备的。

至少在某一个时期，较之盗版碟，打口碟更像是乐迷的福音。打口碟的来历我一直没大弄清，有次在南大旁边小粉桥一碟屋里淘打口碟，随口就问小老板。他说是从海关来的，走私进来被扣了，打个口子，就算销毁。我说怎么流出来的呢？他道，这个就不能告诉你了。而后又诡谲地睒睒眼说，办法总是有的嘛。似乎不少人都从此说。但我后来知道，打口碟听上去诡异，其实倒比盗版碟来路正，就是说，是过了明路，合法的。美国一些唱片公司因对市场测算有误，生产的光盘卖不掉，又不肯降价，就以专门的工具切一下（所谓“打口”），算是销毁，就像过去我们作为资本主义罪状听说过的，资本家将销不出去的成吨成吨的牛奶倒掉。只是光盘盒是高品质的塑料，还可利用，于是废弃的光盘即以废塑料的名义装上船卖到中国，到这边又经过不同的渠道进入光盘市场。

如此看来，打口碟实为洋垃圾的一种。“洋垃圾”种类繁多，像电子产品之类，大多是改头换面之后到消费者手中，以本来面目示人的，我见识过的是两类，一是服装，一是打口碟。这第一项于今有点不可想象，当年却还很稀罕。有个熟人出差广州，目的之一就是奔这个。弄了一大堆，两大纸箱托运回来，从大衣到夏装，什么都有，据说便宜得惊人，上好料子的呢大衣只三四十元钱一件，连衣裙什么的等于白捡。送人嘛惠而不费，比买吃食当礼物更受欢迎，他的女亲戚女同事尤其兴奋。但这只是一阵子的事，很快就有关于这些衣服藏污纳垢、携带细菌的传闻，甚至说，有的上面还发现了血迹，传话学说的人一脸的惊恐，辅以从杀人犯到车祸到吐血病人的种种想象。一阵风过，就此偃旗息鼓。

打口碟却是大行其道，长盛不衰。这其一，是打口碟里乾坤大，与这边的市场不搭界的，不定能从里面淘出什么来，常有意外之喜；其二，打口碟原本都是正版碟，经过检验的合格品，不仅盗版碟那些千奇百怪的错误不会发生，而且声音的质量也有保证。盗版碟好比是山寨版，虽是从外观到内容皆降了不止一个档次，却毕竟有完整性，像个东西。一般人的心理，掏钱总不能买回残次品，何况打口碟是破了相的，无可掩饰，一望而知。然而对许多乐迷而言，后者比前者更有吸引力。我有个爱藏碟片的朋友，很早以前手里的碟就有好几百张，大部分是打口碟，他引以为豪的，也在这里。盗版碟里没有的品种也就罢了，他是同一张碟即使已有了盗版，他也宁取打口的，盗版只是作为打口的补充。在人前欣喜地展示他的打口碟之际，口气里有一种宁取破旧名牌的正宗的傲气。

我不能免俗，凡有盗版碟的曲目，我就要个全须全尾的。问题是，盗版碟多数是大路货，想听些没听过的，就还得向打口碟里寻寻觅觅。据说对打口碟最疯狂的，乃是一些喜摇滚做摇滚的，很不主流的乐队乃至闻所未闻的乐队，在打口碟里也能找到。那简直就是他们的精神食粮，关乎精神成长的，所以后来有“打口的一代”之说。

打口碟在碟店里只是盗版碟之余聊备一格的性质，既然爱好者渐众，就有专营的出现，居然也可自立门户。通常都是极狭小破旧的地方，藏在街头巷尾转弯抹角的所在，并无明显标志。像小粉桥的那一家，只三四平方米，几只盒里放着碟，旁立一台脏兮兮的音响，主人坐在一张破椅子上抽烟，不起眼到经过时一点不觉，然那些乐迷自会找上门来，立在门口闷头挑挑拣拣，以衣衫不整蓬头垢面呈菜色者居多，也有衣履光鲜的，只是好像没见到过一个胖子。

因去的次数多了，有时会和那家的小老板聊上几句。据他所说，这打口碟也是有名堂的。用以切割的专门的机器是连着盒子往里切，封塑的外包装也不除下，所以绝对是原装。切得深一点浅一点，差别就大了，关乎你听到的内容的多少。这条他不说我也知道。关键是，有些只是象征性切了一下，盒子上也是一道缺口，碟子却毫发无伤。他说，这是中方的买家打通了关节的：“你以为美国人是吃素的？！鬼的！”言下有一种世事洞明的得意。这种内里完好的碟子，批发的地方开的价就高，高到拿到他这种地方卖不出去，所以他是不进的。有一次他很大方地送了这样的一张给我，说是混在有口的碟里进来的，我有点不好意思要，他道：“没得事，老主顾了嘛！”

打了口的碟在他那里都是一个价。但我在山西路见过一家，老板很精明，在里面又分出三六九等。我见过同一店里，盗版碟不同碟子价格有高下的，大体上是紧俏货就贵一点，比如有一阵喜多郎的《古事记》常脱销，店主就会加个一两元钱出售。但打口碟差异化出售，我只见到过这家。盗版碟的价格高低取决于市场需求，总还关乎内容，他这里完全着眼于“形式”，即一概以缺口的深浅论价，缺口浅者贵个五角、一元不等。我觉得好玩之余，也颇为那些音乐家、演奏家叫屈：这些打口碟是作为废塑料上秤称了卖出的，到这里则价值高低全看那道口子了。

当然做此想只是瞬间的事，不管怎么说，在我的唱机上，它们是地道的音乐。只是不可避免的，不完整了。

与胶木唱片从外向里转正好相反，CD都是自内而外，所以打口碟一概有头无尾。短曲的集成好些，不过是少听一两首，我最恨的是听那些大型作品，每每到了协奏曲的第三章、交响曲的第四章，正待推向高潮之际，乐音变作咔咔之声，你得奔过去手忙脚乱地将它停掉。听打口碟是不能离人的，激光唱头不会在打口处歇下，要想充分享受未伤及的部分，让唱头抵达距缺口最近之处，就得冒唱头受伤的危险。好在CD机上可以显示播放时间，但第一遍听是试探性的，不免还是提心吊胆。据说打口碟在世界上唯中国才有，那么咱们听打口碟的种种，也是独一无二的经验了。

“超强纠错”VCD

打口碟纵使颇成气候，在整个光碟市场上也还是支流，说“碟变”之大势，曲终奏雅，还该回到盗版碟的洪流中才对。

我不知盗版碟的崛起应该怎样划分段落，也不清楚各个段的起讫时间，然盗版碟的高潮再起，VCD的出现肯定是一大契机。

CD只是听，VCD则是视听合一而重在视，所以VCD称“影碟”。视觉大概是人的感官系统里比较霸道的，所谓“声色之娱”似乎也是“色”更容易将人俘获。耳机一族虽然庞大，但声音可以成为背景，影像则不大允许一心二用。证据是VCD一出，很快就覆盖了更大的人群。觉得有必要弄台VCD机的人，远比CD机的拥趸多，除非是随身听。在大多数人家，CD也已被VCD（后来是DVD机）收编。VCD机固然可以放CD，然大多数人买它，主要还是为了放影碟。不妨说，比起CD，VCD是更大众化的。

当然大众化有一个前提：价格必须低到大多数人买得起。VCD之前，还有LD，也是影碟，银亮亮类于CD的样子，却有胶木唱片那么大，故称大影碟。价格实在是高，我那位很潮的朋友赶在第一拨，十张碟花了四千元钱。因为价昂，少人问津。一俟VCD问世，LD很快销声匿迹。VCD确是平易近人，不过当然，这依然是指盗版碟的价——家家户户的VCD机，大多都是盗版碟喂饱的。

就因主要是放盗版碟，卖VCD的商家推销产品时常以“超强纠错功能”相号召。盗版碟质量有问题，CD、VCD是一样的，也不知为何，CD很少有放不出的时候，这在VCD则是常事，但放不出不是绝对的，这台机子上放不出或放了一点就难以为继，没准在另一台机子上就一切正常，据说就是因为“纠错功能”大不一样。一个说法是，国外的品牌容不得错，稍有差池就不理你，国产的则像什么乌糟东西都吃过的胃，进去了就能消化。国产对进口，拥有的从来都是价格优势，没想到盗版碟的盛行，居然让国货对进口货难得地在“技术”上占了上风。

我头次去买VCD机，对这些还一无所知。进得商场VCD柜台，面对各种品牌，像面对其他电子产品一样不知所措，主要性能店家都以毛笔书于纸上，表而出之的，奈何看得一头雾水，倒是对“超强纠错”印象深刻，因国产品牌大都刻意强调这一点，或是机上专门贴一醒目标贴，或者有另外更振聋发馈的方式，比如以大号的字写“超超强纠错能力”，尾以大大的惊叹号。记得有一家的口号是“无敌纠错”（或者是“纠错无敌”）。

有个营业员见我茫然，一上来就帮我建立“纠错”意识，极言以现在的情形，“纠错”功能如何，应视为购买VCD机的首要指标，并力推手边的“步步高”。接下来的现场演示让我立马对国货建立起信心：他拿了一张布满划痕形同废品的碟片放入舱内，电视机屏幕上马上声画俱全地出现。“有什么错都没事，你把碟片掼地下掼裂了，或是泡水里三天，拿起来还是照放！”他保证说。虽然那样的情况似乎不大可能发生，我也没有那样的类于从垃圾堆里拣来的碟片，彼时还是不由被他的演示感染。他的行为还包括将一张比较正常的碟先后放到“步步高”和旁边的一台“索尼”上放，结果“索尼”放上去就死机，“步步高”嘛不用说，立马出图像。结果我就抱了台“步步高”回家。没想明白的是，营业员干吗那么卖力地推销国货，卖出一台进口机，完成的销售额岂不更高？

有点自相矛盾的是，营业员在推销国货时，又保证它用的是外国机芯，“新科”说它用的是飞利浦，“步步高”说用的是松下……岂不是说，“纠错功能”还是外来技术？只是专用于中国市场罢了。而且国外的品牌也开始跟进，渐渐都标榜“纠错”的无所不能。以此而论，外国人对中国盗版市场的繁荣，似亦不无贡献。

“电子一条街”

我买VCD机时，各大商场里此物已是电子产品销售的“新的增长点”，其大卖则又从一个侧面说明盗版碟买卖的大有可为。这时我已从南大的筒子楼宿舍搬出来，在珠江路上有了两室一厅的单元房。

珠江路系南京的“电子一条街”，上面做大做强的意愿相当强烈，提出的口号是“北有中关村，南有珠江路”，大有和北京一较高下的意思。从珠江路口向东直到小营，电脑小店一家接一家，家家的主要业务似乎都是在组装电脑。我住的那一带是中心，标志是有几个大型“电子商城”，楼下就是“雄狮”，隔壁是“百脑汇”，对面还有一家。至少有段时间，里面都有卖光碟的，高潮时期更是大多数摊位都做这生意。进到商场里面，经常发现别处冷冷清清，有光碟处则颇有人气，若不是有几处柜台上在开膛破肚地修电脑，竟要疑惑进了一处碟片大卖场。坐拥地利，那时候我买光盘真是方便到唾手可得，夸张点说，我对光碟差不多已呈左拥右抱之势。

事实上我倒很少光顾。起先是因为专注于“听”，而买碟的群众性更见于影碟，电子一条街上，也多影碟的身影。我对“看”并不是没兴趣，影碟出现之前，对外国电影“看”的欲望多半是从几家录像带出租店里得到满足，还有个渠道就是出国的人带回的从人家电视频道里录下的片子。即至影碟品种渐多，则又多半是去几家小圈子人群里口碑极好的碟屋。比如南京艺术学院后门附近有一家，小到简直像个窝棚，常是人满为患，出入的人多半看上去就像“搞艺术的”。据说店主就是南艺的毕业生，常常站那儿高谈阔论，对碟子如数家珍，所说又远出于一碟一片的背景、花絮之外，我看将一部西方电影史讲下来也不成问题。马台街小巷里有一家，叫“先锋”，进的碟也真够先锋的，小津安二郎、大岛渚的片子，甚至《索多玛一百二十天》，那时候居然就有。这些在我楼下那一类的电子商城里，想也别想。

但我还是经常逛。偶有伯格曼《芬妮与亚历山大》之类的发现之外，给小孩挑点卡通、动物奇观之类，还是不成问题。逛来逛去，淘碟之外，买碟的过程也挺有趣。

我发现卖碟的对鞋盒子似乎情有独钟：卖碟的柜台上就是几只鞋盒子，里面放着碟。起初也没什么分类，反正量也不算大，你就在鞋盒里一张张翻吧。后来有分类了，比如这只盒里是卡通，另两只盒里是港片，再一只装着西片。也不知是不是鞋盒大小正合适。根本没有陈列这一说，那是自找麻烦：卖盗版碟是睁只眼闭只眼的事，敲锣打鼓卖起来，未免太不识趣。

电子一条街卖碟的热闹并不限于电子城之内，甚至不好说哪些摊位就一定构成主力，因为街上还游弋着不少流动小贩，以一人等于一摊位计，相加起来，数量绝对在场内之上。电子商城门口堪称集散地，进出的人常被追着问要不要某部新出的片子，特别是港片。他们的基本装备也是鞋盒，通常就一只，搁在身边自行车的书包架上，也有人端着徜徉，让我想起电影里卖烟卷的。浮桥有灯光夜市，我只在那里见过一张张在地下摊开了卖的，也不知是不是吃定了执法人员晚上不会出动。

细分下去，这路人马里还可单列出一个“便衣”的别动队。区别其实不在“衣”，而在他们轻装上阵到连鞋盒子也没有，像搞地下工作的人在街上接头。这一路的往往游睛四顾，神情诡异，瞄准了目标凑上前，向旁张两眼，压低了声音问：我有好的，要不要？

我有次在离家不远处就碰到这么一位，正待问他有什么“好的”，他已补充道：生活片、套片、毛片都有。毛片我听说过，相当于现在所谓A片，生活片、套片则是头次领教，不过既是与毛片一起说，也不难心知其意。三级片之类，此前不是没见识过，然在大庭广众之下被问到头上，虽是暗箱操作的性质，也还是觉得突兀尴尬，人来人往的，怎么就盯上你了呢？难道一看就像好色之徒？整个就像隐私大暴露一般。我很夸张地说了一句“不要！”就走了，很有几分愤然作色的意思，潜台词大约是，我不是那种人！也是事起仓促，事后大觉当时的慌张可笑。

后来对小贩口中所谓“生活片”“套片”都明其所指了：“生活片”即三级片，“套片”则特指那种连续剧似的三级片，像《金瓶梅》《肉蒲团》之类，一套十张八张不等。有意思的是，其他内容的碟片，即使也是成套卖，就不叫“套片”。这些分类命名是怎么来的，不得而知，反正在小贩那里，这是约定俗成的叫法。肯定有地域性的差异，好多年后我到美国访学，在纽约、华盛顿唐人街的“新华书店”里发现了成人部，所售光碟中“三级”之外，有一些标为“四级片”，似就是在国内未见的叫法。我觉得最不可思议的是“生活片”，男女像饮食一样，当然属于“生活”的范畴，但如此轻描淡写地命名，是不是少了点诱惑性？

买这种碟是有风险的。其实买盗版VCD，风险都不小。我说的是VCD的初级阶段。也不知为何，在“长三角”买CD，都可以试听，我楼下那几个电子商城里，卖VCD的大多不给这待遇，至于街头那些游击队，就更不必说。有摊位的固然是跑了和尚跑不了庙，允许你调换，来回折腾却也烦人，何况磨嘴皮的事也经常发生。在街头买碟，那就完全是碰运气了。

更有甚者，是遇上骗子。有个外地人，就在我楼下一巷口上了大当。盗版碟在他的县城尚属新生事物，听说南京电子一条街上“什么样的”碟都有，就借出差之际，特意来逛逛。果然是名不虚传，走到这一带，不断有形迹可疑的人挨过来向他兜售。最后打动他的是个声称手里货最好，且向他指点门径的人。那人开导他说，买碟要买就买“顶级的”，贵是贵，但从头到尾真枪实弹不掺水，值啊，比起来“三级片”整个小儿科。而“顶级片”他手里就有，这是最难买到的，这条街上就没几个人弄得到。外地人原先的目标是“三级片”，被他说得心痒，当即调高了标准。接下来是讨价还价，最后说到四十元钱一张，共买十张，成交。再往后就很悲摧了：他急忙找到熟人家里看，结果大多根本没图像，有图像的，据他的熟人说，根本算不上顶级。

我对此事知之甚详，乃因那人发现上当后跑回事发地点，想找行骗者算账，却哪有人家的影子？他便向人描述行骗者的模样，问有无人见到过。那日我从“雄狮”出来正往家走，可巧就被问到头上。不免就要反过来问他出了何事，那人比我磊落得多，并不隐瞒，一五一十地讲。我得说他很有叙事才能，讲得有声有色。细节大都记不得了，最有意思的是，他原本有些犹豫的，促使他掏钱的具有决定性的一个环节，是那人自称是劳教释放人员，并且把劳教释放证明拿给他看，道：“你还不信我吗？！”他这才下定决心。

当时我听了强忍着才没笑喷。夸耀与要人、名人关系行骗的事不少，以劳教释放犯的名义打包票，还是头一回听说。那骗子是个了不得的心理学家，且不管那身份的真假，想到掮出那不名誉的身份来赢取信任，就是出奇制胜的一招。事实是，对那外地人居然真的奏效。其中的心理逻辑也许是这样：卖盗版碟是件有风险的事，贩卖淫秽光碟更属高风险的勾当，谁愿谁敢冒这险？劳教释放人员别无出路，铤而走险属题中应有，有些原就是黑道中人，从黑道上搞到“顶级片”的可能性也最大吧？是故那平日避之唯恐不及的身份，此时反成了某种保证。我跟人说起这桩趣事时，就是这么分析的。可惜当时没有质之上当者，问他以为然否？

风险

电子一条街上，盗版碟的买卖似乎已是遍地开花，这里又说到风险，似乎有点矛盾，其实并不。风险一直是存在的，而且经常变成事实，只是野火烧不尽，春风吹又生罢了。上面整治的决心见于设立了一个名为“扫黄打非”办的机构，查处贩卖窝点，收缴非法光碟，即该机构的一项重要任务。有个熟人就在里面，偶或去他那儿玩，看到过成堆的收缴物，这些都是要销毁的，有次承他好意，让去挑点，发现从英语学习到风光片到各种应用软件光碟，门类颇多，三级片之类则是专门管理的。

这些收缴来的碟子证明了打击的力度，对有的贩碟者说来，也许意味着灭顶之灾。上面的决心是毋庸置疑的，“扫黄打非”应该算作具有中国特色的“政治正确”，于是乎又一轮“扫黄”行动迅速地展开。

“扫黄”是“扫黄打非”的简称，大多数人意识却只是“扫黄”，对“打非”未尝在意。但整顿既来，“非法音像制品”当然是包括在内的，电子一条街上的贩碟者概莫能外。像“爱国卫生”大检查之类的大规模行动一样，届时就有一些巨大的横幅挂起来，上有“坚决打击”等醒目的字样。内容相仿的横幅、标语平日并非不存在，然而其一，是没那么引人注目，一轮“打击”过后，往往并不摘下，时间长了，因风吹日晒没颜落色，宜乎过往之人视而不见；其二，只有到了“扫黄”正在进行时，这些悬挂、张贴的标语才显现出它是有威慑力的。

卖碟者对此自有拿捏，很是拎得清。例行的检查不足惧，循例回避一下即可应付过去。巡查者多半就是这一带的，态度堪称亲民，随和到仍能将某种轻松气氛维持不坠。大体上是眼不见为净式，外面游弋者暂时躲开，里面柜台上鞋盒子收起，也就罢了。偶或遇上过于掉以轻心者，巡查者会发话：“要自觉噢！”“太过分了吧？！”“客气当福气啊？”语气里警告与提醒兼而有之。在商城里，他们前脚走，后脚那些收起的鞋盒就能摆到柜台上来。有回巡视的人刚出门，便有人喊了一嗓子，“平安无事喽——”那是模仿老电影《平原游击队》里哄鬼子巡逻队的一句台词，引来笑声一片，颇能制造出几分安居乐业的气氛。

当然真正“严厉打击”之时，情况就完全两样。游击人员整个歇工，商城里光碟买卖的痕迹尽皆抹去，电子一条街顿时冷清起来，进入周期性的萧条。时常光顾的买碟者大有“换了人间”之感，远道专程而来的则心有不甘，缠着摊主要看货，或是问来问去，摊主则一概面有难色或神情凝重，顶多压低了声让过些时候再来。这也就见得“扫黄打非”办并不是吃素的了。

最令人心惊胆战的是突然的搜查，事先没半点风声，忽然大队人马就来了。我在“雄狮”就遇见过一回。“严打”已持续了一段时间，有几个摊主显然错误估计了形势，以为风头已过，抢个先手重新开张，买碟者自然向几处聚集，颇为热闹。这时没有任何预兆的，忽然有一阵骚动，有人高喊一声“警察来了”，场内顿时大乱，摊主劈手夺下顾客手里的碟，端起鞋盒就跑，买碟的当中有不晓事的，还在喊“那张我要的”。摊主哪里顾得上？场里的人都在那儿看戏了，跑的人这头跑到那头，又折回头来跑，最后发现几个出口全被堵住了。

从里面出来，发现街上也乱成一锅粥，有个小伙子在拔足狂奔，后面有人在撵，门口有个妇女抱着一鞋盒子碟不肯撒手，与执法人员在抢夺，另有被抓的人在嚷嚷：“叫我不卖，你给我饭吃？让老娘喝西北风啊？”后来听说，那是一次大的行动，商场、街头只是行动的一部分，另有事先码准了到家里去抄的。对被抄被抓者的处置不大一样，起初我以为量罪的依据是数量，就像贩毒，后来听说非也，另一条更重要，即你贩的碟是何性质。如仅仅是盗版，处罚较轻，数量不大，没收了事。如是“淫秽光碟”，问题就比较严重，三级片就要罚款，“顶级片”罚得是否多一点我不知道，反正是属于“特别恶劣”的，送去劳教也有可能。

处罚最重的还不是这些，乃是政治上有问题的碟，这种情况其实很少，因为极少有这样的碟，有也不会有很多人买，而为这点小利，付出的代价却太大了。

那次“扫黄打非”大行动，让电子一条街的光碟市场元气大伤，很长时间没缓过劲来。虽然卷土重来，收复失地是迟早的事，但这是基于宏观的视角，微观地说，对有些人有些家庭，确是灭顶之灾。在街上兜售光碟者，多半就是那一带的人，家就在附近。其时电子一条街上有许多私房还没拆，既为私房，户主多半也不是有“单位”的人，其子女就业，较那些单位中人又要难些，至少就没了顶职一说。电子一条街的开辟带来商机，街面房多租给了小公司，低矮简陋的平房仅向街的一面装修一下，侧面、更不用说背面，仍然破败，往往从门面看颇像回事，有几分“公司”“商务”的气派，转过去，或往装修以上的部分看看，就完全是两回事，墙面斑驳，门窗老旧，且有私房建造时的野路子的随意和因陋就简，说是危房也不难相信。面街之地租出去了，后面或楼上留给自家住，做房东之外，家中人也还要找事做，那一带无街面房的人家则尤有谋生的压力，因地制宜，有不少人就干了卖盗版碟的营生，家就是仓库，平日便端了鞋盒子到街上去兜售。

“扫黄”风暴过去，那一带颇有一些人家损失惨重，据说坐牢的也有。尽管如此，风头刚过，复蠢蠢欲动，因为指着这个吃饭。明目张胆顶风作案是不敢的，改为空着手在街上逡巡，或是到电脑商场门口蹲点，碰着老客户，或是瞄到想买碟看上去又较可靠的人（没有便衣的嫌疑），便带到家里去看货。

有次我正往家走，在巷口遇到一卖碟的在说服两个外地人跟他到家里去看碟，保证品种多，要什么有什么，而且不远，过了街几步路就到。外地人好像犹豫不决。我也是多事，问了句，你不怕抓？那人立马很警惕地看着我，且有几分凶相。为缓和紧张气氛，我就问他都有什么碟。待明白了我就住前面的院里，他便让我做证，这一带卖碟曾经多么的火。我实在弄不明白这与他急欲进行的交易有什么关系。

到临了，他邀我和两个外地人同去家里看碟，拍胸脯担保我必有收获。我对在这一带淘碟早已不抱希望，也不知出于什么心理，跟着去了。跟在后面走，忽想起听说过的强买强卖的事，拐进小巷时不由就有几分紧张，仿佛正在走近一个黑窝，黑窝里有打手似的人。

“黑窝”在一栋破旧两层楼房的二楼，那一面临着珠江路大街，门面房，一个门面就是一家电脑公司；这一面出门就是巷子，居家过日子的市井气，满眼是晾晒的衣物，甚至还能见着倚着墙的马桶。有个老头坐在门前一张藤椅上打瞌睡，卖碟人打个招呼，就领我们进到二楼的一个房间。房间不大却显得空空荡荡，因为只有一张床、一张桌，不像平日有人住的样子。

那人二话不说，从床底下拖出几只大纸箱，里面全是碟片。俩外地人两眼放光，立马翻拣起来。显然盗版碟的世界对他们还相当新奇，骤然见到这许多，又未经分类，不免目迷五色又一无头绪。我费半天劲从大堆乱放的碟里居然寻出了两张一套的歌剧《茶花女》，他们仍一无所获。卖碟的原是抱着膀子站在一边抽烟，神情倨傲（有这么多好货不怕你不要的意思），这时不耐烦了，对外地人说：“你们到底想要什么？会挑啊？！”而后过来一通拨拉，找出牛皮筋捆着的一叠套片，斩钉截铁地替他们做主：“就拿这个，绝对不会错！要是看了不好，拿回来，我倒贴！”他手上拿着的是一套《金瓶梅》，仿佛要加重自己担保的分量，他把碟片杵到人眼皮子底下，又道：“杨思敏，晓得吧？——‘亚洲最美丽的胸脯’噢！”果然，封套上主演的名字旁边，醒目地题着这么行字。不知道是他不由分说的气场，还是这行字具有的说服力，那二人没再问什么就买下了。

俱往矣

2002年，我从珠江路搬到了草场门，其时珠江路上的碟片生意已不复昔日红火。并非就此偃旗息鼓，倒似化整为零，山西路长三角、珠江路电子一条街那样的集散地日渐萧条，大街小巷、城市各个角落里的大小碟店却是层出不穷，卖碟之外，租碟的铺子在居民小区里也很是热闹。

搬到草场门不久，我就在石头城菜场旁边发现了一家叫作“华彩音像”的。只是这时我看碟、听碟的发烧期已过，而且这家跟大多数碟店一样，进的都是大路货，不是淘碟的所在，当真要找点小众的碟，不如走远点，到马台街，或是北门桥那儿的“红帆”，故我常常是过其门而不入，直到碟片市场上风云再起。

我说的是压缩碟的出现。一张DVD的容量，撑死不过个把小时，一张压缩碟则可以播放八九个小时。带来的最大方便，也许是可以不择时地看电视剧或其他长篇系列节目。以往电视上的东西是过时不候的，首播的电视剧通常是每晚播两集，碰到想看的剧，得每晚在电视机前候着。若是错过，则要等到电视台的复播。就算你有闲工夫每晚守着，也还有频频出现的大段广告乱入，让人不耐烦。我在DVD中看到过卡通、纪录片，但不大见到有电视剧制作成碟片的，即或有，大概也是供租碟的铺子。试想一部剧几十张，花几百元钱买来，重看的机会几乎为零，没几个人会以为值。

现在好了，再长的电视剧，几张压缩碟便可搞掂，受制于电视台的日子可以结束了。而且压缩碟的价格很快就降下来，便宜到不少人宁可买来看，也懒得去租，看完扔掉亦不觉可惜。当然，全是盗版。

我不记得具体的价格了，有意思的是，海外可以低到什么程度，倒见识过。压缩碟对海外赤子看国产剧绝对是个福音，我有不止一个身在海外热衷国产剧的老同学表露过因这便利而来的兴奋。他们的碟并非全是回国时大肆购买，有不少就是在纽约、巴黎的地摊或小店觅得。2010年我在纽约法拉盛街头，就见到过卖碟的地摊，是晚上出的摊，过街天桥下面，一部《五月槐花香》，只要一美元，足见老同学口中“一美元看一部剧”的嘚瑟并不是夸张。我疑惑的是，这些碟是从哪儿来的呢？国内也便宜不到这地步呀。难道地下的盗版业卖到海外去也有退税一说？

我对于压缩碟属后知后觉。2002年我去法国教书一年，回来后发现压缩碟已成为碟店里的新宠。它看上去就和DVD不一样，DVD单张或双张，都是或方或长的简易塑料盒，若是好几张一套，就是一叠装在塑料袋里，给个封皮，牛皮筋一勒。压缩碟不论数量多寡，都是一个大的硬纸封套，少的服帖，好多张的就任它在里面塞得鼓鼓囊囊。我开始不明就里，还道是DVD包装上又有了新花样。头一个为我分解且极言压缩碟好处的，是“华彩”的老板娘。“华彩”是夫妻店，平日不见老板，就老板娘守着，别无帮手。老板娘不苟言笑，偶露笑容也生硬勉强，对顾客说话硬邦邦的挺冲，倒像你欠着她。其实“欠”她的是她老公，我只见到过老板两回，在店里待了很短的时间。就这两回，还都在横眉竖眼地大声训斥她，全不管店里挑碟的人，她那边辩两句，立马被老公更大的骂声镇压下去，她便只剩下敢怒不敢言的嘟囔，神情在怨恨与怄气之间。待老公驾摩托扬长而去，她因当众受辱的难堪，对人的态度越发生硬起来，跟人说话都是赌气的口吻。

她向我举荐压缩碟，也是伴着没好气的神情，一边陈说其容量的巨大，清晰度不输DVD（这点是不确的，但看电视上的东西原本就不像看电影那么计较，模糊一点也无妨），一边就像是在质问：喜欢看碟，压缩碟怎么会不知道？已经卖疯掉了呀。弄得你觉得不对自己的无知表示惭愧都有点过意不去。尽管如此，压缩碟盛行的那段时间，“华彩”我还是经常去，因为有好多东西可看，而老板娘的生硬比起某些店主不停地聒噪，一种欺上身来的热情，我更能接受。她有所推介，都是直不笼统的，几句话说完就站一边不响了，由你安静地拣选。我还记得在那儿买的第一套压缩碟是《走向共和》，由此开启了看电视剧的新模式。那可以称之为恶补式，电视上要播十几二十天甚至更长的时间，花几个晚上便看完了，没有广告乱入，跳过片头片尾，两三个小时，便可看上五六集。从此再不看电视，一些国产好剧，像《大工匠》《历史的天空》《金婚》什么的，都等着碟子出来，再这么一气呵成地看。

压缩碟带来的好处不止于观剧的便利，许多资源都被发掘出来，重加利用。比如希区柯克的电影，做碟的给你集到一起，几张碟一网打尽。什么“奥斯卡最佳外语片”“马龙·白兰度全集”……以导演为题，以演员为题，以奖项为题，以年代为题，以类型为题，各种编排组合纷纷出笼。搜罗一下，建个个人的小资料库，不是难事，若是对画质不挑剔，将就点，也还可看。我更感兴趣的，是电视上看不到的一些纪录片和系列节目。比如“国家地理”，NHK的《铁道》，凤凰卫视的《冷暖人生》等等。一时发现，值得一看的东西还真不少，家中的电视机成了专门的播放器，收看电视的功能近乎闲置，唯有逢球赛直播还能派上点用场，所以电视仿佛永久地定格在体育频道。

但是，压缩碟的热闹，似乎已是光碟市场的回光返照了。有一阵，自助式的刻录光碟曾变得流行，当然是因为个人用的刻录机的出现。遇到什么稀缺的碟，就自家买空白盘刻录，便当得很，就像当年的翻录磁带。不同处是还可以从网上下载。有个同事的小孩喜欢古典音乐，上中学时同事带他到我家听听音响，看看我的碟，那时我淘来的碟还挺让他羡慕。没过多久，已成大学生的他开始到处搜罗，而后刻了一大堆盘，名曲名家，著名乐团演奏的各种版本，弄出一个一个的系列，洋洋大观。我当年钻头觅缝淘来的那些，在他简直是得来全不费工夫，令我大起此一时彼一时的感叹。

自己刻录之外，还有提供服务代劳的，据说网上多得很。我则见过街头倚着自行车竖块纸板就揽生意的。或者他提供目录，或者你要什么告诉他，什么稀奇古怪的碟都能给你翻刻出来。然而私下的刻录只能算是余兴节目，远不能看成光碟大业的中兴，与碟店生意曾经的火爆相比，只能算是小打小闹。

眼见得碟店就在走下坡路了。事实上网络一直侵蚀光碟在视听江湖上的地盘，先是MP3把随身听给灭了，要听啥都从网上下，再往后都在手机上听。CD呢？似乎主要是供粉丝买专辑，或是发烧友专事收藏。要看碟，则网上有海量的资源，弄个移动硬盘，往里存就是了。搜索方便，连从一堆碟里挑出要看的这样的举手之劳都给免了。对绝大多数人而言，有了网络，CD、DVD什么的，都成了浮云。

于是星罗棋布的一家家碟店纷纷关门大吉，街头摆摊卖碟的游击队也消失了。有一天我到石头城公园去散步，路经菜场，发现“华彩”居然还在，不免好奇，进去看看，还是那老板娘一人苦着脸在守着，却没了碟片的踪影，卖的是文具、手机套、U盘之类。出来发现，已然不叫“华彩音像”，改称“华彩卖场”了。

针对盗版碟的治理行动也久不听闻。最终让盗版碟消踪匿迹的，不是大张旗鼓的“扫黄打非”，而是网络化生存的愈演愈烈。当然事实上不独盗版碟，网络化将正版碟也挤得几乎没了生存空间。

起劲的淘碟，好像已是很久以前的事，其实呢，并没过去多少年。

莎士比亚时代的剧院

王　巍

要想读懂莎士比亚，还需要知道那个时代的戏是怎么演的。

莎士比亚有近四十部戏剧作品流传后世，其中很多在今天仍被广泛视为必读书目，但实际上，他当年写下这些作品时，并没有期望人们会通过书页来直接阅读。莎士比亚写作的初衷，是创作演出脚本并提供给专业的剧团演员，经过排练上演，在剧场中呈现给观众。

从受众的数量规模来说，舞台戏剧这种媒介形式，早已远远无法和文字图书相比，但很多人仍然认为，要想原汁原味地展示和欣赏莎士比亚戏剧，就应该把剧院作为首选的媒介。在英语国家，这个争论被称为Page vs. Stage。

今天，对绝大多数人来说，剧院和舞台都是比较陌生的事物，很少有人能经常有机会在剧场中观看莎士比亚戏剧作品。现场观看舞台演出，已经成为一种辅助的欣赏形式，只是对阅读莎士比亚戏剧文本提供一种补充，但是，这种补充是有益而且必要的。

另一方面，历史差异也对欣赏莎士比亚戏剧构成了一重阻碍。莎士比亚的戏剧作品主要写作于1580年代后期到1610年代中期这二十多年间，那正是英国戏剧的黄金时代。和今天相比，四百多年前的戏剧演出有很多明显的不同，除了演出场所、观众构成、剧院建筑、舞台设计方面的区别，在剧团的组织形式和排练方法上也不尽相同。莎士比亚在写作剧本的过程中，需要时刻考虑到这些方面的实际情况。

因此，了解十六世纪英国戏剧演出的具体特征形态，能够帮助我们从莎士比亚的剧本中读出更多信息，更好地领略个中趣味。

演出的场所，看戏的观众

在莎士比亚的时代，各个剧团演出的场所十分多样，并不仅仅限于剧院。莎士比亚的很多剧作，曾经在伦敦的各处王宫以及城中的律师协会演出；有时剧团还会离开伦敦，前往牛津大学和剑桥大学演出；最早出版的《哈姆雷特》剧本中，就特别提到该剧曾在这两所大学上演。

另外，一旦暴发瘟疫，为防止人群聚集传染疾病，伦敦政府就会下令关闭所有剧院，这时，各家剧团通常会选择离开伦敦，到外省各地的市镇巡回演出，演出场所包括当地大贵族的家宅、各种行会的厅堂、客栈的场院，甚至教会的教堂建筑。

由于缺少其他娱乐方式，戏剧演出在当时受到广泛欢迎，看戏的观众来自社会各个阶层，从君主、王公、贵族，到律师、医生、商人、小贩、工人等寻常市民。对于各家剧团来说，最主要的观众是伦敦居民中的中产阶层和工人阶层，最常用的演出场地则是位于伦敦城墙以外的各家剧院建筑。

十六世纪后期，伦敦的人口有二十来万，当时一所剧院能够容纳两千多名观众。每天有四五家剧院同时演出，能够吸引来大约全城百分之五的人口。即便只在一家剧院，也能同时聚集百分之一的伦敦人口。这些人坐在一起，随着舞台上的角色一同思考，一同感受，偶尔还会开口点评和讨论，当场对剧情提出见解。

从这个意义上来说，当时的剧院如同一个巨型的公共论坛，聚集人群的能力和互动交流的程度毫不逊于如今互联网上的社交媒体，而且，论坛的讨论是在剧院这个实在的空间之中进行，比互联网的虚拟空间更加直接，也更加生动、热烈。

伦敦城南的剧院区

莎士比亚最著名的剧作《哈姆雷特》是在1600年首次上演，当时，英国戏剧的繁荣局面只有几十年的历史。

十六世纪初的宗教改革席卷欧洲，在英格兰也引发了长期动荡，直到1558年伊丽莎白女王登基前后，国内的政治局面日趋稳定，英格兰才出现长期从事戏剧演出的专业剧团。到1570年代中期，也就是莎士比亚开始写作戏剧的十几年前，伦敦刚刚开始兴修专门的剧院建筑。

伦敦的第一座永久性剧院建筑修建于1576年，位于北城墙以外。之后不久，附近就建起另外几家剧院。莎士比亚初到伦敦的几年间，就是在城北的剧院演出。1576年之后的十几年间，在伦敦城以南、泰晤士河的南岸，也接连修建起几家剧院，彼此的位置比城北的剧院更加集中，其中就包括莎士比亚投资入股的环球剧院（The Globe）。到1600年《哈姆雷特》首演时，城南剧院区后来居上，繁华程度已经超过了城北。

1616 年绘制的伦敦全景图（局部）。画面右侧是伦敦桥，当时是泰晤士河上唯一的桥梁。当时伦敦的主要建筑和居住区都位于泰晤士河的北岸，南岸开发的时间较短。在全景图的左下角，可以看到一个多边形建筑，这就是莎士比亚所在的环球剧院。

不管是城南还是城北，当时的剧院都位于紧邻伦敦城的郊野地带，在伦敦市政府的管辖范围以外。之所以选址在近郊，是因为当年的伦敦市政府认为戏剧演出有伤风化，而且人群聚集起来不易约束，容易发生骚乱，因此禁止在城中开办剧院。即使对于城外的各家剧院，市政府也时常感到不满和担心，多次要求国王政府下令关闭。

泰晤士河的南岸，称为Bankside，当年属于英格兰教会的地产。宗教改革之后，英国君主取代罗马的教皇，成为全国教会的最高首领，因此有权经营这片土地。伊丽莎白女王以及之后的詹姆斯国王都十分喜欢观看戏剧演出，更为重要的是，戏剧等娱乐活动能够促进商业、增加税务收入，因此国王政府始终拒绝关闭剧院。

在泰晤士河南岸，除了各家剧院，还有很多妓院和其他游乐场所，十六世纪时，伦敦居民中最受欢迎的公共娱乐项目并不是戏剧演出，而是一种被称为“Bear-baiting”的血腥表演。

这种表演操作起来很简单：找一根结实的绳索，一头用桩子固定在地上，另一头牢牢地拴住一头狗熊，然后再放出几条恶狗对狗熊攻击撕咬，直到把狗熊咬死。当时，这种纵狗斗熊的表演非常流行，有些剧院除了演出戏剧，同时也提供这种血腥娱乐来增加收入。

泰晤士河南岸就在伦敦城以外，城中居民只要乘船过河，或交几个钱走过伦敦桥，就可以来到南岸娱乐看戏。在

Bear-baiting，纵狗斗熊的表演。

莎士比亚生活的时代，伦敦各家剧院的演出时间不是晚上，而是在午饭之后不久、下午两点钟前后开戏，演出持续大约三个小时，于傍晚天黑之前结束。

虽然下午是工作时间，但前来看戏的人仍然很多。各家剧团通常会提前一天在伦敦各处公共场所张贴次日的戏单广告，临近演出开始，剧院会在屋顶挂起彩旗，安排几位乐手吹号打鼓，吸引观众前来。

半露天剧院

《哈姆雷特》首次上演时，莎士比亚所在剧团的赞助保护人是伊丽莎白女王的宫内大臣，因此被称为“宫内大臣剧团”。1594年，莎士比亚在这家剧团投资入股；1599年，剧团的各位主要成员合伙投资，在泰晤士河南岸修建了环球剧院。

宫内大臣剧团生意兴隆，环球剧院始终专门用作戏剧演出，从未举行过狗斗熊表演。从1599年到1608年，莎士比亚的戏剧作品都是在环球剧院上演。

环球剧院属于半露天剧院，称为Public Playhouse，直译就是“公开剧院”。所谓Public的原因是，在此之前，英国各地的戏剧演出主要采取堂会形式，在贵族、富商或行会组织自己的私有空间中举行，而面向所有顾客、在公开区域提供演出的场地，在当时还属于新生事物；称作Public，是为了和

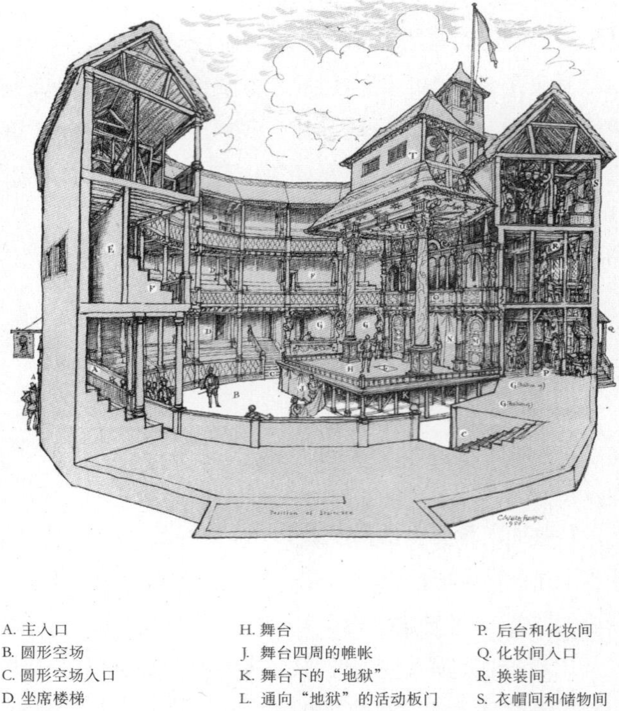

A. 主入口
B. 圆形空场
C. 圆形空场入口
D. 坐席楼梯
E. 坐席走廊
F. 坐席
G. 绅士包房和贵族包房
H. 舞台
J. 舞台四周的帷帐
K. 舞台下的“地狱”
L. 通向“地狱”的活动板门
M. 上下场门
N. 壁帘
O. 演奏者楼座
P. 后台和化妆间
Q. 化妆间入口
R. 换装间
S. 衣帽间和储物间
T. 升降机
U. 舞台上方的天花板
W. 剧院旗帜

莎士比亚时代剧院建筑的结构布局，根据考古发现和历史资料绘制。
图片来源：美国华盛顿市福尔杰莎士比亚图书馆（Folger Shakespeare Library），C. Walter Hodges 作

私人的堂会演出区别开来。

半露天剧院是伦敦当时最常见的剧场建筑形式，绝大多数观众都是在这种剧院中观看演出。和今天的剧场建筑不同，半露天剧院的屋顶不是完全封闭；在其他方面，也和今天常见的现代剧场有很大差异。

在外观上，半露天剧院的建筑并不是规整的四边长方形，而是多边形，通常有十几条边，形状接近圆形。各家剧院大小各异，直径在二十二米到三十米之间，剧院的主体结构使用木材搭建，屋顶为环形，大多用茅草葺成。远远看上去，半露天剧院的外观如同一个短粗的巨大木桶。

剧院内部，四周一圈都是观众的座席（F），从下到上共有三层，第三层的上方是茅草屋顶。三层座席彼此上下垂直，而不像今天的剧场一样逐层后退。每一层中，都摆着几排长长的木头板凳。根据距离舞台的位置远近和视线角度，座位的票价各不相同。

剧院中央是一个圆形空场（B），靠着一侧搭建有舞台（H）。舞台正上方有一个高高的顶盖，但圆形空场中的其他空间则没有任何遮挡，完全露天。站在空场中看戏，就会暴露在太阳的照晒之下，赶上下雨，还会淋湿衣服。而且，空场中也没有座位，观众只能站着观看演出。虽然空场距离舞台最近，但由于舞台高出地面，观看演出时观众需要仰起脸，视线角度也是最差。因此，空场中的站票价格最低，只需要一个便士。买站票看戏的，通常是普通劳工，不仅手头不富裕，对戏剧的欣赏水平也不高。由于看戏时站在平地上，也就是英语中的ground，所以这些站票观众被称为groundlings。

在《哈姆雷特》的第三幕中，哈姆雷特提到groundlings时语气就非常轻蔑，to split the ears of the groundlings, who for the most part are capable of nothing but inexplicable dumbshows and noise，称他们在看戏时“除了欣赏一些张牙舞爪的手势和莫名其妙的大呼小叫，其他的精妙之处基本上一概都看不懂”。

购买坐票的观众，进入剧院所使用的入场口（A、D）就与站票观众（C）不同。有座位的戏票价格自然更高，根据位置的优劣价格不等，最贵的票是六便士一张，不但能看戏，而且位置十分显眼，能够让整个剧场中的其他观众看到自己的风姿仪态（G）。如果嫌板凳太硬，多花一个便士就能添个坐垫。这是个什么样的物价水平呢？当时，伦敦城中有十几年工作经验的熟练工人，每天也只能挣到十二个便士的工资。

演出过程中，时常会有商贩拎着篮子在各层座席间穿梭行走，出售各色水果、零食。水果买来之后，不但可以吃，如果舞台上演得不好，观众还会把手中的水果砸将过去。

这种半露天剧院，在满座的情况下，算上站票，能够容纳两千到三千名观众，被挤得严严实实。观众脚下的地板，是用灰泥混合榛子等坚果的外壳铺成，这是当时铺设室内地面的常用材料。

《哈姆雷特》第二幕中，主人公在和两位同学交谈时，曾说道，I could be bounded in a nutshell and count myself a king of infinite space，用nutshell（坚果壳）来比喻空间的狭小局促。对莎士比亚时代的剧院观众来说，这个比喻意象俯拾即是，非常直观。

舞台和装备

半露天剧院的舞台为长方形，用木材搭成，高出地面大约一米。舞台向前伸进圆形空场，前方的边缘接近空场的中心。舞台后方有两个上下场门（M），一左一右，通向后台的换装间（P、R）。舞台后方的墙壁上挂有整幅壁帘（N）。《哈姆雷特》第三幕，御前大臣在王后的房间中偷听母子谈话时，就是躲在壁帘后面，结果被哈姆雷特隔着壁帘刺死。

舞台上方有一个伸出的屋顶（U），由两个粗大的立柱支撑。屋顶的天花板上，画着太阳、月亮、行星、星座等彩色图案。舞台地板上装有一个活动板门（L），演员可以由此上下场，用于表现各种特别效果。哈姆雷特父亲的鬼魂就多次使用地板上的活动板门出入，而且在进入舞台下面（K）之后，还发出声音来配合台上的表演。

各个剧院的舞台在形状和面积上略有不同。据推测，环球剧院的舞台，左右宽度大约十五米，前后纵深大约九米，

哈姆雷特在王后屋中误杀御前大臣。1840 年前后，法国德拉克洛瓦绘制的石印版画，表现的是《哈姆雷特》第三幕第四场的情节。

面积在一百四十平方米上下，相当于今天一套大号三居室公寓的面积。这样的舞台面积，不但能够上演打斗场面，例如《哈姆雷特》和《罗密欧与朱丽叶》中的各场击剑决斗，而且还能在想象中分隔成不同空间，表现偷听等情节。

例如，哈姆雷特念诵独白to be or not to be时，舞台上同时还有其他角色，包括偷听的国王叔父和御前大臣，以及之后上场的奥菲利娅。但是，观众可以想象为哈姆雷特处于和其他各位角色不同的空间，直到独白结束，才进入女友奥菲利娅所处的空间。

与今天的舞台相比，莎士比亚时代舞台的最大不同，就是装备陈设非常贫乏，不仅没有幕布和灯光照明，而且道具和布景也非常有限。

由于演出时间是天光大亮的白昼，剧院建筑又是半露天式，所以舞台上无法通过灯光照明来区分白天和黑夜。在表现夜间场景时，剧本作者只能借助台词、动作以及道具来进行提示，例如，剧中角色可以手举火把，或者假装对近在咫尺的人视而不见。

例如在《罗密欧与朱丽叶》的第一幕，罗密欧和朋友们前往舞会的路上，以及第五幕两位主人公在墓室中殉情时，剧中人物都手举火把。另外在第一幕中的舞会上，朱丽叶的爸爸多次吆喝仆人把灯点亮一些，也是在间接地告诉观众，舞会发生的时间是在晚上。

舞台没有幕布，也就无法通过闭拢或打开幕布来指示幕次更迭和场景转换，因此，剧本作者需要用其他方式向观众提示剧情中的地点发生了变更。一般来说，在每个场次结束时，所有角色都会走下舞台；在下个场次的开始，由其他角色走上舞台、开始表演，从而告诉观众，戏剧已经进入了新的场景地点。

另外，当时舞台上的道具和布景也非常有限，和中国的传统戏曲类似，舞台上通常只有简单的桌子和椅子，根据戏剧的情节，有时也会使用国王宝座以及木头制成的岩石、堤岸、坟墓等简单设施。可与此同时，布景的缺乏也给戏剧作者带来了一定程度的创作自由。很多时候，如果不是重要的场次，作者就干脆不交代戏剧中的具体地点，让观众自己通过想象和常识来推测补充。

演员和剧团

在莎士比亚的年代，剧团中的演员构成也和今天大不相同。当时的剧团中没有女性演员，所有的女性角色都由少年男性扮演。虽然难以想象，莎士比亚戏剧作品中那些生动的女性角色，从情窦初开的朱丽叶，到风情万种的埃及艳后，都是由尚未变声的男孩子来演绎诠释。

另外，在那个时代，英国社会等级森严，演员的社会地位非常低。根据当时的法律，如果没有保护人，演员即使收入丰厚，也被与流民及乞丐归为一类，被视为潜在的犯罪分子，在外省各地巡回演出时可能无故遭到逮捕关押，因此，当时的剧团都需要争取王公贵族作为自己的保护赞助人。

在这方面，莎士比亚所在的剧团非常成功，1603年之前的保护人是伊丽莎白女王的宫内大臣，在此之后，更是得到了继任君主詹姆斯国王本人的支持赞助，更名为国王剧团。国王剧团的英语是The King's Men，如果按字面直译，相当于“国王的人”，比“国王剧团”的译法要威风气派得多。莎士比亚所在的剧团经常到宫廷演出，酬金适中，每次十英镑，相当于在环球剧院一个下午的收入。

威尔·坎普（Will Kemp），莎士比亚所在剧团的头牌丑角演员，莎士比亚的很多喜剧角色当初都是为他量身定制。此图为十六世纪时英国的木刻版画。

在组织形式上，当时的剧团大多由投资方出钱雇佣演员、租用场地，通过演出从中赢利。有些剧团，如莎士比亚所在的剧团，则是由主要演员合伙出资。各位主要演员同时也是剧团的股东，共同承担剧团的各项开支，包括维护服装和道具、雇佣杂务跟包、购买剧本、支付剧院租金。同时，各位演员股东也有权利按照出资比例在票房收入中分成。由于在修建环球剧院时曾出资入股，莎士比亚还有权利从剧院的场租收入中获得分成。

在四百多年前的伦敦，各家剧团每个星期要演出六天，每天都要上演不同的剧目。自从1594年入股之后，莎士比亚的剧本就全都出售给宫内大臣剧团。同时，为保证剧目更新，吸引观众，剧团还经常从外面购买剧本。推想起来，莎士比亚作为剧团的专门作者，除了自己创作，一定也时常修改润色购买来的剧本。

在莎士比亚时代，剧团中还没有导演这个工种，通常都是由剧本作者来给演员们讲解说戏。虽然莎士比亚对剧本有自己的理解和期望，但排练也是一个谈判协商的过程，作者需要接受演员提出的各种意见，同时，各位股东也有权利要求控制演出的开支费用。即使在新戏上演之后，仍然可能会对剧情和角色进行细微调整。一部新戏，从写作到基本定型，至少需要两年的时间。

在实际演出中，经常会有演员不顾剧本作者的意图，在舞台上现场发挥。特别是喜剧丑角演员，尤其喜欢即兴创作。莎士比亚一定遇到过类似的情况，在《哈姆雷特》第三幕，哈姆雷特在戏中戏上演之前，向剧团的演员们提出了一连串的建议，特别批评了丑角演员的即兴发挥：

And let those that play your clowns speak no more than is set down for them; for there be of them that will themselves laugh to set on some quantity of barren spectators to laugh too.（还有你们那些扮演丑角的，除了剧本上专为他们写下的台词以外，不要让他们临时编造一些话加上去。往往有许多丑角爱用自己的笑声，引起台下一些无知观众的哄笑。）

在剧团中，莎士比亚不但担任演员、编剧、导演，还作为投资人参与经营。除了才思、灵感、想象力，莎士比亚对舞台戏剧的实际操作也有着扎实的功底。能如此广泛而深入地参与戏剧行业，在今天是难以想象的。

李大爷

安　枫

住过我家的志愿军老兵。

李大爷，是我爸单位里的同事，长得挺精神，就是耳朵有点背，人有点窝囊，有点傻，一辈子没文化，除了会写自己名字，就认识俩字：男女，怕进错厕所。

李大爷老家在河北白洋淀，孙犁的《荷花淀》就说的这儿。别看他没文化，他的名字可叫李文友，文化的文，朋友的友。

别看他一直挺穷困，还出过两次国。我小时候，出国是很罕见的。那时候，我家在东城，爷爷奶奶家在西城，我去过的最远的地儿，就是石景山区姥姥家，也就一俩小时就到了，所以，一听说李大爷出过国，立刻觉得他特神秘，特羡慕。但是，他出国，可不像大家所熟知的改革开放后出国留学、旅游、长见识、找出路什么的，而是吃大苦、受大累、豁命去了。

李大爷祖上曾是地主，有六十亩地，十几条小船，后来破落了，到他这儿，成了孤儿，要过饭，也在村里各家蹭饭。农忙时，各家排着队叫他去干活，十四岁时，村里人说：队伍上有饭吃，当兵去吧。他参军了，去朝鲜打仗，这是他第一次出国，虽然炮火纷飞，他还是活到停战。

他说，通知说是夜里十点停，一到十点，炮声还真停了，真静呀，就是耳朵还轰隆隆响，不敢相信是真的。

停战后，志愿军部队陆续回国，李大爷所在部队并没走，又在朝鲜驻守五年。他说，毛主席给我们派了三件大事：一件是盖房子修路，一件是开垦农田，还有一件是修水库。

据解放军总后勤部公布的数据，中国入朝参战各种部队二百四十万，东北支前民工六十万，抗美援朝共计投入约三百万人。

1953年板门店签署停战协议后，约有四十四万志愿军仍然驻扎在只有中国福建省大小的朝鲜国土上，帮助朝鲜重建家园。当时的口号是：拿出建设祖国首都北京的劲头建设朝鲜，多流一把汗，多留一份友谊。

停战后，苏联也派了少量军队进驻朝鲜，李大爷所在部队驻地附近，也驻扎着苏联军队和朝鲜人民军。李大爷挺自豪地说，当地老百姓，借个东西，或是家里有什么活儿，想找人帮忙什么的，都愿意来中国军营，不去找苏联军队，甚至不找他们自己的人民军。

李大爷所在部队1958年撤回国，为了不扰民，是夜里走的，营房打扫干净，打好背包，没有送行的人群，骡马随行。

回国的火车，一直不停地开，也不知是去哪儿，就说是有更重要的任务等着呢。一直拉到唐山，休整俩月，这才知道，部队编为铁道兵，支援湘黔，修铁路。

在大山里修了好几年铁路，都叫他们老铁。他说：修铁路也跟打仗似的，炮声隆隆的，崩出的石子儿，也跟枪子儿似的。有一次，嗖，飞过来一个石片，他旁边一个山西籍的战友，正端着碗吃面条呢，啪嚓，饭碗和脑袋都掉地上了，滚到他跟前，他也正捧着碗吃呢。

后来，他又出国了，是去非洲，还是修铁路。又有不少人死于疟疾、爆破塌方、沼气、洪水、毒蛇猛兽等等。他说，有一次，早上一睁眼，帐篷里一个排的战士光荣了。

在非洲修了三年铁路，他命大，又活着回国了。铁道兵缩编改制，他所在部队，集体转业到北京的工厂，他没文化没技术，干的活都是最累最脏的。

不管怎么说，他还算是幸运的，吃了那么多年苦，终于能活着，没大病大伤，分在北京当工人，过上了普通人的生活。要知道，像他这样的当兵的，还有很多是各自回老家种地去了。

说李大爷后来的经历，就不得不提到我爸。真不是表白我爸，他对李大爷真的是一直特好，我是如实记录。我小时候，一直感动于我爸对他的体贴、保护和帮助，也正如此，我才对后来他对李大爷的一件事特失望，特遗憾。

我爸，江西理工大学（以前叫江西冶金学院）毕业后，又分回北京，在工厂当技术员，和李大爷一个车间。李大爷干活不惜力，还老挨欺负，我爸觉得，这位大哥挺老实挺可怜，看不过去时，就替他说话，知道了他的身世和经历，对他更好了，总护着他。

我爸虽然不是领导，但那年代普遍文化水平低，技术员是知识分子，在车间里挺受尊敬。余秋雨不是说过嘛，越是没文化的人越敬畏知识文化，因而也就尊敬有知识文化的人。再加上我爸人也挺好，说话挺管用。

有一天下午，一帮人坐在树荫里，扇着扇子，喝茶，歇着，支使李大爷在烈日下搬管子。那么多钢管，就让他一人搬，那是分给他们班组一起干的活。有人冲他喊：搬这边的。还有人喊：去搬那边的。他就是沉着脸低头干活，抓起肩膀上的手巾抹抹汗，不吭声。

我爸正好路过，一看，这不是欺负人嘛，就冲他们喊：你们都去干活！我爸一说，那些人赶紧起来干活去了。

那年头，工人涨一级工资是六块钱，名额很少，给谁涨，领导定。大家生活水平低，一听说涨级，眼睛都瞪圆了。涨一级工资，比别人每月多拿六块钱，六块钱能买不少东西，带鱼三毛八一斤，面粉一毛九分八一斤。这六块钱，不仅直接影响到生活质量，主要是面子上也比没涨的高人一头。

每次涨级，都有人不服，找领导说道说道，凭什么给谁谁谁涨，没给我涨，凭什么？有又哭又闹的，有同事之间翻脸的，还有上吊未遂的。听说，还有去积水潭跳护城河的，说是看见巡逻的过来了才跳的，马上就给捞起来了。

和李大爷一起来的那拨人，都给涨过级，都比李大爷工资高。李大爷老实巴交，不会找领导诉苦表白，干吃亏，一次没给涨过。

后来我爸由技术员升为工程师，还当了车间主任。一上任，一来了涨级指标，他马上给李大爷连涨两级工资，让他追上一起来的那拨人了。

给一个人连着涨两级，以前没有过。下班之前，名单贴出来，晚上，听见我爸跟我妈说：给老李连着涨两级，是我定的，明天要是有人不服，来找、来闹，来一个，骂一个，没他们这么欺负人的，我就给他连着涨了，怎么着吧，来吧，我正愁没处骂呢。

给李大爷涨级，没一个人来咬，李大爷平时的表现，其实大家心里有数，摸摸良心，咬谁也没脸咬他。有人说，欺负傻子是造孽。其实，李大爷不是傻子，他就是脑子慢，不油，又特别老实忠厚。

我爸调过好几个工作，调哪儿都带上李大爷，就为不让人欺负他，他在哪儿都老实巴交，干活不惜力。

那年头，总的来说还算公平，不太论背景关系什么的，像我爸这样有文化、有技术、年轻、肯干、群众基础也好，受到重用是很正常的。我爸经常在单位忙到八九点，天漆黑，才听见他自行车响，回来的声音。那时没加班费一说，也没人想这些。

有一次，中秋节，我在小朋友家玩儿，人家要吃饭了，我就回来了。邻居家灯火通明，我从窗户看见，桌上还摆着月饼，屋里的人都乐着说什么呢，挺热闹挺温暖的，我家黑灯瞎火，冷锅冷灶，我妈单位也忙，不是加班，就是政治学习。

有一年，工厂电子化大改造，成立了一支几百人的电子工程队，我爸是总工程师兼负责人，李大爷听说我爸要调走，晚上来我家吃饭，饭桌上，他光抽烟喝酒，叹气跺脚，说不出个什么。

我爸明白，他是怕我爸调走，他再受欺负，又不知道怎么说。我爸说：你放心吧，我到了那儿，安顿好了，就把你调去。

他就是低头听着，一句话没说，大眼泪一滴一滴掉地上了。

李大爷走后，我收拾桌子扫地，发现眼泪还在地上，还没干呢。

我说：爸，你看，这是李大爷的眼泪，还在这儿呢。

我爸笑了一下，说：你连这个都注意到了。

我爸无论是被调到别的厂，还是被调到部里，都带着他。有一阵儿，我爸去党校进修几个月，还托一位同事关照一下李大爷，说不用专门给他什么特殊，别让他受欺负就行。后来，我爸被调到工业大学任职，他把李大爷调去烧锅炉。他们俩，在那儿先后干到退休。

李大爷年轻时，不好找媳妇，都嫌他傻。

后来，他回老家娶了一个，比他小十岁，还是有文化的，初中毕业，拖拉机手，这在当时的农村算是挺优秀的。

我对她的名字印象很深，叫孔淑珍。因为，小时候，看过一个很有名的电影《我们村里的年轻人》，女主角就叫孔淑珍，有的台词到现在我还记得：我明天也和你一起去建设共产主义、买豆腐花了买肉的钱……

李大爷的媳妇，倭瓜脸，小眼睛，脖子也短，她和李大爷看上去，不像差那么多岁。

她说话有条有理，不紧不慢，当外人面从不抱怨，不管状况多困难多惨，就是抿着嘴，微笑着，不说什么，下巴抬着点儿，挺有骨气、挺有主意的样子。

其实没人的时候，她净呲儿李大爷，嫌他笨嫌他傻嫌他没文化，还老哭，听说她后来眼睛失明就是哭的。要不是李大爷是北京户口，是个工人，她是不会看上他的，那时候，没公务员一说，普通人当个国营大厂子的工人，就算不错了。

改革开放后才有了个体户，一开始基本上就是个贬义词，就是捯腾东西、练摊儿的，让人翻白眼，不像现在叫老板，甭管阔不阔，反正自己说了算。那时候教育孩子的爱说：不好好学习，长大了，你当个体户去呀？后来有的个体户发了财，成了万元户，又羡慕起来了，一说谁是万元户，眼睛都亮了。

李大爷什么都听媳妇的，自己一点儿主意没有，老乐呵呵的。他媳妇，张嘴闭嘴傻子傻子的叫他。

李大爷没文化没技术，厂里不重视他，一直没给他家属办户口。没户口，就不能分房，就没粮票、没副食本，粮票副食本都得凭户口本发放，每人都有定量，光有钱，没本儿，人家也不卖给你，说是好东西都给了叫天涯若比邻和同志加兄弟的俩白眼狼了，能不凭本儿吗。

所以，孩子都仨了，李大爷还是跟光棍时一样，住厂里宿舍，她带着孩子，在老家务农。

我小时候，是物资紧缺的后期，记得东单菜市场的墙上写着毛主席语录“发展经济，保障供给”。那时候小，觉得国家很重视我们的生活，没觉着物资紧缺的痛苦，老师说，台湾人民生活在水深火热中，悲惨极了，我们都盼着解放军叔叔赶紧解救台湾受难的小朋友，也过上和我们一样的幸福生活。

多年后，有一次看凤凰卫视《锵锵三人行》，台湾嘉宾孟广美说，她小时候，老师经常说：大陆人民生活在水深火热中，天天吃香蕉皮，我们早晚要光复大陆。

看来，两岸老师的说法是一个路数呀。

那会儿，除了厨师和肉联厂的，谁家也不可能老有肉吃，吃也就买两三毛钱的，买一块钱的，那得是来客人，平时，甭想。那年头售货员也挺吃香的，能多买点儿麻酱什么的，还能买内部处理商品。

小时候看电影《鸡毛信》，海娃病了，八路军叔叔拿着从日本鬼子手里缴获的两个牛肉罐头去看他，我对这个镜头印象很深，给我馋的。我只吃过水果罐头，没吃过肉罐头，真想尝尝。

上小学时，我被选入北京市少年宫合唱队，后来合唱队并入中国少年广播合唱团。有一次五一节，我们在中南海怀仁堂演出，记得还有歌唱家李光羲，唱的是当时最火最流行的《祝酒歌》。那天，说是最高的中央首长也来看演出，我们每人发了一个鸡腿、一个义利面包、一瓶北冰洋。时隔这么多年，奇怪不奇怪，我只对那个鸡腿印象深刻，特好吃。在当时，这就算是最高档、最好吃的“盒饭”了，平时演出只发过包子馒头和咸菜。至于那天来的是哪位最高首长，是华国锋、胡耀邦，还是邓小平，都记不清了，我一边豪迈地唱着：努力奋斗实现四个现代化啰喂，我们的明天我们的明天比呀比蜜甜……一边想着鸡腿的香味儿，要是能天天吃上就好了。

我们这个合唱团出过一些名人，蔡明、鞠萍、蔡国庆等等，他们比我们大，我们进团时，他们已经退了。多年后，在电视上看见蔡国庆说起小时候合唱团演出的事，也说到鸡腿，太亲切了，和我的记忆完全一样。他说小时候有的重要演出会发鸡腿，他弟弟听了就很羡慕，也想吃，后来，有一次演出，又发鸡腿了，他就没舍得吃，带回家给弟弟吃。可见鸡腿虽然现在很平常，在当时还是很稀罕的。那时候绝对没想到，有一天，生活会变成，鸡腿算什么呀，想吃就有，无所谓。

后来，李大爷的媳妇眼睛看不清了，眯缝着眼，只看得见光和人影，腿也得了挺严重的关节炎，半瘫在床上，能让女儿搀着，下地慢慢挪着上厕所，什么活儿都干不了，大夏天都得穿棉裤，捂着被子。

李大爷来我家，叫我爸给他念媳妇的来信，商量怎么办，再叫我爸给写回信。他和家里的通信，都是我爸给写，来信也都是我爸给念。每次写回信的时候，他坐在我爸对面，半天憋出一句话，我爸头也不抬，不停地写。他和他家里的情况，我爸都太了解了，他不说，我爸也知道写什么，他说到的、没说到的，我爸觉得该写的，就都给写上。

有时候，他没想起来给家里写信，就是来我家，想找我爸说说话。我爸觉得，他有日子没给家里去信了，该写封信问问了，就一边听他聊着，嘴里有时嗯一声，一边给他家里写了一信封，信封地址也写好，放在旁边，等他快走时，我爸说，给家里去封信吧，然后打开给他念一遍：淑珍……

念完了，叠起来，装进信封，递给他，他就伸手接过来，说声哦，塞兜里，走了，连谢谢都不说。我们习惯了，一点儿不怨他，他就这样。

我爸帮李大爷借了一间小房子，他把媳妇和仨孩子接到北京，一家人挤着住，老大在附近小学一年级借读。

这样过了几年，后来那间房，墙裂个大长缝，单位不让住人了，说有危险，要拆，叫李大爷搬走。

中南海西边，有个灵镜胡同，我爷爷奶奶家住那儿。那时候，这条街还没拆了盖楼，都是平房，街坊邻居们都挺熟。这条胡同因为跟中南海很近，就隔一条小街，还听见有人开玩笑说，跟党中央是邻居，过路的街坊邻居们给逗得直乐。

爷爷奶奶的院里有我家两间房，我挺小的时候，我爸单位分房，我们就搬走了，那两间房一直空着。

李大爷媳妇叫他去问我爸，能不能把那两间房借给他们住。我爸晚上跟我妈商量，我妈说：他一家子就他一人有户口，单位就永远不可能给分房，这要是让他们住进去，住到哪年算个头儿？这房子就等于给他们了，一开这个口，以后再想让他们走可就难了，还是别让住了，就说亲戚要来了。

我爸张了张嘴，欲言又止，没吭声。后来，他还真回绝李大爷了。

真没想到，太让我意外了，都听傻了，我爸一直那么无私地帮李大爷，怎么这回又不帮了？

李大爷住的房子快塌了，他媳妇瘫在床上还瞎了，他家从来都是过了春节就舍不得烧煤取暖。那时候，北京的冬天比现在冷，房檐上还有冰溜子呢，就把火撤了，冬储大白菜从来都是买最次的，才两分钱一斤。我们两家那么熟，关系那么好，我家的房子空着都不让他们住，这说得过去吗？说得出口吗？

直到现在我都觉得，无论如何，也应该让李大爷住。直到现在我都觉得，我爸妈这么做不对，太不近人情。虽然是父母所为，也改变不了我的看法。

这件事，我妈是主谋，但我主要是怨我爸。因为，我爸作为一个男人，作为一家之主，李大爷又是他多年的同事和好友，所以，他不应该听我妈的，应该自己做主。当时我还很小，虽然有这种想法，但不是那么肯定，更谈不到劝我爸那样做不好。

爷爷奶奶的院里，也有我叔一间房，他单位分房后就搬走了，那间房也空着。

以前，我们住爷爷奶奶家时，李大爷去找我爸，也净见到我叔，也挺熟，我叔、我姑都帮着我爸给李大爷凑粮票。李大爷的媳妇又让他去问我叔，能不能让他们住。

我叔一点儿没犹豫，当时就说：住吧。

我叔晚上回家，跟我婶儿一说，我婶儿说：大哥就没让住，咱们再不让住，他李大爷家可怎么办呀，住就住吧。

瞧我爸妈这事儿做的。

爷爷奶奶的院子里，有三棵石榴树，一棵核桃树，一棵香椿树，都是爷爷奶奶年轻时，刚置办下这个院子，一起栽的。

按说，独门独院挺好，可就是那年头胡同里的平房很少有独立卫生间，得去街上的公厕，不方便。

过去就连宫里也没厕所，太监用木桶伺候着，里面铺上檀香灰，完了事儿，送到净房。不过，据一个出了宫的老太监回忆，皇上的木桶里铺着的，是烧焦了的大红枣，冒着枣香，但他不是专业抬屎的。太监和宫女有公用木桶，净房专门有一帮人负责清理木桶，叫净军。现在养心殿旁边那个卫生间，是故宫游览区唯一的厕所，是为了游客后修的。一直到这几年厕所革命，增加到十四个。欧洲也好不到哪儿去，四百年前，法国贵族还在卢浮宫的角落里大小便呢，1606年，明万历年间，法国国王亨利四世曾下令禁止在卢浮宫的角落里大小便。

以前，北京的胡同里，很多院子都有厕所，是旱厕，不能冲水，比较先进的法子是，旁边放一袋白石灰，用完了，撒一铲子盖上，除味，防虫，也有用炉灰的，隔几天，淘粪工就上门来给清走。后来，八十年代初，五讲四美的时候，政府把所有院子里的厕所都给清除了，让都去街上的公厕。

我爸、我叔、我姑，都是单位一分房，又有卫生间，就先后搬走了。后来爷爷去世，他们都说要接奶奶去住，奶奶不愿意离开老地方，再说也舍不下院子里的树，就自己过。

想不到，大作家沈从文这样的人，也得去胡同里的公厕。他晚年住东堂子胡同，一直到八十年代初，在这里住了二十七年，和我家住的赵堂子胡同挨着。

那时候，胡同里的公厕就是一溜大茅坑，都不能冲水，苍蝇乱飞，所以那年头苍蝇拍都卖得特火，小点儿的厕所是一遛，七八个坑，大的是两排，都没隔板没门，上厕所肩并肩、面对面。沈从文家挨公厕太近，上厕所倒是方便，但是热天气味很难闻，尤其赶上每星期淘茅房的时候，别提了，他管自己家叫“二茅轩”，那种臭，无孔不入，拿毯子把挨厕所那边的窗户封上，也阻挡不住。那部被誉为中国社科界百年来最杰出的三大经典学术成果之一的《中国古代服饰研究》，就是在这里，闻着臭味写的。和他同时期的作家郭沫若，可是住什刹海的王府，七千平方米的深宅大院，里面花木扶疏，副国级待遇。

写到这儿，联想到，我结婚以后，住在中央民族大学附近，有一阵，校园里一到节假日或周末，总有书市，我常去逛。有一次，在一个书摊上，看见一摞蓝色布面精装的《郭沫若文集》，随手翻了一下，摊主以为我想买呢，赶紧过来，说这是出版社让他当废纸拉走一车，抵一些费用，五十你拿走吧，我腾腾地儿。我合上书走了，也没打算买，就别逗人家了。他又赶着说：四十……我心想，白给也不要，一点儿兴趣没有，瞧人家沈从文、鲁迅，书都再版多少回了，就他还骂鲁迅呢。

现在雾霾算什么呀，以前，胡同里，淘茅房的时候，翻了天的臭气，都能把人熏背过气去。那个粪车还漏汤，滴滴答答，走一路臭一路，过路的人都捂着鼻子紧跑。淘粪工真不容易，要不怎么国家主席刘少奇都跟时传祥握手呢。

你说受不了，可人英国人受得了。小时候，老看见俩英国老头儿，住在胡同里挨臭公厕特近的一间小房子，也就五六平方米。后来才知道，那个胖老头，是胡同里一个五十多岁阿姨的公公，瘦老头是她丈夫，那个小屋，是阿姨给他俩租的。他们在英国住海边豪宅，阿姨的父母都八十多了，需要照顾，她就经常回国，那俩英国老头在北京住上瘾了，乐此不疲。当然待一个月就得回去，因为豪宅里养了五条大狗也离不开，就这样隔一个多月就来一次。我从胡同里走，路过臭厕所都得跑过去，人家根本不在乎，闷热的夏天，还坐在胡同里和街坊们聊天。

1997年开始，北京市政终于和公厕较上劲了，大兴土木，修化粪池、排污管，都改成能冲水的瓷坑，安上隔板，贴上瓷砖，改名叫卫生间，每年改造一千个，共改造一万多个。2005年，为迎接奥运会，又升级改造三千多个，配俩保洁员，二十四小时清洁，有的还安上小机器，吹出的风都是香的。

李大爷的仨孩子，老大是儿子，叫小新，老二老三是女儿，姐姐叫小静，妹妹叫小红。

一家搬来后，李大爷抢着扫院子，抢着浇树，有时，还举着大皮管子往树上喷水。在院里，只要一看见奶奶搬什么费劲的东西，就马上跑过去说，大妈，我来吧。李大爷的媳妇，眼睛看不见，腿走不了，只能整天坐在床上，靠着被窝垛，拿着个半导体收音机听匣子。她怕奶奶一个人闷得慌，每天晚上，小红写完作业，她就让小红去奶奶屋，陪奶奶玩半小时扑克牌。有时他家人也过来看会儿电视，小静和小红每次上街，都会问奶奶，要不要带东西回来。

有一次，去奶奶家，我一进院，看见小静正在水管那儿洗一大盆衣服。她的小身子和大盆形成反差，像动画片里的人物，俩手冻得跟胡萝卜似的，盆里是李大爷的工作服，劳动布的，有点儿像现在的牛仔面料，泡了水，死沉死沉，都拎不起来。

李大爷的媳妇有一次跟我奶奶说起小静，都掉泪了，说小静那么小，就一大盆一大盆地洗衣服，比锅台高不了多少就做饭。

小静还会剁馅、和面，都准备好了，端到床上。她擀皮，妈妈摸索着包饺子。

小新长得像妈妈，脖子短，大脸庞，小眼睛，一开口说话，像爸爸，吭吭哧哧，颠三倒四。星期日不爱在家待着，总出去逛，有时候也去书店翻书，还买回过一本《茶花女》，这是他家唯一的藏书。

看了世界名著，他也想效仿一下，来趟旅行什么的。要知道，那年头很多人还没完全解决温饱，旅游可是一个非常陌生、高雅、离普通人很遥远的词语，但是家境这样，也就去趟老家白洋淀。

走之前小新来我家借书，说要带在旅途中和姥姥家看，还说要多带点儿，要在那儿待一暑假。我也傻，赶紧把珍藏着的《当代》《收获》什么的，凡是我认为有特好作品的杂志挑出来，捆了一摞，借给他了，还嘱咐他先看哪个，后看哪个，可别弄脏了。他拎着书走了以后，我就开始莫名其妙觉着不对劲儿，开始担心，好像是家底让人卷了。

一个多星期后，我去奶奶家，听说他已经回来了，就赶紧去西屋找他要书。没想到，他笑眯眯的，不回答我，该干什么干什么。我追着他问：书呢？他东张西望，哼哼哈哈地说：书？没了呀。我着急地问：没了？不可能，搁哪儿了？他还是笑眯眯的，漫不经心地说：火车上吧，没都拿，有的在姥姥家，谁拿走了，可能吧。

我都傻了，他那么轻松地回答我，我气得愣在那儿，看着他那个样儿，不知说什么，含着眼泪，愤然走了。我的脑子都蒙了，那些我视如珍宝的张贤亮、王度庐、张洁等等，就这么离开我了。

过了几天，他拿着自己唯一那本《茶花女》来我家，主动要借给我看看，还略带点骄傲地说："我这是世界名著。"好像要表示歉意，还有点儿一本顶我十本的意思。

这本《茶花女》，我看了，不知怎么回事儿，也许是翻译的问题，也许是我水平低，反正，虽说是世界名著，但也没怎么打动我，远不如张贤亮带给我的震撼，就好比会喝白酒的，喝了五十多度的，再喝三十多度的感觉不够劲儿。张贤亮等作家，能把我震晕了，只不过由于历史原因，他们的作品没有走到世界文坛，也就没有可能成为世界名著。之前，我也看过世界名著，也有打动我的，但也真有让我觉得很一般的。反之，我在《译林》和《苏联文学》两本杂志上，读过很多没名但非常打动我的外国作品，有些内容，这么多年过去了，到现在我还记得。

那年头，没那么多汽车，街上跑的净是自行车。那时候的孩子没现在金贵，父母也不是玻璃心，全都放养，学生骑车上下学是一种普遍现象，几乎一人一辆，颇为壮观。每个学校都有一大溜自行车棚，上课后，成片的自行车一辆挤靠一辆，都没地儿下脚，想不出是怎么取车回家的。

小新也想像同学一样骑车上下学，跟家里磨了半年，他爸终于给他买了一辆，永久牌的，一百多块。

北京曾经流传着这么一句话，“没丢过自行车就不是北京人”，那辆新车，才俩星期就丢了。

小新和同学去看电影，他怕自己的车太新、太惹眼被偷，没敢放电影院门口，特地把车骑到对面居民楼，扛到二层，在楼梯拐弯的地方靠墙放好。等看完电影去取，就剩下被撬了的钢圈锁扔在地上，小新回家就扑倒在妈妈脚边嚎啕大哭，妈妈平时就是瘫坐在床上的。

隔壁院子有一个张奶奶，宅门里出来的。她爷爷是清朝的高干，相当于现在的部长什么的。她儿子叫开国，跟新中国同一年诞生，“文革”时串联去，在湖南，从火车的脚蹬板上出溜下来，脑袋磕铁轨上摔死了，活了十八岁。女儿尿毒症，老得做透析，后来没钱做，又疼得厉害，三十九岁上吊了。后来老伴儿也去世了，她孤身一人，每天下午睡完午觉，就过来找我奶奶喝茶，吃饽饽——满族人管吃点心叫吃饽饽。有一次，从她跟前过，听见她正说什么“就红卫兵发热症那会儿，整天喊着舍得一身剐，敢把皇帝拉下马，皇上在哪儿呢？不早给拉下马了吗？把皇上推倒那会儿，也没把人家抄了，把人拉到街上斗人家，让人家丢人现眼”。

时间长了，张奶奶和李大爷一家也挺熟，李大爷的媳妇眼睛看不见，家里该做的针线活一点儿做不了，张奶奶净给帮着做，还净给搭东西做。

有一天，张奶奶在街里滑一跟头，缓半天才起来，被人搀家去了。李大爷的媳妇一听说张奶奶摔着了，就急着要下地去看张奶奶（她的腿，要是一边被人架着，一边扶着墙，特别慢地挪着，还是能走一点的）。知道张奶奶爱吃聚庆斋的点心，她叫孩子赶紧去买二斤。小静买点心回来，小红从屋里跑出来。我正在奶奶家写作业，一抬头，从窗户看见，俩人在院里的圆桌上，居然把要送人的点心包给解开了，一人捏出一块。小静把点心咬嘴上，腾出俩手，把点心重新捆上；小红一手捏着点心，一手接着渣儿，先慢慢咬一层皮，再一口一口铲里头的馅，最后再把手心里的碎渣扣嘴里。她俩吃完，把点心拿进屋，过了会儿，一边一个架着她妈，捧着点心包，挪着去张奶奶家了。可是那个点心包，皱巴巴，一看就是拆开过的，不是售货员捆的。

小时候，我特爱看售货员捆点心，那会儿买什么都排大队，所以售货员都练出了绝活，十指翻飞，嗖嗖地飞速捆商品，算盘打得噼里啪啦响，简直像弹钢琴一样。那时候没塑料袋，就是买两瓶酒，也是用绳子捆，都能挂车把上。售货员先是把点心分成两摞或四摞，放在一张黄色的大草纸上，翻来转去，包好，扽平整，再盖一张小红纸，头也不抬，胳膊往上空一伸，薅下一根纸绳。那时候商店里，都在柜台上方吊着一大团纸绳，那种纸绳又结实又透气，古色古香，用多长就拽多长，嗖嗖把点心转圈五花大绑，打个结，留个提手，让你怎么提搂都不会散。最精彩的是，那个纸绳，一般人怎么揪都揪不断，要用剪子才行，可售货员就那么拽着纸绳绕两下，手指头顺势一挣，啪一下就折了。打包完成，把点心提起来，手指轻轻一拨，点心包在空中三百六十度转圈，展示技艺和结实程度，整个过程干净利落，也就二十多秒吧。

那时候老师让我们背成语，每次站在柜台前，看售货员捆点心，除了为点心的香味冒口水，我脑子里还冒成语：运筹帷幄、胸有成竹、手到擒来、庖丁解牛。

李大爷家属的户口一直没办下来。李大爷终究不算是人才，他干的工作，单位随便找个人都能替，不符合给家属迁户口的条件规定。

我爸虽然一直是李大爷的领导，但毕竟不是管户口的，户口的事儿太难了，光靠我爸往上报、往上找、给有关部门写材料反映，说李大爷当过兵打过仗，还出国援建，是对国家有功的人，生活如何如何困难什么的，这种正常渠道的努力，办不下来。人家说这样的情况多了，比他惨的有的是，解决得过来吗，几句话就给打发了。

也有不太符合政策的家属办下户口的，得是那种特有能力、特活泛、挺神通广大的，说白了就是得有关系，有关系，哪怕条件差点儿，也比条件好点儿的能办成。

单位里有一个外号叫万金油的，不但给媳妇办下户口，他姐姐姐夫一家子，之前一天没在北京工作，也愣给办北京来了。北京市人事局，给他们连户口带工作一块儿解决，他们既没大学文凭，也没什么专长技术，就是普通人，跟人才不沾边儿，都安排在大机关工作，还都是那种挺有油水儿的岗位。我爸没这方面的能力，李大爷更别提了。没辙，只能干看着。

北京户口越来越难办，没户口，就不能在北京上中专或技校，只能继续借读高中。可是李大爷家的孩子功课不太好，估摸考不上大学，上了高中也是白搭。李大爷的媳妇决定，一家人搬回老家，让孩子上技校，学个技术，将来也好谋生。

回老家之前，小静和小红整天出门，把天坛、颐和园等等没去过的景点都去了一趟，说以后再也不来北京了，她俩还在王府井百货大楼每人买了两身衣服。

李大爷把媳妇孩子送回老家，他还和光棍时一样，住单位集体宿舍，一直到退休，也回老家了。

他回老家那天，来我家吃了顿饭。我爸叫单位派了个面包车，把他送回白洋淀。他的行李特少，一个铺盖卷，一个不大的提包。

1998年，北京有新政策，夫妻投靠可以落户口，但是，有很多细则都得符合才能办。李大爷没文凭和职称，应该是属于结婚满十年，年龄满四十五周岁，配偶行动不能自理这类，规定：被投靠人本人或直系亲属在京有合法固定住房。这个合法固定住房是指：自己的产权房，或单位分配由个人租住的公房。而李大爷的单位规定：光自己有北京户口，家属没北京户口，不能分房。李大爷在北京既没合法固定住房，也没直系亲属，所以，即便当年李大爷家没回老家，在北京等到这个政策，也不符合条件。

我后来才知道，其实李大爷还有一个哥哥，从小就失散了，没一点儿音讯，那么多年，不知是死是活，兵荒马乱的年代，死了也不新鲜。

李大爷一家搬回老家后，居然收到一封从台湾来的信。没想到，他哥还活着，在台湾，是个国民党老兵。说是当年和几个孩子一起流浪的时候，被国民党部队收留，让他们背子弹箱，管饭，后来战事吃紧，给他们每人一杆长枪，三发子弹，他成了国民党一个小兵。抗战胜利后，跟着部队撤退转进，之后去了台湾。

1986年，台湾新兴了一股政治势力，叫民进党。台湾的国民党老兵，模仿民进党群众上街游行，抗议示威，并得到民进党的指导，采取媒体喊话、议会陈情等等，拉开了老兵返乡运动，给当局造成压力，形成了一场政治风暴。1987年10月，蒋经国在病榻上签署允许荣民弟兄回大陆探亲令，结束了两岸近四十年不相往来的历史。

李大爷他哥的来信，给李大爷一家带来希望，都盼着他早点儿回来，要是能给解决点儿困难就好了。那种指望，很像是初中时学过的莫泊桑那篇《我的叔叔于勒》。

那阵子，改革开放没多久，很多方面还不如台湾。一说是台湾来的，很多人就以为是有钱人。改革开放之前，都害怕有海外关系，那叫里通外国，后来有些年，是巴不得有海外关系。他哥就是一个普通退伍老兵，在台湾一直干苦力工作，修路、盖房等等，一直没结婚，靠退休金生活。

他回来探亲的时候，给了李大爷一千块钱，算是给弟弟一家表达点意思，不像有的从台湾回来的老板，那么有钱那么慷慨。

李大爷一家，放弃北京，搬回老家，就是为了让孩子考中专或技校，学个谋生技能，但小新还是没考上，在家闲待了一阵儿。后来，家里送他去一个地儿学修摩托车，学费一千元，挺远的，还要花钱住宿，这在当时是一笔很高昂的学费，尤其他家又那么困难。为儿子的生计，只能豁出去了。学了一年，没学会，又回来了，白瞎了一千块钱，他还是在家闲待着，吃爸爸的退休金。

小静初中毕业后，没上学，在家干家务，十九岁就定亲了，嫁给一个卡车司机。我上大学的时候，有一年暑假去看她，她已生了仨孩子，怀里抱着一个，地上站着俩，都拖着大鼻涕。

李大爷家，只有小女儿小红考上了当地的技校。

几年后，李大爷来了趟北京，中午在我家吃饭，他还是乐呵呵的，掉了好几颗牙，说起老伴儿，总是瞎子瞎子的。他说儿子娶媳妇了，儿媳妇也没工作，和儿子一块吃他的退休金，俩人整天打游戏机。有一次，李大爷不在家，儿媳妇买了水果，直接端进自己屋，和儿子俩人关上门，生怕瞎子听见，连嘴都不敢吧唧，悄悄吃了。瞎子在外屋炕上坐着，听见了，心里不好受。

后来，他又来电话，说家里安电话了，告诉我爸号码，还说，瞎子去世了，是脑溢血。

图书在版编目 (CIP) 数据

读库. 1906 / 张立宪主编. -- 北京 : 新星出版社, 2019.12
ISBN 978-7-5133-3785-4
Ⅰ. ①读… Ⅱ. ①张… Ⅲ. ①中国文学－当代文学－作品综合集
Ⅳ. ①I217.61
中国版本图书馆CIP数据核字(2019)第226927号

读库1906

主　　编：张立宪
责任编辑：汪　欣
责任印制：韦　舰

出版发行：新星出版社
出 版 人：马汝军
社　　址：北京市西城区车公庄大街丙3号楼　100044
网　　址：www.newstarpress.com
电　　话：010-88310888
传　　真：010-65270449
法律顾问：北京市岳成律师事务所
经销电话：010-57268861
官方网站：www.duku.cn
邮购地址：北京市海淀区万寿路邮局67号信箱　100036
印　　刷：北京雅昌艺术印刷有限公司
开　　本：770mm × 1092mm　1 / 32
印　　张：11
字　　数：220千字
版　　次：2019年12月第一版　2019年12月第一次印刷
书　　号：ISBN 978-7-5133-3785-4
定　　价：42.00元